# リカ

# RIKA

五十嵐貴久

幻冬舎

# リカ

# 目　次

装幀　幻冬舎デザイン室

# Click　1　出会い

## 一

秋が終わろうとしていた。

十月の半ばだというのに、妙に肌寒い日だった。私はジャケットのポケットに手を入れたまま、通りの様子を眺めた。表参道の交差点はいつものように人で溢《あふ》れている。急ぎ足に歩く人たちの足元で、黄色くなった枯葉が風に吹かれて舞っていた。

その光景を横目で見ながら、私は正面の信号を渡った。すぐ目の前に、レンタルビデオのショップが入っている七階建てのビルがあった。エレベーターに乗り込み、三階のボタンを押す。旧式のエレベーターがきしむような音をたてて動き始めた。ゆっくりとドアが開く。インターネットカフェ〝アルファ〟の入口がそこにあった。

重い鉄の扉を開けると、髪の毛をきれいな金色に染めた二十歳ぐらいの痩《や》せた男が、読んでいたマンガ雑誌をカウンターに置いて面倒くさそうに立ち上がった。

「空いてますよ」

言いながら右手でレジを操作して、レシートを打ち出す。入店時刻を示すための伝票だ。無言のまま出されたレシートを受け取って一番奥のブースへ向かった。スーツのジャケットを脱いで椅子《いす》の背にかける。パソコンのマウスに手を触れると、グレーのディスプレイ画面が起動を示すウインドウズのマークに変わった。

しばらく待つうちに、再びディスプレイが切り替わって検索画面になった。私はキーボードに指を置いて《JAPAN MAIL》と打ち込んだ。《JAPAN MAIL》はプロバイダーと契約することなくメールアドレスを取得できる、いわゆるフリーメールのサイトで、個人情報を明らかにすることなくアドレスを持つことができる。仕事以外で利用する場合には、便利なサイトだ。別に犯罪が目的で使うわけではないが、例えば堂々と購入するのには気が引ける、ロゲインやバイアグラのような商品を買うときには都合がいいだろう。もっとも私はそういう物を買ったことはない。私がフリーメールを利用しているのは、他に理由があった。

すぐに《JAPAN MAIL》のトップページが浮かび上がる。私は自分のメールアドレスとパスワードを打ち込んだ。ディスプレイが私のメールボックスになる。新着メールが二通あった。

「本間さんも、熱心ですよね」

大きな赤のエプロンを掛けた金髪がアイスティーを運んできた。彼が私の名前を知っているのは、この店の会員証を作るときに免許証を見せたからだ。会員になってから三カ月ほど経《た》つが、私の方はこの男の名前を知らない。

最初のうちはたまに寄るといった程度だったが、週に一、二度、定期的にこの店を訪れるようになってからは、私と金髪は少しずつ話すようになっていた。私の半分にも満たない年齢で、しかも客と店員という立場にもかかわらず同等の立場で話す金髪の言葉に、時として苛立《いらだ》たしさを覚えることもあったが、最近ではそれも気にならなくなっていた。

「最近はどうなんすか」

「別に。変わらないよ」

「へえ。楽しいんですか？　それで」

呆《あき》れたように言う金髪を無視して、私は新着メールをクリックした。


「メール読ませていただきました／埼玉のともこです／何となく気になっちゃったので、会えたらいいなって思ってます／たかおさんは、印刷会社に勤めているんですね／ともこは、大宮の方の自動車販売会社で経理をしています／だから、あんまり都心の方はいったことないので、いろいろ教えてくれると嬉しいです／じつは、メール自体、あんまりしたことないので、そういうことも教えてほしいです／あと、たかおさんは38歳ということですが、ともこは23歳で、ずいぶん離れていますが、いいですか？／では、これからもよろしくです／お返事、楽しみに待ってます」

「だってさ」

私はマウスを動かしてメールをごみ箱に捨てた。

「え、捨てちゃうんすか?」

もったいないじゃないですか、と金髪が不満げに唇を尖《とが》らせた。

「援助っぽい感じがする」

「そうですかね。いい感じじゃないですか」

不服そうに金髪が言った。

「いかにも、というのが気に入らない」私はマウスをクリックした。「七割ぐらいの確率で援助目当てだと思うな。いきなり最初のメールから『会えたらいいな』っていうのはおかしいよ。要するに、彼女はどうしても誰かと会わなければならない。その必要があるんだ。つまり、この女はお金が欲しいのさ」

そう言って、私はもうひとつの新着メールを開いた。

「たかおさん/メール、ありがとうございます/
わたしのあんなおとぼけメールに、たった一日で一〇〇通近い数のメールが届いてしまいました。
びっくり、です/
まだ全部読んだわけではないのですが、意外と皆さんマジメなのですね/
とりあえず、たかおさんはすごくいい感じがしました/
わたしも、わりと背が高いほうなのですが、たかおさんも高いみたいなので、ちょっと安心/
で、まっさきに返事することにしました/これからもよろしくね/

楽しく続けられるといいですね／くるみ」

「これはどうなんすか」

金髪が画面を指さした。

「わかんないけど、さっきのよりはまともだな」私は答えた。「俺が登録しているこの出会いサイトは、管理人によると男性の会員数は約四万人いるそうだ。実数かどうかはわからんけどね。まあ仮に一万人いるとすれば、一人あたり百通のメールが届いても不思議じゃないだろう。何度か女性たちにも聞いたことがあるけど、やっぱり七十通から八十通は来るって言ってたな」

私はメールを閉じて、自分のフォルダーからコピー・マイセルフと記されている項目をクリックした。一番上に、《くるみ》からのメールが保存されていた。

［くるみさんのプロフィール
身長・166センチ／体重・52キロ／BWH・ひみつ／住所・東京／年齢・24歳／趣味・読書、カラオケ／職業・OL／彼氏・いません／どのようなお付き合いをお望みですか・メール友達／
くるみさんのコメント
・東京都下に住む24歳のくるみです。OL2年目なのですが、彼氏もいないし、ちょっとだるだるです。最近特に、世界が狭くなってるなー、と思っていたところに、友達からここの話を聞きました。いろんなことを教えてくれる年上の方とメール交換したいと思ってます。ただし太った方はエンリョしてね。なるべくたくさんの方とメール友達になりたいって希望します」

文面を読んでいた金髪が感心したようにうなずいた。
「それで、本間さんは何て返事をしたんすか」
私は自分のフォルダーを開いて、メモの項をクリックした。

「こんにちわ、くるみさん／本田たかおといいます／杉並区に住む38歳、印刷会社に勤める営業マンです／役職は副部長、ぼくの年齢だとまあまあのポジションかな／最近、ドキドキすることがなくなってしまい、こんなふうにして時間だけが過ぎていってしまうのかなっていう、焦りみたいなものがあるんですね／まだ、あなたにはわからないかもしれませんが（笑）／いろいろな人と知り合ってみたい、ぼくの知らないことを教えてくれたり、ドキドキさせてくれるような人が欲しいんです／くるみさんのメールを読ませてもらったのですが／たぶん、同じような気持ちでいるのではないかな、と思いました／よかったらメール交換からはじめてみませんか」

**［本田たかおさんのプロフィール**
**身長・182センチ／体重・76キロ／体型・がっちり／住所・東京／年齢・38歳／趣味・ドライブ、音楽鑑賞、美術館巡り／似ている芸能人・若い頃の萩原健一《はぎわらけんいち》さん／一言アピール・イタリア**

**料理が好きなので、よく食べにいきます。よかったら一度ごいっしょにいかがですか?」**

「何だかなあ」金髪が嘲《あざけ》るような笑みを浮かべた。「萩原健一ねえ。ま、似てないとは言わないですけど」

「うるさいな、いいんだよ」前髪をかきあげて、私は自分のプロフィールをフォルダーに戻した。「ここは夢を見たい人たちが集まってくる場所なんだからさ、その夢を壊さないようにしてあげるってことが重要なんだよ」

「それにしても、美術館巡りって。そんな高尚な趣味をお持ちとは知りませんでしたね」

皮肉っぽい目付きで金髪が私を見る。

「細かいところを突っ込んじゃいけない」

「でも、それ以外はわりと実際と近いみたいだ。仕事なんか、もろじゃないですか。大丈夫なんですか?」

金髪が小さく首を鳩のように振った。

「メール交際の鉄則は、嘘《うそ》を最小限にしておくってことなんだ」数多くの経験から導き出された法則だった。「そうしないと自分の中で辻褄《つじつま》が合わなくなってくる。始めた頃は、友達の名前と身分を借りてやってたんだけど、やっぱりなんとなくわかるんだな、そういうのって。どんどんボロが出てきて、そのまま終わってしまったことが何度もあってさ。それ以来、仕事とかそういう自分の環境については、基本的に本当のことを話すことにしている。でも、今まで問題はなかったぜ」

「名前だって、本名と一字しか違わないじゃないですか。本間と本田、それだけでしょ。そのうち会社に電話がかかってきますよ」

「印刷会社っていったって、小さいとこまで合わせれば何百とあるんだぜ。いちいち確認なんかできないさ」

「でも、年齢だけは三十八なんだ。本間さんって、四十三じゃなかったですか」

金髪が無遠慮に笑った。

「放っといてくれ、四十二だよ。でも四十を越えると、途端にレスポンスが悪くなるんだな、これが」

「好きにしてください」金髪が鼻の辺りを歪《ゆが》ませた。「どうぞごゆっくり」

去っていく背中を見送ってから、私は指をキーボードに伸ばした。

二

私が出会いサイト、いわゆるラブサイトの存在を知ったのは二年前、ちょうど四十歳の誕生日を迎えた頃だった。

勤務している東洋印刷社では、数年前から一連のＩＴ事業に関するプロジェクトをいくつも立ち上げていたが、そのひとつに私も参加することになり、それに伴って私のデスクにもパソコンの端末が置かれるようになった。それがきっかけだった。

それまで私はコンピューターとは縁遠い人間だった。できれば係《かか》わり合いたくないとさえ思っていたが、業務命令ということであれば否《いや》も応もない。しかもコンピューターの導入が今後さらに進んでいくことが確実である以上、いつまでも拒《こば》んでいるわけにはいかなかった。五十を過ぎているならともかく、サラリーマン生活があと二十年も残っている以上、ここで学んでおかないと何年か後には会社から化石のような扱いを受けることになるのは目に見えていた。

プロジェクトには社内LAN《ラン》の実験という側面もあったために、会議などの連絡事項はすべてメールで送られるようになった。例えば不在時に電話があった場合には、今までのようにメモを置くことは禁止され、すべてコンピューター上のボードに伝言を残さなければならない。その他、伝票のシステムや電子マネーの社内流通の仕組みなど、最低限の機能については理解しておかなければならなくなった。

最初はどうなることかと思っていたが、意外なことにそれほど難しいものではなかった。慣れてしまえばコンピューターもただの箱だ。確かに、専門的なソフトを使うわけではないのだから、素人《しろうと》にでも扱えるのは当然のことだろう。

ある程度パソコンを使いこなせるようになってくると余裕も生まれ、いろいろなことがしたくなってくる。そんなとき、男が考えることはひとつしかない。私たちは、エロ画像を求めてダウンロードを始めるようになり、次第に刺激を求めて動画や音声の付いているサイトを探してはアクセスするようになっていった。男というものは、哀しいほどに情けない生き物だ。

夜になるとプロジェクトのメンバーが全員デスクに集まって、さまざまなセックスに関する情報を入手することに躍起になっていた時期もある。安いキャバクラ、よりサービスのいい風俗、バイアグラやさまざまな媚薬《びやく》の通信販売、そういう類《たぐい》のサイトを探しては、私たちは一喜一憂した。私の所属するプロジェクトにはコンピューターに強い人間がいなかったので、全員の知恵を集めて、ようやくひとつのサイトに入り込むのがやっと、という状態が続いたこともある。『解体新書』を翻訳した杉田《すぎた》玄白《げんぱく》たちも、こうだったのではないだろうか。

妙な連帯感が私たちの中に生まれ、その意味では会社の推進したオフィスのOA化は正しいことだった。ただし、熱心になるあまり、業務に差し支える者まで出てしまうこともあったから、正しいとばかりは言えないかもしれないが。

だがもちろん、人間はそんなことにはすぐ飽きてしまう。ひと月も経つ頃にはそれまでの熱気が嘘だったかのようにフロアは静まり返っていた。私を含めて誰もが、業務以外ではコンピューターを起動させようとはしなくなり、私たちのパソコンに関してのスキルはどんどん落ちていった。そんなとき、私は出版社に勤める友人の坂井から、出会いサイトについての話を聞いたのだった。

坂井政司《まさし》は大学の二期後輩で、業界でも大手の総合出版社、蒼星社の営業部で働いている。先輩後輩の気安さもあって、仕事の融通はもちろん、よく一緒に飲みにいく仲間でもあった。どこからそういう話になったのかは覚えていないが、西新宿のショットバーで飲んでいたときに出会いサイトの話題になったのは、なぜかはっきりと覚えている、

「言ってみれば、自宅がテレクラになるようなものですよ」坂井は得々として語りだした。「いや本当にね。面白いくらいに女の子が引っ掛かってくるんです。やってみた方がいいですよ」

三十八という年齢にもかかわらず髪の毛が派手に後退している坂井を、私は疑いの目で見つめた。

「そんなこと、あるわけないだろう」

「いや、本当ですって」

坂井が力説した。コンピューターネット上には出会いサイトというものがあり、それはまったく無関係な男女が出会うためにのみ存在している、という。そういうものがあることは知っていたが、私たちの世代とは関係のないものだと思っていた。だが坂井は肉の付いた首をぶるぶると振った。

「当たり前ですけど、僕ら、この年になったら、若い子と話す機会なんてそうそうあるもんじゃないでしょ」

酒臭い息を吐《は》きながら、坂井が言った。残念ながらそれは事実だった。

「いや、もっと言えば、マスコミだ出版社だっていったって、時間もないし自由になる金だってそんなにあるわけじゃないですよね。知り合える女の数だってたかが知れてます。でもね、出会いサイトなら限界はないんです」

坂井は出会いサイトの魅力を語り始めた。その口調は、マルチ商品を売り込もうとする人間のように熱っぽいものだった。

簡単に言うと出会いサイトには、チャットと伝言板の二つの機能があるという。チャットはリアルタイムで他人と話すことができるので臨場感が大きなポイントになるが、これは時間がないと無理だ、と坂井は切り捨てた。確かに、サラリーマンがそうそうできるものではないだろう。昼間は仕事があるし、家に帰れば家族がいる。

「それより、現実的なのはやっぱり伝言でしょうね」

まあ見てくださいよ、と言って坂井が自分のバッグからノートパソコンを取り出した。カウンターに置いて電源を入れる。そのまま携帯電話を接続した。カウンターのバーテンがちょっと嫌そうな顔になったが、気にかけるそぶりも見せずに坂井は作業を続けた。

「出会いサイトってのは、もともと趣味や仕事に役立つ情報を入手するために始まったものらしいんですがね」

そう言って、起動したパソコンの画面上でカーソルを忙しく動かし始めた。慣れた手つきだ。

「例えば確定申告についての詳しい情報を教えてくださいとか、九一年型のローレックス、安く売りますとかね」

カーソルが〝お気に入り〟と書いてある箇所をクリックした。すぐに画面いっぱいに項目がずらずら並ぶ。

「それが男女の出会いの場に発展していくのは、そりゃ必然ってもんです。今じゃ出会いのためのサイトなんて、それこそ山のようにあります。もちろん真面目な出会いを求めている人もいますし、援助交際を目的にしている連中もいるわけで、そのへんは人それぞれなんですが、僕みたいな男はこういうところを中心に動いているんですよ」

坂井がノートパソコンを私に向けた。ディスプレイに『Qちゃんのラブアタック』というタイトルが浮かび上がっている。明るいパステル調の画面で、擬人化された動物のCGイラストが楽しそうに踊っていた。

「何だこりゃ」

「これが出会いサイトですよ」

トラックパッドに指を走らせながら、坂井が言った。次々に画面が入れ替わっていき、《登録はお済みですか？》という表示のあるところで止まった。

「これは無料サイトで、誰でも参加は自由です。一応自分の身元を登録する必要はありますが、何も本当の住所や電話番号を教える必要はありません。サイトの主宰者も、確認なんかしませんからね。で、僕は登録済みですから、名前とパスワードを入力すると」

慣れた手つきで坂井がいくつかの数字を打ち込んだ。また画面が変わって、『男性からのメッセージ』『女性からのメッセージ』という項目が出てきた。

「男性からのメッセージというのは、女性に向けてこちら側がメッセージを入れておくところです。一種の伝言板ですね。名前、年齢、職業、住んでいる場所、身長、体重、自分のルックス、趣味、こんな女性と出会いたい、つまりプロフィールです。お見合いで言うなら、釣り書きですね」

坂井がジャケットを脱いでワイシャツの袖《そで》をまくった。目をこすりながら私は曖昧《あいまい》にうなずいた。

「その僕のプロフィールを読んで、いいんじゃないかしら、と思った女性が、今度は僕にメッセージを送ってくる、とそういう仕組みなんですよ」

「そんなんで来るのかよ」

必要以上に近づいてきた坂井の顔を私は押した。息が臭い。

「十日間も載せておけば、ひとつぐらいはメッセージが来るんじゃないですかね」

「いやだよ、そんなの。面倒くさい」

顔を顰《しか》めて手を振った。ただ待っているだけというのでは、あまりに芸がない。

「でしょうね、本間さんは。でも、こっちはもっと来ますよ」

坂井は『女性からのメッセージ』をクリックした。

「こっちはさっきとは逆で、女性からのメッセージが載ってるわけです。年齢やら趣味やら、必要な情報はだいたい揃ってます。それを読んでいって、気に入った女にこちらからメッセージを送るんです。向こうが読んでOKなら返事が来ますから、そうすればメール交際が始まるというわけです」

「何だかずいぶんのんびりしてるんだな。もっと簡単にはいかないのかよ」

私はそう言って座っていた椅子を回した。高速道路の下で客待ちをしているタクシーの列が目に入った。いつもと同じ光景だ。

「簡単じゃないから面白いんじゃないですか。とにかくやってみてくださいよ、絶対はまりますから」

そんなものにはまり込む人間がいるとは思えなかった。

「そうかねえ。くどいようだけど、そんなにうまくいくのかよ」

私はもう一度、今度は肘《ひじ》で坂井の体を強く押し戻した。坂井がサイトを閉じて、自分のメールボックスを開いた。

「それが、いくんですよ」

自信に満ちた声音だった。私は思わず座り直した。

「これは仕事とかプライベート以外の、要するにメール交際している女性のためのボックスなんですが」

キーボードで坂井が画面を呼び出した。264通、という数字が目に入った。

「始めて四カ月でこの数ですよ。もちろん同じ女性からのメールもありますから、二百六十四っていうのは延べ数ですが」

「それは多いのかな、少ないのかな」

「わかりません。でも、最近では週に一回ぐらいしか僕はメールを出していないんですよ。それでこの数字なんだから、まあいい方なんじゃないですかね」

坂井によれば、このサイトにおいては一日に出せるメッセージの数は四通までに制限されているという。そして三日間、つまり十二通のメールを出せば、一通ぐらいは間違いなく返事が来るというのだ。

「もちろん、いろんなテクニックは必要ですよ。この女性たちのメッセージに対して日本全国は言うまでもなく、下手すれば海外からのアクセスだってあるわけです。従って彼女たちの手元に届くメールの数は膨大《ぼうだい》なものになります。僕の聞いた話では、ひとつのメッセージに対して最低五十通、平均すると七十通から八十通のメールが届くそうです。当然、女性の方も全部読むわけにはいかないでしょう。ですから、最初の十通ぐらいに入るようにメールを届けなければ駄目ですね」

「そりゃ運だなあ」

私の言葉に坂井が大きくうなずいた。

「ええ、運です。でも、運を良くする方法はあるんですよ。というのは、メッセージを残す女性というのは、基本的に夜、ないしは深夜に書き込みをする、という傾向があるんですね。ですから早朝、それが無理でもなるべく早い時間帯にメールを返せば、比較的早い順番になるということはいえます」

「みんなそれぐらいのことは考えてるんじゃないのか」

疑わしげに言った私に、坂井が首を振った。

「そうなんです、同じことを考えてはいますがね、なかなか実行できないもんですよ。どうしても自分の都合で、夜の空いた時間に返事を書いてしまうことになる。すると、自分では早い返事のつもりでも、実際には前日のメッセージにメールを出してしまってることが多いんです。わかりますか」

ふうん、と私はカウンターで頬杖《ほおづえ》をついた。なかなか面白い話だ。

「メールの書き方にもいろいろテクニックはあるんですがね、とりあえず言えるのは、身長は五センチほどプラスしてください。体重は五キロマイナス、年収は千五百万円ぐらいでいいんじゃないですかね」

「千五百万？」

私は自分の年収を計算した。正直に言えば実際の私の年収はその半分だ。そして今の会社に勤めている限り、その金額に達するのは七十歳を過ぎた頃ということになる。

「わかりゃしないですよ」坂井が下品な笑いを浮かべた。「向こうだって、嘘ばっかり書いてるんですから。僕が今まで経験した中で一番ひどかったのは、自称二十五歳のOLという触れ込みだったのに、現れた女はどう見ても四十五歳以下には見えなかったときでしたね。いや、あれはひどかったな」

さっきから気になってたんだけどさ、と私は一番の問題点を口にした。

「お前、実践してるのか」

当然でしょう、と坂井が胸を張った。

「もちろんですよ。始めてたかだか四カ月ぐらいですが、先月あたりからは毎週一人は会ってますね」

「嘘だろ、おい」

私は唇を泡だらけにしている男の顔を見た。身長百七十センチ足らず、頭の薄い、どちらかといえばお笑い芸人のようにしか見えないこの男が、そんなにうまく女性と会ったりしているとは思えなかった。

「ま、それは後で話しますが、今はとりあえずメールの送り方です。ちょっとやってみましょうか」

答えを待たずに、坂井がキーボードをいじり始めた。

三

坂井がパソコンの画面を見やすいように私の正面に向けた。

「本間さんなら、どう書きますか」

「何を書けばいいんだ」

キーボードに指をかけたまま私は聞いた。

「とりあえず、プロフィールを埋めていきましょうよ」

私の肩に寄り添うようにして、坂井がトラックパッドに触れた。まるで若い奥様にテニスのサーブを教えるインストラクターのような手つきだ。

「身長、体重、まずは正直なところで入力していこうじゃないですか。本間さんは十分に背は高いですからね、百八十ということでいいでしょう。体重は何キロありますか」

「八十三かな」

「七十八キロでいきましょう」

勝手に坂井が空白部分を埋めていく。

「いま、四十ですよね。じゃあ、三十五歳でいいでしょう。趣味は、そうだな、テニスとドライブなんかどうですか」

「好きにしろよ」

歪んだ笑いを口の端に浮かべたまま、私は答えた。

「美術館巡りなんかもいいかもしれませんね。本間さんぐらいの年齢だと、少しはインテリっぽいところもあったほうがいいでしょう。住んでいるのは東京で、登録名は《本田》でどうです。本田たかお」

調子に乗った坂井がどんどん入力を続ける。酔いが回っているようだ。

「おい待てよ、偽名でいいんだろ?　だったら全然違う名前の方がいいんじゃないか。伊集院《いじゅういん》とか豊臣信長《とよとみのぶなが》とかさ」

「そんな名前の奴はいませんよ」

そりゃそうだけど、と言った私に、坂井が外国人がするように肩をすくめた。

「普通の名前の方がいいんです。過去の履歴を閲覧してみればわかりますが、確かに登録している男の半分以上は妙に凝ったハンドルネームを使っています。ミスター・エアコンマンとか、白鳥麗男《しらとりれいお》とかね。ですが、そういう受け狙《ねら》いの名前ははっきり言って評判はよくないんです。本名もしくは普通の名前での登録の方が信頼できる、と彼女たちは言っていますよ」

「お前はあれか、このへんのサイトの連中から勧誘料とかもらってるのか」詰め寄ってくる坂井の体を押し返しながら私は言った。「それとも、このサイトを運営しているのはお前なんじゃないのか。俺をここに加入させるとお前はいったいいくらもらえるんだ」

軽口には乗らずに、坂井が先へと進む。

「で、相手はどういう人がいいんですか。年齢とか」

「そりゃやっぱり、若い方がいいんじゃないか」

「じゃ、二十代ということで、主婦でも構いませんね。仕事は印刷会社勤務、と」

「おいおい」

私は坂井の手を摑《つか》んだ。それではあまりにも現実そのままだ。

「いや、仕事はなるべく本当のことを書いておいた方がいいんですよ」

坂井が歯茎《はぐき》を剝《む》き出しにした。

「なんでだ」

「後で辻褄が合わなくなってくるんですよ。二十年も働いてると人間は習慣がついてますからね、仕事なりの。いきなり違う職業の話をしても、うさんくさいだけです。読めばわかっちゃうんですよ。ほら、昔から言うじゃないですか、文は人なりって」

言わんとすることはわからなくもないが、やはり仕事をそのまま書くことには抵抗があった。私の抗議で、坂井はしぶしぶ職業の欄を〝保険会社勤務〟に直した。

「さあ、あとは内容です。僕の使っているメッセージがありますから、参考にしてください」

坂井が〝メモ〟のフォルダーから『原稿』と記されている項目を引っ張ってきた。

「はじめまして、こんにちわ／坂井ヒロシといいます／
青山にある某出版社で編集者をしている33歳です／
仕事は好きなんですが、忙しいのが玉にキズ、というところでしょうか／
身長は１７６センチ、体重は62キロ、平均的な体型ですね。結婚はしていません／
あなたのメッセージ、読ませてもらいました／
なんだか人柄が伝わってくるようで、とっても素敵なメッセージだと思いました／
よかったら友達になれたらな、なんて思ってます／
忙しくはありますが、それでも時間が自由になる仕事なので、あなたの都合に合わせることは十分可能だと思います／
返事くれたら、嬉しいのですが／
では、待ってます」

「何だこれは」

嘘ばっかりじゃないか、となじる私を鼻で笑って、坂井が横を向いた。私はメールの文字を指で追った。

「身長はまあ良しとしよう。もしかしたら、四捨五入すれば、見ようによっては、百七十センチあるかもしれない。シークレットシューズを履《は》けば七十五でも通るだろう。だけど体重は、どう見ても八十以下には見えないぞ」

「八十五キロありましたね、今朝量ったところでは」悪びれもせずに坂井がうなずいた。「だから本間さん、そんなことはどうでもいいんですよ。どうせわかりはしないんですから。これはね、遊びなんです、遊び。一種のゲームと考えてもらえれば一番いいんですけどね。そんなに真面目に考えるものじゃないんですよ。言ってみれば、架空の自分になりすますゲームなんです」

「じゃあ編集者ってのは何だ。お前、入社以来営業しかやったことないだろう」

「さっきも言いましたけど、本当は現実のままの職業の方がいいんです。僕なら、出版社の営業マンと書いた方がいい。ただ、僕の職業はちょっと特殊なんですよ」

「特殊ってどういうことだ」

「あのですね、世の中の人にとって出版社といえばイコール編集者なんですよ。出版社に営業部があること自体、知らない人が多いんです。だから、説明していくとすごく長くなってしまうんですね。そうすると受けが悪いんで、それで泣く泣く編集者ってことにしたんです。あんまり違う職業にするとボロが出ますけど、編集者ならだいたいの雰囲気はわかりますから。僕、あんまり嘘が得意じゃないし」

誰がだよ、と私は肘で坂井の腹を突いた。

「年齢にしても三十三歳って、お前三十八じゃねえか」

取り合わずに坂井がパソコンのディスプレイを指で弾《はじ》いた。

「とにかくね、やってごらんなさいって。騙《だま》されたと思って。悪いことは言いませんから」

熱い口調からは宗教的な使命感すら感じられた。何がこの男をここまでのめり込ませたのだろう。

「ある意味、僕らの仕事っていうのはマーケティングですからね。こういう欲求不満を抱えた女性たちが、日頃どんなことを考えているのか聞いてみる。これも立派な仕事でしょ」

「そんな仕事はねえよ」

私は空になったグラスを上げてお代わりを頼んだ。

「はい、言いすぎました」坂井が舌を出した。「でもね、本間さん、本当に世の中がおかしくなってるってことだけは、確実にわかりますよ。特に女性の側なんですが」

「そうかねえ」

バーテンが置いた私のグラスを、坂井が横から奪った。

「こっちはね、けっこう気を遣《つか》ってるんですよ。絶対に住所は教えない、連絡先は携帯電話だけ、会うときには身分を証明する免許証や名刺の類は持たない、そこまでしないと安心できないじゃないですか。僕ら、会社もあれば家族もいる。いろんな意味で気を配って生きていかなきゃならんわけですよ」

それはそうだ、と私はうなずいた。ビールを飲み干した坂井が手の甲で唇を拭《ぬぐ》った。

「ところが向こうは違います。自宅の住所は教える、電話番号も言う、旦那の仕事は教えてくれる、もう何でもありです。危機意識のなさはすごいですよ」

「そんなにひどいのか」

坂井の手からグラスを取り返して、私はもう一度同じものを注文した。

「自宅の電話なんて、普通教えないでしょ」

その通りだ。水商売のホステスだって、自宅の電話番号は言わないだろう。

「この女も」

坂井がカーソルを動かした。画面が変わる。開いた受信メールに、〃昨日はゴメンネ〃というタイトルがあった。


「連絡がとれなくてゴメンナサイ／あたしの携帯の番号はこの前いったとおりだけど／念のために自宅の電話も書いておくので、かけてください／一人暮らしだからだいじょうぶです」


「こっちの子も、教えてくれてたような気がしたけど」

開いたメールの上に、坂井がまたメールを重ねた。いきなり住所、電話番号、名前が出てきて〃こんな私でよかったら、話し相手になってください〃とある。

「ま、こいつは極端な例ですけどね。たぶん援助交際とかの類じゃないかと思うんですけど」

坂井がメールを閉じた。

「なるほどね」

「少なくとも携帯の番号は、最低限こっちが教えれば確実に教えてきますよ。絶対に教えてこないのは悪戯《いたずら》目的か、そうでなければ何か人には言えないような理由がある女かのどちらかです。そんな連中は切ってしまえばいい。ここにはいくらでも獲物はいるんですから」

ずいぶん大きな漁場だな、と私は坂井の肩を軽くこづいた。

「正直、何人ぐらい会ったんだ？」

手帳を引っ繰り返しながら坂井が人数を数え始めた。

「この四カ月で、三十九人の女とメールの交換をしていますね。そのうち十四人と会い、最後まで持ち込んだのは、ええと、六人か。続いているのは三人ですね」

「おいおい」

待ってくれよ、と私は坂井の手元をのぞき込んだ。さすがに恥ずかしそうに手帳を隠した。人間としての最後の羞恥心《しゅうちしん》は残っているらしい。

「一人は二十三歳の人妻、この女は美人ですよ。しかも、何でもしてくれる」

「何でもって、どういうことだ」

私の問いに、坂井はにやにやと笑うだけで答えなかった。

「もう一人は三十一歳のバツイチ、この女は、まあキープですね。ちょっと独占欲が強くて、それが面倒になってきてはいますが、まあそういうのもありということで」

「キープ？」

「それから二十歳の女子大生。やっぱり若いというのは財産ですね。ま、セックスはどうも情感に乏しいといいますか、スポーツ感覚なので、そのへんが辛《つら》いところですが。いやそれにしても本間さん、最近の女の子ときたら発育がいいですよ」

「援助とかしてるのか？」

気になっていたのはそこだった。私の質問に坂井が大げさに手を振った。

「してませんよ。そんなことをしてたら金がいくらあっても足りませんって。もちろん、食事やホテル代は僕持ちですけどね。とにかく、やってみたらどうですか。うまくいくいかないは別として、絶対話の種にはなりますから。ね、本間さん」

坂井がパソコンの蓋《ふた》を閉じた。

## 四

もちろんこんな話を聞いて何もしないで黙っていられるほど、私はモラルの高い人間ではない。はっきり言えば低い部類に入る。

次の日出社した私は、自分のデスクの端末を通じて〝出会いサイト〟にアクセスしてみることにした。

もっとも、坂井が言うほどうまくいくと思っていたわけではない。むしろ、そんなに簡単なものではないだろうという疑いの念がそうさせたと言った方が、そのときの私の感情にはより近い。

もうひとつ言えば、仮に坂井がうまくいったという実績が本当のことだったとしても、それが私にも通用するというわけでもないだろう、という気持ちもあった。なにしろ、私は四十歳なのだ。身長こそ百八十そこそこはあり、髪の毛もまだ十分に残っている。同年代の男と比べた場合、それほど見劣りはしないと自負しているが、それにしても年齢のハンデは高いはずだ。とりたててハンサムであるというわけでもなく、気の利《き》いた会話ができるわけでもない。オシャレな店も知らなければ金が余っているわけでもなく、時間の自由があるということもない。妻も子もいるサラリーマンだから、休日を割けるわけでもない。考えてみれば悪条件ばかりだ。

もちろん、年齢やルックスはパソコンの画面上ではわからないということも確かだが、それでも限度というものがあるだろう。そのとき私の中に、ほとんど成功するという望みがなかったのは事実だ。にもかかわらず、坂井に教えられた通りに出会いサイトにアクセスしてみたのは、きれいな言い方をすれば未知なる世界をのぞいてみたいということであり、本音を言えば下品な好奇心からだった。どちらにしても、電脳社会の中でいったい彼女たちが何を考え、どのように動いているのか、それを私は知りたかったということだけは言えるだろう。

私は坂井に教えられた『Ｑちゃんのラブアタック』に登録した。住所と電話番号は、手近にあった取引先の出版社の名刺から取った。煩雑《はんざつ》に見えた手続きは思ったより単純に終わり、すぐに〝さあ、あなたは会員になりました〟という表示が浮かび上がってきた。指定された会員番号とパスワードを打ち込むと画面が変わった。そのままクリックする。

《プロフィールを登録しますか》というプラカードをぶらさげて、猫と竜を合体させたようなキャラクター《Ｑちゃん》が現れた。私は〝ＹＥＳ〟と入力して、プロフィールを考えた。しばらくしてでき上がった文面はこのようなものだった。

「はじめまして、こんにちわ／本田貴雄《たかお》といいます。35歳の会社員、銀座の製薬会社に勤める営業マンです／実はこういうサイトに入ったのははじめてのことなので、何を書いていいのかわかりません／
とりあえず自己紹介から／身長180センチ、体重75キロ、大学時代にサッカーをやっていましたので、ガッチリしているほうだと思います／
血液型はA型、10月19日生まれのてんびん座です。ルックスはまあまあかな／中井貴一《なかいきいち》のお父さんに似ているそうです／
趣味はサッカー、カラオケ、あとはドライブということになるのでしょうか／営業職なので、時間がわりと自由になります／よかったらメールください」

このプロフィールをメール交際希望の項目に登録した。その後、女性からのメッセージ一覧という項目に移り、昨日と今日届いたメールの中から二十代の女性を選んで、プロフィールとほとんど同じ内容のメールを四人に送った。四人だったのは、坂井が言っていた通りこのサイトからは一日四人までしか送れないという人数制限があったからだ。翌日、私はいつもより十分ほど早く出社して、メールボックスを開いた。

返事はなかった。

これは仕方のないことだった。最初からうまくいくものではない、と坂井もくどいほどに念を押していた。このまま何日かは続けていくしかないだろう。再び私は同じ内容のメッセージを登録し、新たに四人の女性に対してメールを送信した。

　返事がないままに三日が過ぎた。次の週には違う出会いサイトを見つけて、そこでも同じ作業を繰り返した。二日間不毛な努力を続けたが、どこからもメールが帰ってこないという現実に変化はなかった。

　私は坂井に現状をそのまま書いてメールにして送りつけた。末尾に、〝お前はウソをついたな〟と記したのはもちろんのことだ。すぐ折り返して坂井からメールが届いた。


「本間さん、状況がよくわかりました／誰もが最初はそういうことになるのですよ。あなただけではありません／しかし、昔の人はいいことを言いました／ローマは一日にしてならず、です／くじけてはいけません。あなたの努力はきっと実を結ぶ日がやってくるでしょう／とはいえ、本間さんのメールにも、問題がないとは言えません／あまりにも文章が硬すぎます。メール慣れしていない、パソコン慣れしていないのがわかりすぎるほどわかってしまいます／くどいようですが、相手は頭が悪いのです。もっとわかりやすく、必要ならば嘘をつくのもいいじゃないですか／製薬会社もいいですが、それならそれでそこの部長だとか、年収は２０００万ぐらいだとか、ハワイには別荘があるとか、それぐらいのことを書かないとだめです／言いたいことはわかりますよ。それじゃサギじゃないか、とか／

そんなのすぐにバレるよ、とか／
ところが、それがわからないんですよ、彼女たちには／
いいですか、どんどん話を大きく、わかりやすくしてください／
あと、書き言葉ではなく、話し言葉で書いたほうがいいようです／
もうひとつ、相手にあわせて内容を変えることを面倒だと思ってはいけません。努力のないところに栄光はないのです／
ねえ、本間さん、要するにこれは営業なんですよ。あなたのいつもの仕事といっしょなんです／
だとしたら、相手によっていろいろやってみるのは、ある意味当然なんじゃないですか？」

　坂井のアドバイスを私は素直に受け入れた。確かにこの男の言うことにも一理はある。私は自分のメールを検討し直し、新たなメッセージを作成した。それは、次のようなものだった。

「どうも！　はじめまして！／
メッセージ、読みました。僕は本田たかお、35歳のサラリーマンです／
東京の吉祥寺《きちじょうじ》に住んでいるんだけど、わかるかな／
仕事は、製薬会社で営業をしています。役職は副部長。ま、そこそこ余裕のある暮らし、というところでしょうか／
ところが、去年の暮れに離婚をしてしまいまして、もう大変／
子供がいなかったので、そのあたりはまあ助かってるところなのですが／

そういうわけで、とりあえず一緒に遊んでくれる女性がいたらいいなあ、っていうのが現在の希望です／
○○ちゃんのメッセージを読んだけど、なんとなくいい感じで、ちょっと年齢は違うかもしれないけど、いい友達になれそうな気がしたので、こうやってメールしてみました／
趣味はサッカー、カラオケ、あとは何だろう、どっちかっていうと外で遊んだりするほうが得意かな／
身長180ぐらい、体重は75キロ、昔からサッカーやってたんで、まあまあ体格はいいほうなんじゃないかな、と思ってます／
顔は、まあ難しいところだけど、〝マイルドな萩原健一〟なんていわれたこともありますが（笑）／
ま、そんなわけで、よかったらメールください／
あ、あと、車はパジェロです。ドライブなんかどうですか？」

さらにもうひとつ、違うメッセージを作った。こちらは主婦用に書いてみたつもりだった。同じ女性とはいえ、やはり年齢や職業によってアプローチの方法は変えていく必要があるだろう。

「はじめまして、本田貴雄といいます／
メッセージ、読ませてもらいました／
僕も結婚しているのですが、○○さんと同じように、最近はなんとなく妻とは会話も少なくなっ

ていて／
こんなふうに夫婦って落ち着いてしまうのかな、なんて思っているところです／
もちろん、うまくいっていないとか、そういうわけではなくて／
あくまでも昔のような情熱というか／
そういうものはもうなくなってしまっているんだなあ、ということなのですが／
でもやっぱり、（いや、だからこそ、なのかもしれませんが）まだ、誰かを好きでいたいとか／
恋をしていたいとか、そういう気持ちは十分に残っていて、そのへんが悩みの種なんですけど／
○○さんも、もしかしたら同じような気持ちなんじゃないかな、なんて／
勝手な思い込みかもしれないのですが、メッセージを読んでそう思いました／
そして、あなたなら、僕の気持ちをわかってくれるんじゃないかなって／
よかったら返事いただければ嬉しいです／では、よろしく」

この二つの文章を保存しておいて、女性からのメッセージに対して一日に八通ずつメールを送り続けた。そこにあるのは意地だけだった。そして三日目、ついに返事が届いた。しかも二通。
最初に来たのは東松山に住む、結婚してから十年経つという三十五歳の主婦からのメールだった。

「はじめまして、TAEKOです／
メール、読ませてもらいました。本田さんは、とても落ち着いた方ですね／

わたしのメッセージに、たくさんの人からお返事をいただいて、それはとても嬉しかったのですが、ほとんどは、何というか、まともには読めないようなものばかりで／
わたしはこういうところに参加したのははじめてのことなので、ちょっとびっくりしてしまいましたが／
でも、その中で本田さんのメールは強く心に残りました／
そうなんですよね、さびしい、というと簡単すぎるのですけど、でも、言葉にすればそういうことになってしまうのかもしれないですね／
悩みがないのが悩み、というのも、すごく贅沢《ぜいたく》な感じがするかもしれませんが……／
本田さんとは、住んでいるところがちょっと遠いようですけど（さっき、路線図を見たのです。一時間半ぐらいかかるのですね）／
よかったらいろいろお話しできたらいいな、と思っています」

もう一通の返信は、二十歳の短大生からのものだった。いかにも女子大生らしくいろいろ絵記号がついていて読みにくかったが、まとめてみると次のような内容だった。

「はろー、本田さん／
メール読みましたよ。オトナって感じですね。お仕事がんばってますか？／
わたしはまだ学生なので（そろそろ就職とか考えなきゃいけないのだ）社会人のこととかよくわかんないけど／

まわりの男の子たちはみんな子供っぽいので、本田さんぐらいの年のひとにすごく憧れちゃってます（でもファザコンじゃないよ）／いろいろなこと教えてくれたらウレシイです／本田さんは若い子はキライですか？　若すぎますか？／でも、意外とけっこー中身は大人なので（？）仲よくしてくれたらウレシイです」

私はすぐにこの二通のメールを坂井に転送してから、意見を聞くために電話を入れた。

「何ですか、そんなに興奮して」

「いいから、とにかく見てくれよメールを」

電話の向こうで坂井がパソコンを操作している音がした。

「なるほどなるほど、二通ですね。いや大したものだ。さすが本間さん、要領を掴むのが早いですよ」

「誉《ほ》めてくれてありがとう。それで、俺はこれからどうすりゃいいんだ？」

「そんなこと、自分で考えてくださいよ」子供に言い聞かせるような口調だった。「返事を出せばいいじゃないですか」

「何を書けばいいんだ。こいつら、結局何が言いたいのかよくわからんぞ」

「本人だってわかっちゃいませんよ。内容なんかどうだっていいんです。ただ、長く続かせたいんだったら、必ず質問をいくつか交ぜておくことですね」

「質問って何だ」

はっきりと舌打ちをする音がした。

「だから、主婦だったら結婚生活はうまくいってるのかとか、学生ならサークルは何に入ってるのか、とかね。もっと基本的なこと、誕生日とか好きなテレビ番組とか、最近どこに遊びにいったかとか、いくらでも聞くことはあるでしょう」

「冷たいな、お前。もっと親切に教えろよ、仮にも俺はお前の大学の先輩だぞ」

「先輩ならもっと先輩らしくしてくださいよ」坂井が突き放すように言った。「あと、しばらく下ネタは厳禁です。相手が引きますからね。僕、今から会議なんですよ。じゃ、そういうことで」

「おい、ちょっと待て」

電話は切れていた。いったいどう返事を書けばいいのだろうか。私はパソコンの前で腕を組み直した。

## 五

坂井の言葉通り、いくつかの質問を交えながら、自分の近況をつけ加えて返事を出した。もちろん新しい相手の開拓も怠ることはなかった。その日だけで新規の相手に八通のメールを送った。継続は力なり、だ。

努力はしてみるもので、その週だけで新しい女性が二人加わり、翌週の末にはメールを交換する相手は全部で七人になっていた。年齢、職業はさまざまで、下は十七歳の高校生から上は三十八歳の主婦まで、たくさんのデータが集まった。

ところがそうなってくるとまた問題が持ち上がってきた。自分で解決できるものではないとわかっていたので、私は南青山の蒼星社に出向き、坂井を捕まえることにした。電話でもよかったのだが、また逃げられたのではたまったものではない。仕事の話だと伝えておいたので、坂井は自分の席で私を待っていた。

「何だよ、それは」

坂井が眼帯をかけている。

「本当に手術したんだ」

この数カ月、坂井は眼科に通っていた。虹彩炎《こうさいえん》にかかっていたためだった。

「放っておくと失明するって医者に言われたんで、もう仕方がないから」

やっちゃいました、と坂井がずれた眼帯を直した。

「へえ、そりゃ大変だったな」

よくわからないなりに私は同情の気持ちを込めてそう言った。

「手術自体は大したことはないんですがね」病気持ちにありがちな言い方だった。なぜか彼らは自慢したがる。「術前の処置が大変でね。まず目薬みたいな薬を垂らして、それから注射針でいきなり、眼に直接麻酔を打つんですよ。眼注っていうらしいんですが」

やめてくれと手を振ったが、お構いなしに坂井が続ける。

「動いちゃいけないんで、マジックテープみたいなもので頭を固定されましてね、それで針がどんどん近づいてくるんですよ」

うるさい、と坂井の口を塞《ふさ》いだ。私は軽い先端恐怖症で、尖ったものが迫ってくるとそれだけで叫び出したくなる。

「そんなことより、ちょっと話を聞いてくれないか」

「そうですか」

まだ話し足りないらしく、名残《なご》り惜しそうにしている坂井を蒼星社の一階にある喫茶室に連れ出した。

「実はさ、メールの話なんだけど」

席に着くなり言いだした私を坂井が片方の目で睨《にら》んだ。わざとらしくため息をついてから天井を見上げる。

「そんなことじゃないかと思ってたんですよ。仕事だ仕事だって強調してたから、おかしいと思ってたんだ。ねえ本間さん、僕こう見えても忙しいんですよ。しかも病み上がりだし」

「お前が始めろって勧めたんじゃないか」

「そりゃそうですけど」

私はウエイトレスが運んできたコーヒーに口をつけた。

「火事が大きくなったからって、今さら火を消そうっていうのかよ」

「あれは酒の席の話じゃないですか」

呻《うめ》いた坂井の手首を強く摑んで力を込めた。

「まさか、逃げる気じゃないだろうな」

「わかりましたよ、わかりました」

坂井が腕を払って話を聞く姿勢を取った。その方が時間の節約になると思ったのだろう。私は自分の抱えている問題について話し始めた。

「自分が何を書いたのか忘れちまうんだ。例えば、Aという女に送ったメールの続きをBという女に書いたりしちゃうんだよ。なにしろ、パソコン画面の上では名前しか違いがないだろ。前に書いたメールを引っ張り出して確認すればいいんだろうけど、それも面倒だしさ」

一日にメールは平均五通ほど来る。それを読んで、返事を書いていくのは意外に手間のかかる仕事だ。しかも、私はたいがいの場合は仕事の合間を見て、会社からメールを送っている。向こうが何を言っていたのか、それに対して自分が何を答えたかなど、いちいち確かめるような時間はなかった。

「どうすりゃいいんだかわからない。昨日も、ある女にされた悩み相談に返事を出したら『何を書いてるのかよくわかりません』とか返事が来ちゃってさ。違う女に答えてしまったってわけだ。なあ、お前はいったいどうしてるんだ？」

よくあることですよ、と坂井が一笑に付した。

「向こうだってね、そんな厳密なこと望んじゃいないんです。極端にいえばね、本間さんはうなずいてりゃいいんです。向こうはとにかく話がしたいんですよ。話して、自分には聞いてくれる相手がいることを確認して、それだけでいいんです。そのためにやってるんですよ。気にする必要はありません」

「そうは言うけどな」

私は相談相手のあまりの無責任ぶりに頭を抱えた。

「僕なんか、この前ひどいことがありましたよ」昏の端に笑いを浮かべて、坂井が口を開いた。なんだかんだ言いながら、やはり話したいらしい。「二十歳《はたち》っていったかな、それぐらいの女の子と会って、まあ盛り上がりましてね。そのままエッチ、ということになったんですが、その最中に『坂井さんって、慶応の先生なんだよね』って言うんですよ。向こうも何人かの男とメールしてるから、わけがわかんなくなってるんですね。違うよバカとか言いながら、それでもやるだけのことはやりましたけど」

「鬼畜だなあ、お前は」

他に言うべき言葉はなかった。

「ありがとうございます」

残り少なくなったアイスコーヒーを一気に吸い上げて、坂井が頭を軽く下げた。

「もうひとつあるんだ。雑誌で読んだんだけどな」私は持ってきていた男性週刊誌をテーブルの上に広げた。「俺がメールをやってる連中は、本当に女なのかな。ネカマってのがいるわけだろ」

「いやあ、僕も同じことを考えましたよ。さすがに同じ大学を出てるだけのことはありますね。思考経路がそっくりだ」

冷やかすように言った坂井から顔を背《そむ》けた。こんな男が後輩だと思うと情けなくなってくる。

「まあ本間さんも、そろそろメールの要領がわかったみたいですから、次はいよいよ会うということも考えないといけませんからね。魚の捕まえ方はわかった、次は調理の方法というわけです。しかしそうなってくると、材料の良し悪《あ》しの問題が出てきます。ネカマの心配も必要になってくるでしょう」

うなずく私を見て、坂井が眼鏡を取り出した。眼帯の上からかける。大学教授の心境なのかもしれない。

「ネカマっていうのは、本間さんもご存じだと思いますけど、まあ九割は愉快犯ですね。女になりきって、メールやチャット相手をからかって喜んでる手合いです。ごくたまに本物のホモもいますがね、そんな連中のために必死で悩み相談の答えを考えてるかと思うと、確かに嫌になりますよ」

「だろ？」

「ただ、本間さんの場合は、メールで知り合ってるんですから、ほとんどその危険性はないですよ。チャットで出会ったりすると、けっこう可能性は高いんですがね」

「でも、ゼロとは言えないだろ」

私の追及に、坂井が肩をすくめた。

「最終的には会って、何とかしちゃうのが目的ですから、最後の最後には回避できるんですけどね。そうは言っても時間の無駄といえば無駄ですから、どうも怪しいなと思った場合の対処法を教えておきましょう。ネカマファイヤーウォールを使うんです」

「ネカマファイヤーウォール？」

ファイヤーウォールというのは、もともとは企業などのコンピューターに侵入してくるハッカーへの対策として考えられた一種の防御壁のことだ。それぐらいの知識はあったが、このような場合にもそういうシステムがあるとは知らなかった。

「対ハッカー用のそれは知ってると思いますけど、この場合は心理的なシステムのことを言います」

「システム？」

坂井が眼鏡を拭《ふ》いた。

「たいそうな物言いですが、別に難しいことではありません。つまり、男にはわからないような質問をすればいいんです。一番簡単なのは化粧品ですね」

「化粧品？」

同じ言葉を繰り返すだけの私を坂井が哀れむように見つめた。

「化粧品について質問をするんです。ファンデーションは何を使ってるの？　とかね。もっとも、最近はネカマ連中も知恵をつけてますから、もうちょっと高度な質問でもいいかもしれない。グロスは何使ってるの、ぐらい聞いてみてもいいでしょう」

「グロスって何だ」

「そういうことですよ」私の反応に坂井が手を打った。「男の答えはそんなところです」

グロスというのは、メイクのときに唇を光らせるために使うものだ、と坂井が説明した。女性にとっては常識以前の問題のようだが、私には何のことだかさっぱりわからなかった。

「しかし僕のように知識のある男もいますからね。それでも怪しいと思ったら香水について聞いてみてください。『ゲランの〝ミラク〟って、いい香りだよね。果物みたいでさ』なんて質問はどうでしょう」

「何を言ってるのかさっぱりわからない」

私は文字通り手を上げた。

「ゲランには〝ミラク〟という香水はありません。ですから、相手が引っ掛かって『うん、あれっていい匂いだよね』なんて答えてくるようなら、そりゃ間違いなくネカマです」

「でも、相手が本当に女だったらどうするんだ。〝ミラク〟ってゲランだったたっけ、って言われたら」

坂井が眼帯の上から目尻の辺りを掻《か》いた。

「間違えた、ランコムだった、と言えばいいんです。どっちもランがつきますからね、そのへんは言い訳できますよ」

「面白いな。他にはないのか」

興味をかき立てられて私は尋ねた。

「ファッションでしょうね」

何でも坂井は即答する。まるでキリストとその弟子の会話のようだ。

「若い女の子だと称している相手なら、どんな服を着てるのか、ブランドはどこが好きか、ぐらい聞いてみてもいい。『オリーブ・デ・オリーブって、案外高いよね』っていうのは僕がよくする質問ですけどね」

「何だそのオリーブなんとかっていうのは」

「実際には若い子、女子高生あたりをターゲットにしているブランドで、彼女たちの定番ともいえます。まあまあ買いやすい値段なんですが、インディーズ系なんで知ってる男は少ないはずです」

「お前はすごいな」

私は感心した。とにかく、この男は真剣に取り組んでいる。

「何事も努力ですよ」

落ち着きはらって坂井は眼鏡を胸のポケットにしまい込んだ。

## 六

思い返してみると、その頃の私は実に熱心だった。坂井に相談してから十日後にはメールフレンドはさらに四人増えていた。それ以外にも初めてのチャットを経験し、ネカマの摘発もしていた。もっとも、その男は三回目のメールで自分が真性のホモであり、真剣に交際相手の男性を探している、と告白してきたのだった。切々と語られる彼の話には胸を打たれたが、残念ながら交際するというわけにはいかない。私は丁重に、これ以上連絡を取ることはできない旨のメールを送った。その後、彼からのメールが届くことはなかった。

チャットについても何度か試してみたが、直接画面上で会話が交わせるという利点はあるものの、意思の疎通に時間がかかるという、サラリーマンにとっては致命的な欠点があることがはっきりわかり、基本的にはやらないということに決めた。

もっとも、これは私のタイピングの技術が低かったためでもある。キーボードの扱いに慣れていない私は、何か言われてもすぐには返事を打てない。揚げ句の果てには、

「レスが遅くてつまんない」

と言われてそのまま終わってしまうこともたびたびだった。面白そうではあったが、慣れるまでは手を出さない方がよさそうだった。私の経験からいえば、チャットはむしろメールで親しくなった後にやるべきものだろう。

最初にメールを送ってきた二人の女性は、いつの間にか何も言ってこなくなっていた。その代わりに、三人目の女性で町田に住む二十五歳の主婦が、熱心に連絡を取ってくるようになっていた。

《るみ》と名乗るその女性は、二十歳で結婚して子供が二人いるという。若いのにすごいんだね、と返事をすると、どうして結婚してしまったのか自分でもわからない、という愚痴《ぐち》を延々と書いて寄越した。

結婚自体にはもともと強い憧れがあり、その頃つきあっていた男性がやはり結婚願望が強かったことから、両親や周囲の反対を押し切って強引に結婚してしまったらしい。だが、落ち着いて考えてみると、どうしてもっと遊んでおかなかったのかと毎日後悔しているという。

「だってねえ、本田さん、20歳で結婚して、すぐに子供が生まれて／もちろん、子供は欲しかったし、カワイイんだけどさ／
でも、もう毎日たいへんで、疲れるばっかりで／
それで、やっと手がかからなくなったと思ったら、またできちゃって／
それはそれで幸せなことなんだろうけど、でもまわりを見たら、友達とかはみんなそれぞれ楽しそうに遊んでて／

二人目がやっと大きくなって、さあこれからだって思ってたら／今度は急にダンナが冷たくなっちゃったんだよね／
なんだか、そうなってみると、もともとすごい好きだってわけじゃなかったんだって／
あらためて気がついて／
たまたま二人とも結婚したくて、それでなりゆきでそうなっちゃった、みたいなところがあるからさ／
そうしたらすごいさみしいなあって、そう思っちゃったんだよね」

典型的な早すぎる結婚と、それについての後悔というありふれた話だが、気持ちはわからないでもない。むしろ、よくある悩みだからこそ、彼女にとっては切実なことなのかもしれなかった。

《るみ》は毎日一通、多いときは三通のメールを送って寄越すほどになっていた。私もこんなに熱心にメールをくれる相手は初めてなので、律義に毎回返事をした。毎日のメールは密度を濃くしていき、《るみ》の私への依存心が日に日に高まってくるのが手に取るようにわかった。

時間を決めて待ち合わせて、インターネットカフェからチャットもした。なにしろそれまでは、メールといえば聞こえはいいが、要するに文通をしていたに過ぎない。それがいきなり、リアルタイムで話すのと同じレベルまで達してしまったのだ。初めてチャットがつながったときには、二人ともまるでお互いに前から好きだったが話すことができなかった中学生同士のように照れてしまった。後で考えると、それほどのことでもなかったのだが。

盛り上がった私が自分の携帯電話の番号を教えると、《るみ》はすぐに電話をかけてきた。ごく普通の、明るい声の女性だった。話はすぐに、自分たちにも信じられないほどの早さでまとまり、私たちは翌週に町田で会うことになった。ここまでに要した時間は約二週間ぐらいで、展開の早さときたら、自分でも怖くなるほどだった。

メールのやり取りをしているときは、他に誰もいない二人だけの世界だ。そこではどんなことでも話せるし、どんどんお互いを、そして自分を美化していける。話の内容は、二人の情報と満たされない現実への不満が中心であり、閉ざされた空間の中ではお互いだけが真の理解者となれる。

しかも電話とは違って保存しておいたメッセージを何度も読み返せるという再現性があるために、さらに相手への期待感は高まり、気がついたときには恋愛に酷似《こくじ》した感情を抱くようになる。メール交際が信じ難いほどのスピードで恋愛に変化していくのは、そのあたりに原因があるのではないだろうか。

非常に便利なものではあるが、その代わりに欠点もある。実際には会っていないのだから、いざ会ったときに描いていたイメージとはまったく違うということがあり得るのだ。私と《るみ》の場合がまさしくそうだった。

町田の駅前で会った《るみ》は、白に近いような金髪、日焼けサロンで焼いた肌、そして派手なメイクという、まさに絵に描《か》いたような〝ヤンママ〟だった。そして彼女にとって私は、どこから見ても疲れ切った中年サラリーマンというところだったのだろう。

お互いに唖然《あぜん》としながら視線を交わした私たちは、目の前にあったファーストフードでまずいコーヒーを飲んでから、すぐに別れた。その後《るみ》からの連絡は今日に至るまで途絶えたままだ。

あらゆる意味で失敗といえる出会いだったが、私は帰りの小田急線の中で今後の展開についてさまざまな思いを巡らせた。

とにかく、会えたという事実だけは間違いない。坂井の話も嘘というわけではなかった。まったく知らない同士の二人でも、メールと携帯電話があれば知り合えてしまうのだ。考えてみれば、これは驚くべきことなのかもしれない。もちろん相手の趣味や、自分の嗜好《しこう》の問題はあるにせよ、とにかく会えるのだからこれはこれで意味はある。

だとしたら、次は失敗したくないものだ、と私は思った。今回の失敗の原因はどこにあったのだろう。答えは簡単だ。自分を若く見せようとしたり、いいところばかりを強調しすぎたことだ。イメージを高く描いてしまうのはいいが、現実がそこに追いついていなければ相手はその落差に失望するだけだ。

これもまた営業と同じなのだ。私は坂井が言っていたことを思い出した。むやみに話ばかり大きくしても、実体が伴っていなければ相手は動かない。むしろやや低めのイメージを作って、その上で相手に会ったほうがその後の展開は広がりやすい。そういうことなのだ。今後はこの反省点を生かして、次へつなげていこう。私は混雑した電車の中で、一人うなずき続けた。

## 七

それから私は自分の年齢設定を三十八歳まで引き上げた。四十代ということになると、さすがに相手も引いてしまいそうだが、若く申告するのも問題がある。そうなると三十八歳、というのがひとつのラインになった。

さらに、職業や自分の生活環境についても、なるべく本当の自分に近い設定に変更した。どんな話をするにしてもあるレベルで真実を話さなければ、その内容は相手の心を摑めないからだ。

確かに、パソコンの画面上ではどんな嘘でもつける。だが、その嘘を持続していくことには困難が伴う。仕事の話をするときに、まったく知らない業界の話は長くは続かない。そうすると、相手の中に不審の念が生まれ、結局何もかもが駄目になってしまうのだ。すべて坂井の言った通りで、私はこの後輩をほとんど尊敬しそうになっていた。

そんなふうに、より真実に近い形で自分の人間像を伝えるようになってから一カ月ほど経った頃、短大を卒業したばかりで今はフリーターをしているという《ひろみ》という女の子と会うことになった。

このときはお互いにイメージもはっきりしており、私に関して言えば、彼女いわく「思ってたより年とってないよね」ということだった。私の方も同様で、《ひろみ》は、ややぽっちゃりした、色の白い、特別美しいというわけではないが、男からまったく声がかからないということはないだろうと思われる女性だった。

結論から言えば、私は《ひろみ》とそのまま一夜を共にしてしまうことになる。信じられないほどにその流れはスムーズだった。あまりに当たり前のようにそうなってしまったことに私はとまどい、金でも要求されるのかと思っていたが、それもなかった。本当に簡単に、ごく自然にそうなってしまったのは不思議としか言いようがない。そんなことがあり得るのか、と言われれば返す言葉もないが、事実なのだから仕方がない。

その後も二度ほど会い、そのたびに体の関係を持つことになったが、結局はなんとなくお互いに連絡を取ることはなくなり、関係は自然に消滅した。

「そうなんですよ」

私の報告を聞いた坂井が解説してくれた。

「どういう理由かはわかりませんがね、そんなに長くは続かないんです、これが。僕が一番長く続いたのは、前にも言いましたが月に二回ぐらい会う人妻で、これが三カ月ぐらい続きましたかねえ。やっぱり出会い方に問題がないわけじゃないし、どこか後ろめたいものがあるからなんじゃないか、と思ってるんですけどね。もうひとつ言えば、ある意味スリルというかドキドキしたものを求めてやってる部分って大きいと思うんですよ。でもその関係が連続性を持ってしまうと、そういう気持ちは薄れてしまいますよね。そういうこともあるんじゃないですかね」

そういうものなのかもしれなかった。

ただ、私に関して言えば、やはり妻と子に対する罪悪感があったことは事実だ。

確かに、私も男である以上、勝手な理屈ではあるが、一夜限りの遊び心で浮気をするようなことがあってもおかしくはないだろう。道義的に正しいことではないと十分にわかっているが、それでもぎりぎりでセーフティゾーンに含まれると言えないことはないのではないか。だが、何度も繰り返してしまっては、妻子に対する裏切りということになってしまう。私が《ひろみ》との関係を断ったのはそのためだった。

つまり、単純に言えば、私は妻の葉子《ようこ》と娘の亜矢《あや》を愛していた。家庭を壊すような危険な真似はしたくなかったのだ。

その後の私は、週に一、二度自分のメッセージを更新するだけで、自分から積極的に動くことは一切やめることにした。坂井は相変わらず盛んに女性たちにメールを送り続け、その成果を私に報告してきたが、どんなに刺激的な話を聞かされても二度と同じことを繰り返す気にはなれなかった。

それならメッセージの更新もやめればいいのに、ということになるが、メール恋愛はやめられなかった。メールのやり取りから得られる不思議な感覚は、私にとって無視できないものになっていた。

顔も名前も年齢も、もしかしたら性別さえも定かではない相手との微妙な感情の交流は、妻との間では得られなくなっていたものだった。会えないからこそお互いのことをもっと知りたい、自分のことを知ってほしいという欲望は募り、その想いは必要以上に過激な言葉になっていく。私たちは相手を、そして自分を美化した想像の世界の中で、お互いを求めているというメッセージを発信し、受け取った。

それで十分だった。それ以上踏み込もうとは思わなかったし、ここまでは許されるだろうとも思っていた。妻との間では得られない感覚といっても、それは妻や子への愛とはまったく違う次元での話であり、あくまでも生活の中のちょっとしたスパイスという意味に過ぎない。寂しいのは自分だけではないのだということを確認するために、私はその行為を続けていたのかもしれない。

だからこそ、というわけではないが、より楽しくメールを交換できる相手を探すことには貪欲《どんよく》になっていた。私と坂井は定期的に会っては情報を交換し合い、どの出会いサイトが人気があるか、どのようなメールが女性に対して訴求力《そきゅうりょく》があるか、どの時間帯でメールを送信するのが効果的か、というようなことについて話し合った。

その結果として私たちは模範的ともいうべきプロフィール文と、一番重要な最初の三日間をどう進めていくか、最も効率のいい出会いサイトを知る方法、返事が来る確率の高いメールタイトル、そして必ず会うことのできるノウハウを手に入れた。

坂井は実際に会うことに精力を注ぎ、私はぽつぽつと届くメールの相手とネット上の恋愛を楽しむことに喜びを見いだすようになっていた。そんなふうにして一年が過ぎていった。

# 八

私の中でわずかに変化が起きたのは、それからしばらくしてからのことだった。定期的な異動の結果ではあったが、私は営業部の副部長から専任部長というポストに昇進することになったのだ。

東洋印刷社の場合、専任部長になった者は、通例では二年ないし三年後の人事異動で営業部長になる。つまり私はラインに乗ったということになるのだが、どこの会社でもそうであるように、部長職は完全な管理職で、第一線の現場には直接タッチしなくなる。

もちろんサラリーマン的に考えれば悪いことではないのだが、ただ問題なのは部長になってしまえば、会社に縛られる重さが今の比ではなくなる、ということだった。そうなる前に、もう少しだけ楽しんでみてもいいのではないかという思いが、私の中の何かを微妙に揺さぶったのだ。

普通に大学を卒業して、会社に就職し、三十一で結婚した。五年後に娘が生まれ、それをきっかけに分譲マンションを購入した。飛び抜けて良い夫、良い父親だとは思わないが、悪い家庭人でもないと思う。妻のことは大事に思っているし、娘のことは誰よりも愛している。何よりも大切な家族だ。そして私がそう思っていることは二人にも十分に伝わっているはずだった。

会社でも、同僚と比較して素晴らしい営業成績を上げたとか、特別な業績を残したということはないが、致命的な失敗や大きな損害を会社に与えたことはない。私はそういうタイプの人間だ。家庭においても、職場においても、逸脱することなくあくまでも常識的な道を淡々と歩んでいく。それが間違っているとは思わないが、それだけでいいのだろうかと思ったのだ。

もっとも、これは昇進したから考えたということではないかもしれない。むしろ、年齢的なものによるところが大きいのだろう。四十代も半ばを過ぎてしまえば、どちらにしても落ち着かなければならないのは当然のことだが、もうそのときは目の前に迫っていた。あと数年もすれば、社会人としても家庭人としても、平穏無事であることを何よりも幸せなことと感じなければならない年代になってしまう。それはそれで仕方がないことだが、このまま流されてそうなってしまうのは嫌だった。少しだけ、抵抗してみたかった。そう思った私の脳裏に浮かんだのは出会いサイトだった。

もう一度だけ、会うことを前提にメール交換をしてみようか、と思ったのだ。別に会って何かするというわけではない。妻を裏切るつもりはなかった。ただ、これまでは本当に会ったりはしないという前提でしていたことを、会ってもいいと条件を変えることで、もっとリアルな楽しみにできるのではないか、と思ったのだ。

私は約一年半ぶりに、メール交換の相手を探す条件として、実際に会える人、という項目に丸をつけた。それでも後ろめたさがあったために、会うとしても一人だけというルールを自分に課した。

さらに、外回りしていてもいつでもメールをチェックすることができるように、営業先である蒼星社の近くにあるインターネットカフェの会員になった。週に一、二度通ってそこからメールのチェックを行うようにしたのだ。

過去の経験からいって、会うだけならそれほど時間はかからないはずだった。だが、一人だけという条件を付けたために、なかなかこれといった相手は見つからなかった。数多くの女性とメールを交換したが、私がよくても向こうが気に入らなかったり、盛り上がっても遠距離だったりと、どの女性とも会うまでには至らなかった。だがそれはそれで構わなかった。会うかもしれない、という緊張感が私のテンションを高めてくれたからだ。

それにしても、四十を過ぎてこんなことにしか楽しみを見いだせない自分が情けない、と坂井にメールを送ると、〝五十を過ぎてキャバクラにはまるより、この方がいいんじゃないですか〟という返事が来た。どうやら、これは私たちにとっての通過儀礼のようなものらしい。

その後も、誰とも実際に会うことはなかった。数カ月が過ぎ、私とインターネットカフェの店員である金髪との親密さは増していったが、それ以外に変化はなかった。

# 九

手を挙げると、金髪が新しいアイスティーを持って近づいてきた。この店は料金システムが時間制なので、飲み物はフリードリンクになっている。

「どうすか、今日の調子は。いいのはいました？」

女性からのメッセージを閲覧していく私の手元を金髪がのぞき込んだ。この男は私がどういう目的でこの店に来ているかを知っている。

「そんなに状況は変わりゃしないよ。ほら、この女も先週からメッセージを載せ続けている」

《神奈川のぷりん》と名乗る女性のイメージイラストが、私に向かって手を振った。

「前から不思議なんだけど、こいつらはやらせなのかな、それとも、そんなに男に不自由しているのかな」

「僕は専門家じゃないんで」金髪が歯を剝き出した。「そんなの、本間さんの方が詳しいんでしょうに」

「これだけはいくらやってもわかんないなあ。とりあえず言えるのは、こいつらに向かって送ったメールには、未《いま》だかつて返事が来たことがないってことなんだよな」

私の想像だが、この手の〝常連〟というべき女性たちは、おそらくサイトを賑《にぎ》わすための管理者によるサクラなのだろう。他の出会いサイトでも、名前を変えた彼女たちのメッセージをよく見かけるからそう思ったのだが、これには確証はない。

「他のは、どうですか」

「この女は初めてかもしれない」

私はカーソルを移動させた。ハンドルネームは《ナースデース》となっていた。下手な洒落《しゃれ》だ。

「こんにちわ、はじめまして／
都内の病院に勤めている、看護婦のリカです／
今年の春に彼氏と別れてしまってから、楽しい出会いがありません／
病院と家との往復ばっかりで、ちょっと息がつまりそう／
外で遊んだりするのはあんまり得意じゃなくて、家でまったりするのが好きなわたしですが／
誰かにこんなわたしを変えてほしい、なんて思っています／
よかったら、メールの交換からはじめてみませんか？／内気で、話もうまくないし、こんなことをするのはじめてだから、面白くないかもしれないけど／
でも、待ってます。楽しく続けられるひとがいいなあ／
よろしく、リカ」

「いいじゃないですか、看護婦ですよ」

金髪に構うことなく、私は彼女のプロフィールをチェックした。身長百六十五センチ、体重五十キロ、バスト八十二、ウエスト六十、ヒップ八十二。

「けっこうでかいな」

「今はこれぐらい普通なんじゃないすか」

そう言ってグラスをトレイに載せた金髪の前で、私は座ったまま椅子を回転させた。

「身長は実際には百七十センチぐらいあるだろう。おそらくスリムな体型でやや神経質、真面目だが自分の性格をあまり好ましく思っていない。セックスについては、行為そのものより前戯が好き、ただしそれも本人の中では肯定されていない可能性がある。同時に欲求不満があるかもしれないが、本人は気づいているかどうか。色は白いが、黒い場合は焼いているためだ。髪の毛はショート、もしくは肩までかな。たぶんストレートヘアのはずだ」

「ちょっと、ちょっと待ってください。いきなり何を言いだすんですか、こんなメール見ただけで」

レクター博士と初めて会ったときのクラリス・スターリングのような目で金髪が私を見た。

「この世界には、プラスマイナス五の法則っていうのがあるんだ」と私は説明した。「身長百六十五センチっていうのは、その法則を当てはめてみると、百七十センチということになる。簡単な計算だよ」

「いや、だからちょっと待ってくださいってば」金髪が異を唱えた。「マイナスの場合だってあり得るじゃないですか、ええと、その場合は、ええと百六十センチだ」

「小さい場合はメールの中で、体型について何らかの形で言及しているものだ。ところが、この女は一切触れていない。そしてそういう女性は体型についてコンプレックスがある場合が多い。大きい女は小さく申告したがる。その方が男の受けがいいと思っているんだな」

私は首を振った。

「そういうもんですか」

僕なんか大きい女の方が好きですけどね、と金髪が言った。無視して私は先を続けた。

「そう考えると、この女はかなり痩せているか、それとも体重が多いということになるが、プラスマイナス五の法則から考えればむしろ痩せていると考えた方がいい。つまり身長百七十センチで体重四十五キロとなる。これはかなり痩せているといってもいい体型だろう」

「なるほどねえ」

感心したように金髪がうなずいた。

「体型と職業をあわせて考えれば、神経質にならざるを得ない。もちろん真面目な人柄ということになるが、そんな自分の現状を認めているような女なら」私はパソコンの画面を叩《たた》いた。「こんなところまで来やしないさ。当然、真面目であることにやや嫌気がさしているのだろう。退屈な日常からの逃避ということだ。だが、性格からどうしても欲求を剥き出しにすることは好まず、さらに体型から判断すると女性としてやや未発達、セックスについても積極的とは思えない」

「いや、すごいすね本間さん。FBI捜査官みたいだ」

「だが、看護婦という環境にいる以上、セックスに関しての情報はオープンであり、憧れもあるはずだ。好奇心も強いだろうから、積極的になってみたいという気持ちもあるだろう」

「色が白いっていうのは?」

そこがわからない、と金髪が首を捻《ひね》った。私はもう一度画面を叩いた。

「家にひきこもりがちだって言ってるんだぜ。どうやって黒くなるんだよ。ただ、こういう女性に限って、逆に肌を黒く焼くことで男性と遊ぶことができるのでは、というふうに考えがちだからね、黒くしている可能性がないというわけではない」

「髪が短くてストレートだというのは、どういうことなんですか」

「あんまり看護婦が長くしてるってのもおかしいだろ。仕事柄、規則があってもおかしくないしね。性格から考えても、こういう女は髪型をいじったりするのを好まない。パーマをかけるのは嫌なんじゃないかな。保守的なんだよ、考え方が」

「その分析はどこまで正しいんすかね」

金髪が疑いの表情を浮かべた。さあな、と私は笑った。

「理論は完璧《かんぺき》なんだけどねえ。世の中、理屈通りにはいかないからなあ」

「そうですよね、本間さんは単なるメールマニアですからね」

私がこの店に来るようになってからは、実際にはメールを送ってきた女性と会ってはいないことを、金髪は知っている。

「俺は理論家なんだ」

私は胸を張った。

「何を自慢しているんだか」

自分が運んできたコーヒーに口をつけた金髪が、唇を指で拭った。

「まあ、この女の職業が本当に看護婦だとしたら、七割ぐらいは合ってるんじゃないかな。もちろん、嘘をついているとしたらそれまでだけどね」

「で、どうするんすか」

「もちろん」マウスにかけていた指を動かした。「こうするんだ」

そう言って私はカーソルをアイコンに当ててクリックした。アイコンには〝メッセージを送信します〟と記されていた。

# 十

三十分後、店を出た私は会社に戻り、その日の仕事を終えて帰途についた。東洋印刷社は丸の内にあり、私の住む井の頭線の久我山《くがやま》までは一時間ほどかかる。

家のドアを開けると、娘の亜矢が猛然と飛び掛かってきた。小学校に上がってからというもの、亜矢が飽きることなく繰り返している出迎えの儀式だった。

「パパおかえり」

私の腕にしがみついて、そのまま背中に這《は》い上る。私の体に触れたら、地面に足をついてはいけないというのが亜矢の決めたルールらしい。私は玄関にカバンを置いて、そのまま肩に亜矢を担《かつ》いだ。

「ちょっと、天井に気をつけてね」妻の葉子が手を拭きながらキッチンから笑顔をのぞかせた。笑うと、目がへの字になる。「この前もぶつけて、あんた一晩中泣いてたでしょ」

「ないてないもん」

亜矢が叫んで両手を振り上げた。照明に手が当たって体が大きく傾く。私の髪の毛を小さな手で摑んで、落ちないようにバランスをとった。

「痛いよ、亜矢」

パパ禿《は》げちゃうよ、と言うと亜矢が嬉しそうに笑い声を上げた。やれやれ、というように葉子が肩をすくめて台所に戻った。

どこの家でもそうかもしれないが、子供は王様だ。亜矢はその日学校であった出来事を私に話し終えるまで寝ようとはしなかった。ソファで横になっている私の足の上を転がりながら、亜矢は繰り返しの多い話を続けた。意味はよくわからなかったが、今日は先生が童話を読んでくれたらしい。

「さあ、亜矢、いいかげんにしなさい。お風呂入ろうね」

葉子が亜矢の手を握った。

「まだだめ。まだおはなしおわってない」

「ふーん」

静かに妻がうなずいた。気配を感じて亜矢が動きを止めた。

「いいの、亜矢？　ママの言うこと聞かなくていいの？」

「だって」

「いいの？」葉子が両手を前に出した。「いいの？　亜矢、いいのね？」

亜矢が不安そうに私の首に抱きついた。私はそっと亜矢の腕を摑んだ。

「わかった。じゃあママも」葉子が亜矢の脇腹をくすぐった。「こうだぞ」

「やだママ、やめてやめて」

笑いながら亜矢が身をよじる。私が押さえているためにほとんど動けない。くすぐられた亜矢は悲鳴を上げながら笑い続けた。葉子が手を放しても、その笑いは止まらない。

「はい、終わり。さあ、亜矢、お風呂に入りますね？」

「はいるう」

涎《よだれ》を垂らしながら、亜矢がうなずいた。これもまた、わが家の毎晩のお遊びだった。

「よし、じゃあ亜矢はパパとお風呂入ろう」

立ち上がった私に亜矢が猿のように飛びついた。ずっしりとした重さが伝わってくる。子供の成長の早さにとまどいながら、私は亜矢をぶらさげたまま風呂場へ向かった。

風呂から上がってビールを飲んでいると、亜矢を寝かしつけた葉子が戻ってきた。子供が小さいときには三人で寝ていたが、亜矢が小学校に上がってからは母子と私は寝室を分けている。

「何か太ってきてない？　あたし」

下着姿の葉子がそう言って私を見た。

「そうかな。そうは思わないけど」

「このへん、ちょっとねえ。恥ずかしいのよ」

葉子が下腹を摑むと、肉が指の間からはみ出した。とはいえ、妻をかばうわけではないが、葉子はむしろスタイルはいい方だ。今年で三十八になるが、やや幼さの残る細面の顔は、三十歳でも十分に通用するだろう。

「そうでもないさ。むしろ、それぐらいでちょうどいいんじゃないの」

私の言葉に葉子が照れたように笑った。大きな瞳が細くなる。

「こうしてだんだんと年を取っていくのよね」

「お互いさまだ」

そうね、と葉子が私の腹部に目をやった。たるんだ皮膚がシャツの下で静かに息づいている。

「ねえ、あたしにもちょうだい」

葉子がグラスを持ってきた。缶のビールを注ぐと、勢いよく飲み干して小さな息を吐いた。

「最初の一口はおいしいのよね」

私はうなずいて、もう一杯飲むか、と勧めたが葉子は首を振った。

「それよりお風呂入らないと」

明日お母さん会があるのよ、と洗面台の前に立った葉子が鏡をのぞき込んだ。軽くウェーブのかかった長い髪をヘアバンドでまとめる。

「なんで午前中なのかしら」

さあね、とだけ答えて私はリモコンでテレビをつけた。バラエティ番組が始まっている。最近売り出し中の若手芸人が、似ていない物真似で笑いを取っていた。

「こいつ、よく出てるなあ」

思わずつぶやいた私に、目の周りをマッサージしていた葉子が声をかけた。

「ねえ、今度の土曜日休み？」

「たぶんな」

「吉祥寺に新しい中華のお店ができたんだって。行ってみない」

「子供連れでもいいのか」

右、左、右、と回転していた指が動きを止めた。

「大丈夫だって。ちょっといい感じみたいよ。大野さん言ってた」

大野加代子《かよこ》は同じマンションの二軒隣に住んでいる、私たち夫婦の共通の友人だ。

テレビの画面を目で追いながら私はうなずいた。マッサージを終えた葉子が、じゃあ決まりね、と目をへの字にした。

「高くないだろうな」

さあどうかしら、と葉子が顔だけのぞかせて小さく笑った。まあいいや、と私はうなずいてテレビを切った。ひとつ、やらなければならないことを思い出していた。

十一

妻が風呂に入ったのを確かめてから、私は自分の部屋でパソコンを立ち上げた。二通のメールが届いていた。

「リカです／お返事ありがとうございました／
はじめて、こんなことをしたんですけど、皆さんすごいんですね／
夜、病院から帰って開けてみたら……メールの山！／72通もありました／
でも、返事を書くのは一人だけって、決めてたんです／はじめてだし、ちょっぴり不安だし……
そんなに何人もの人とメールができるほど器用じゃないし……／
全部読んで、あと3人、気になる人はいたんですけど／
えいっ！　て本田さんに決めちゃいました……／

どうしよう、あたしの選択、まちがってないといいんだけど／
いろんなこと、教えてくださいね。本田さん、あたしなんかよりもずいぶん大人みたいだし／
でも、ホントにいいんですか？　あたしなんかで／
じゃ、また。リカ」

もう一通のメールを開けてみると、こちらもリカからのものだった。中身は大したことではなかった。

「ごめんなさい、何度も……／
リカです／
メールするの、はじめてなんで、よくわからなくて、急に不安になっちゃって／
ちゃんと送れているのかな、届いているのかなって／
ごめんなさい」

メール初心者にはよく見られる現象だ。私にも覚えがある。これはメール交際ではなく仕事においてだが、自分が作成して発信したメールがちゃんと届いているのだろうか、と心配になって相手に確認の電話をしたことがある。だったら最初から電話してくればいいじゃないか、とそのときは笑われたが、覚えたてのうちは誰でもそういうものだろう。リカの不安はよくわかる。私はしばらくキーボードを見つめてから、返事を書き始めた。

「本田です／返事、どうもありがとう／
72通はすごいね。やっぱり、看護婦っていうのが効いたのかな？（笑）／
でも、選んでくれて、ありがとう／
こっちこそ、僕なんかでいいのかな／ちょうどリカより10歳年上ということになるけど／
まあ、確かに年だけはとってるから、それなりに人生経験もつんでいるかもしれない／
お互いになかなか知り合えないような年齢だと思うので／その意味では、いい経験になるかもしれないね／
ところで、彼氏はいない、みたいなことを書いてたけど、なんでいないのかな／忙しいから？／
もっと、遊んだほうがいいんじゃないかな／リカぐらいの年齢で、そういう仕事だと、どんなところで、どんなことして遊ぶのかな／
やっぱり、カラオケとかになるのかな／
僕らの年になると、もう落ち着いちゃってるから、逆にリカたちがどんなことをして遊んでいるのか、そういうことに興味があるんだよね／
とりあえず、いろいろ書いちゃったけど、いろんな話ができるといいね／
それじゃ、また」

どんな女なのだろうか。私は送信ボタンを押しながら考えた。とりあえず、メールの文面からは、嫌な感じは受けなかった。最初のメールから、だらだらと自己紹介や生活に関しての愚痴を並べたてたり、過度に馴《な》れ馴《な》れしい調子で書いてくる女性がよくいるのだが、リカはそういうタイプの女とは違うようだった。

その手の女とは会いたくなかった。会ったとしても、わがままをぶつけられるだけになるような感じがする。リカのメールからは、その手の抑制のなさは感じられなかった。

むしろ、ちょっと臆病《おくびょう》な、優柔不断な女性の匂いがした。今、ここにいる自分は本当の自分ではない、どこかにもっと自分らしくなれる場所があるはずだ、と信じている女。でも、どこにその場所があるかがわからない、どうやって探せばいいのかわからない。どうにもできずに、毎日を迷いと後悔の中で暮らしている、そういう女。

とりあえず、第一印象としては満点だった。このまま連絡を取り続けてみたい、と思わせてくれる相手は久しぶりだった。

「大丈夫、君の選択は正しいよ」

パソコンの電源を落としながら、私はつぶやいた。これ以上考えていても仕方がない。この段階でいくら想像を巡らせたところで、返事が戻ってこない可能性の方が高いのだ。

## 十二

「どっかーん」

翌朝、いつものように亜矢が私を起こしにきた。服を着替えて、ランドセルを背負ったまま寝ている私の上に飛び乗ってくるという乱暴な起こし方だ。

「あさですよー、あさですよー」

叫びながら亜矢が手足をばたつかせる。布団ごと亜矢の体を抱きしめながら、そろそろこの遊びもやめた方がいいかもしれない、と思った。日に日に育っていく亜矢の体を受け止めるのが辛くなってきている。このままでは私の体が保《も》たないだろう。

私は亜矢の体を横抱きにしたままベッドから降りた。ランドセルを摑むと、亜矢が手を伸ばした。空中を飛んでいるつもりなのだ。

「あら、早いのね」

テーブルにトーストの皿を並べていたTシャツにジーンズ姿の葉子が振り向いた。私は亜矢をソファに座らせて、テレビの天気予報に目をやった。

「雨は降るのかな」

「二十パーセントだって。朝の運動はもう終わりなの?」

いつもなら、亜矢と二人で、どちらかが飽きるまで追いかけっこをするのだが、今日はそうしている時間がなかった。

「仕事が残っててね」私はグラスのミルクに口をつけた。「ちょっと早く行かないとまずいんだ」

不服そうに私を見上げている亜矢の頭に手をやりながら答えた。私の頭の中は、リカからのメールでいっぱいだった。

毎日のように新しいメールは来ているが、リカからのメールには期待できる何かがあった。手応《てごた》え、と言えばいいのだろうか。この三カ月で二十人以上の女性とメールを交換していたが、私の方から会いたい、と持ちかけたのは一人だけだった。それも、そんなに強烈にそう思ったわけではない。まあこんなところかな、という程度の認識だった。しかも、彼女の方はそうは思わなかったらしく、メールはすぐに途絶えていた。もちろん、リカとのメールもすぐに終わってしまう可能性は十分にある。だが、私には予感があった。言葉では言い表せない何か。久しぶりに楽しい相手になってくれる、そんな期待感。

会社に着いてすぐにデスクのパソコンを立ち上げた。いつもより二十分以上早く出社してるので、フロアには誰もいない。スクリーンセーバーのオードリー・ヘップバーンが私に微笑《ほほえ》みかけた。マウスを動かしていく。期待で胸が波打つようだ。急いでメールボックスを開く。そこには新着メールの存在を示すサインが点灯していた。リカからのメールだった。

「リカです／返事、ありがとうございます／
寝る前にもしかしたらって思って、もう一度だけメールボックスを開けてみたら／
本田さんからのメールが届いていました／すごく嬉しかった。どうもありがとう！／
最初のメッセージを見たときから思っていたんだけど、本田さんの言葉って、すごくあたしに届く感じがする／
さすがは年上、なんてね／でも、そう思ったのはホントです／
そうだよね、本田さんの年代の人ってなかなか出会えないから、いっぱい話してみたいです／
うーん、彼氏ができないのは、たぶん機会がないからだと思う／
忙しいのは、確かに忙しいんです／

仕事のシフトも不規則だし、土日も休みじゃないこと多いし／そんなに集まって騒いだりするの、好きじゃないから、合コンとかも行かないし／あ、でも、誘われることはけっこう多いんですけどね／あと、前の恋愛で、ちょっと疲れちゃってるところがあるのかもしれない／彼は2つ年下だったんですけど、やっぱり、けっこうしばられたりとか、そういうことがあったんですね／他の男の人と会ったりしちゃいけない、話すのもだめ、みたいな／独占欲、強い人だったから／すごく愛されてる、嬉しいなっていうのも、もちろんあったんですけど、でも……／結局、彼が事故にあったりして、それで別れたんですけど、なんかそれから、どうしても恋愛に対して臆病になっている自分が、どこかにいるような気がする／ごめんなさい、なんか自分のことばっかし／本田さんからのメールもらって、すごく嬉しくて、ついいっぱい書いちゃいました。つまらない話でごめんね／もう寝てるんですよね、どんな夢みてるのかな／またメールします／リカ』

私は画面を元に戻した。オードリーを指で弾く。なるほど、様子がだんだんとわかってきた。メール交際は、ここから数回が実は一番難しい。当たり障《さわ》りのないような話をしながら、相手の情報だけは入手していかなければならない。その情報によって戦略を考え、状況に対処していかなければならないのだ。

私は火のついていない煙草をくわえたまま、次のメールの文案を練り始めた。

# 十三

メールの交換は、中学や高校時代の恋愛の感覚に似ている。お互いに自分の情報を小出しにしていくが、決して最初からすべてを話すわけではない。

相手の反応を見ながら共通点を探したり、全然興味のない話題でも関心のあるふりをしたりすることもある。自分を語る場合にも、長所ばかりを並べたてると鼻につくし、かといって謙遜《けんそん》がすぎても侮《あなど》られる。

もちろんこまめに連絡をすることは必要だが、一日に何度も声をかけるとしつこいと思われるだろう。だからといって放っておくと気がないように思われる、すべての特徴がメール交際と同じだ。

さらに言えば、メールの場合はもともとの関係性が希薄なこともあり、うまく進行させないとあっさりと見捨てられてしまう危険性もある。そのあたりの駆け引きが難しい。その意味で最も重要なのが最初の三日間だ。ここをうまく乗り切れば、その後の展開は楽になる。

私と坂井の経験則では、最初の三日間については四通のメールというのが最もレスポンス率がいいようだった。一日に二通以上のメールを送りつけるのはうるさいし、ある意味では迷惑にもなりかねない。だが一日一通と決めてしまうと、まるで定時連絡のように味気ないものになってしまう。

最初の日は一通、次の日は二通、そして三日目にまた一通、これが私たちの編み出したスタイルだった。そして四日目には一日、メールを送らない日を設ける。ここが重要なポイントで、そのときに〝どうして返事をくれないのか〟というようなことを書いてくるようであれば、主導権はこちらのものということになる。

初めてのメールを交換してから三日の間に、私はその方法論に則《のっと》ってメールを送り、自分の情報を少しずつ相手に教えていった。リカも同じだった。その三日間で私は必要最小限の情報を手に入れていた。

リカというその女が二十八歳であること、誕生日は十二月二十二日でやぎ座であること、血液型がO型であること、職業は看護婦で、勤めている病院は新宿にあること、現在杉並区で一人暮らしをしていること、実家は長野で父親が癌《がん》で亡くなっていること、兄が一人いて既に結婚していること、東京に出てきたのは七年前で、今までにつきあったことのある男性は四人、最近は男性との交際は半年ほどないこと、好きな男性のタイプは優しくて包容力のある人で、ロバート・デ・ニーロのような顔が好みであることなど、必要なデータが集まっていた。

収集した情報を基に相手の性格を分析し、構築し、戦略を立てる。相手の人間性に合わせたコメントを送り、その反応を見て再びデータを検討していく。実はすべてはこの時期に決まっているのだ。

リカの答えはほぼ予想の範疇《はんちゅう》に入るものだった。私の質問にひとつひとつ真面目に答えていく誠実さと、顔さえ知らない男性とメールを交換しているというちょっとした罪悪感、それにも増して存在する私への好奇心。さらにはちょっとした冒険を楽しもうとしている遊び心が複雑にからみあっているが、わかりやすいといえばこれほどわかりやすい性格もないだろう。こういうタイプの女性には、強くアプローチしていくのは得策ではない。彼女たちの本質は臆病さにあるのだ。

私は自分の情報については曖昧な形で提出することにした。あまりはっきり自分の姿を見せてしまうと、気持ちが萎《な》えてしまうことになりかねない。相手のことが知りたいという好奇心を刺激していかないと、獲物はするりと網から逃げてしまうだろう。慎重に様子を見ながら一歩一歩進んでいくしかない。迂遠《うえん》ではあるが、それが最も成功率の高い方法だった。

四日目、私はわざとその日の朝届いたメールに返事を出さなかった。ここは駆け引きをする必要がある。相手がどう出てくるか、それを見定めた上で今後の展開を考えていかなければならないという重要なポイントだ。メールを送るのはもちろん簡単なことだが、ここは一度相手を焦《じ》らすことが肝要なのだ。

翌朝、リカからのメールはなかった。失敗だっただろうか。私なりに相手の性格を計算したつもりだったが、もう一日ぐらい押す必要があったかもしれない。今ならまだ間に合う。もう一度メールを出すべきだろうか。

私は逸《はや》る心を抑えて、リカからのメールを待つことにした。メール恋愛は坂井に言わせれば釣りだった。結果を焦って性急に動いたら、魚は逃げてしまう。はっきりした魚信《ぎょしん》があるまで、竿《さお》は引いてはいけない。これもメール交際の鉄則だった。

一時間おきにメールボックスを開いてみたが、リカからのメールは届いていなかった。待つしかなかった。家に帰ってからも、寝る直前までチェックを繰り返したが、リカからのメールは届いていなかった。深い後悔の念を抱きながら、私はベッドに入った。

次の日、会社に着いた私は祈るような気持ちでパソコンを立ち上げた。これでリカからのメールが届いていなければ、私は大きな魚を逃がしたということになる。もちろん、もう一回メールを送れば関係が復活する可能性はある。だが、その場合には今後は向こうが主導権を握ることになるだろう。そうなると私の役割は、単なる愚痴の聞き役ということになってしまう。これは過去の経験からいっても間違いのないところだった。

（届いていてくれよ）

拝むようにパソコンの画面を見た。それほどまでに、リカには魅《ひ》かれるものがあった。自分のことばかり話す押し付けがましさもなく、かといってただこちらの質問に答えるだけのつまらない女でもない。しかも毎日繰り返されるつまらない日常に退屈しきっている女。

この条件を兼ね備えている女性はめったにいない。会うことを前提にしたメール交換を続けて三カ月、ようやく出会えたのだ。この魚は大きい、と私の直感が告げていた。これを逃してしまったら、またしばらく新しい獲物を探してあてもなく釣り糸を垂れる日が続くだろう。

じりじりとした動きでパソコンが起動画面に変わった。メールは来ているだろうか。私は唇を嚙《か》んだ。慎重に進めていったつもりだったが、最後の詰めを誤《あやま》ってしまったのかもしれない。もう少し時間をかけるべきだったのではないだろうか。

だが、思い悩む必要はなかった。当たり前のようにリカからのメールが届いていた。

「本田さん、リカです／
昨日はメール送れなくてゴメンなさい／
でも、本田さんもくれなかったから／
どうしてかな／リカ、嫌われるようなこと書いちゃったのかな／
昨日はずっと待ってたんだけど／
もう終わりなのかな／さびしいです」

よかった、と心底ほっとして私は胸を撫《な》で下ろした。確実にリカの私への依存心は高くなっている。私はすぐに返事を送ることにした。仕事が急に忙しくなったのでメールを送れなかったことを詫《わ》び、メールの交換をやめるつもりはないこと、これからはもっといろいろな話をしていきたいし、いずれは会って話ができればもっといいね、というような内容だった。

夕方、リカからのメールが届いた。〝嬉しい！〟とタイトルのつけられたそのメールには、今朝の私からのメールを読んで泣いてしまったこと、本当は昨日も何度かメールを出そうとしたこと、自分も同じ気持ちで、今後もっとたくさん話がしたいと思っていること、会いたいとも思っているが、臆病な性格なのでもう少し待ってほしいと思っていることなどが記されていた。確実に、魚は針に掛かったのだ。私はほくそ笑んで、次のメールの作成に取り掛かった。

その夜遅く、私はリカにメールを送った。会いたいと思ってはいるが、確かにまだ早いのでしばらくはメールでいろいろ話をしていきたい、会うのはもっとお互いを理解してからでも遅くはない、と書いた。翌朝、さっそくリカからの返事があった。

「おはよう、本田さん／
もちろん、リカは本田さんのこと信じてるし、その気持ちは伝わってると思います／
ただ、何度か書いたように、リカはどちらかといえば内気で、臆病な性格なので、すぐに『会います』とはいえません／
本当は会いたいんですけどね。会ってお話ができたら、どんなに楽しいかなって／
本田さんなら、どんなことでもわかってくれるような気がします／なんでかな／
でも、本田さんは本当に大人だなって思いました／
だって、男の人って、すぐに会いたがるじゃないですか。下心がすけて見えるくらいに、わかりやすく／
そういう意味で、本田さんは大人だなって／すごく余裕があっていいなあって思います／
今日はお仕事忙しいのかな／リカは今日は準夜勤なので、ちょっと大変／
でも本田さんのこと考えてたら、一日なんてあっという間かな、なんてね／
今日も一日がんばってくださいね、体に気をつけて／またメールします」

再び私はキーボードに指を走らせて、返事を書いた。

確かに僕はリカより年は取っているけれど、決して大人ではないし、余裕があるわけじゃない。それよりも、男とか女とかではなくてもいいから、君とのつきあいを続けていきたいと思っている。というのも、リカとはすごく話が合うように思えてならないからだ。だから、焦ったり急いだりして君を失うぐらいなら、友達としてでいいから長くつきあっていきたい。実際は余裕があるのではなく、こっちこそ臆病になっているだけなのだ。

このような内容のメールをリカに送った。リカを失いたくない、というのはある意味では本音だったが、アピールしたかったのは自分が人畜無害な人間なのだということだった。これは年齢にもよるものなので一概《いちがい》には言えないが、十歳以上年が離れている女性とメールを交換する場合には、ルックスや男らしさを強調するより父性を強く訴える方が受けがいい。

私はこのメールを夕方の五時頃に送ったのだが、二時間後に家に帰ってメールボックスを開いてみると、既にリカからのメールが届いていた。

「うれしいな、本田さんからメールが来た／すごくドキドキしてる……心臓がバクバクいってて、どうしたらいいのかわからないぐらい／あのね、臆病なんかじゃないと思います／すごく誠実な人なんだなって、そう思いました／ちゃんとリカのことも考えてくれてる／ごめんね、リカ、そういう意味では本田さんの何倍も臆病だから／本当はすごく会いたい。でも会えない／そういう気持ちがいったりきたりして、自分でもどうしたらいいのかわかりません／なんかね、最近すごく、いろんな意味で怖くなってるんです／それは仕事のせいかもしれないいんだけど／

ほら、病院ってどうしても『死』が身近にあるじゃないですか／
事故とかでいきなり運び込まれてきた人が死んだり／
ずっと入院していた人が、静かに死んでいったり／
昨日まで元気だった患者さんが、急に容体が悪くなって亡くなったり／
そういうの、間近で見ていて、人間の命のはかなさっていうか／なんだかすごく怖くて／
ときどき、仕事も辞めたくなることだってあるんですよ、こんなリカでも／
だから、あんまり他の人とも深いおつきあいができなくなってて、そんな自分がイヤになって／
ああ、もう悪循環、みたいな／
ごめんね、なんだか重い話になっちゃいました／
でも、本田さんにはそんなことも話してみたくなるんです。なんでかな／
じゃあ、また明日メールするので、忙しくなかったらお返事ください」

なるほどね、と私はパソコンの電源を落とした。
今の仕事が辛い、自分を好きになれない、ここにいる自分は本当の自分ではない。
これは今まで私がメールを通じて知り合った女性たちに共通して見られる認識だった。逆に言えば、そういう環境にいるからこそ、仮想恋愛であるメール恋愛にはまっていくのだろう。彼女たちが望んでいるのは、現実からの逃避なのだ。

次の日、私はリカへの返事を書いた。

君は表面的にはとても快活で、元気よく、人当たりのいい女性なのだろう。それはこれまでの君の僕への接し方を見てもよくわかる。だが、本当のリカは内気で、心の中に自分だけの世界を持っているはずだ。そして、その価値観は他人とは相いれないものがあるのではないだろうか。

だからどうしても他人に合わせて毎日を送ってしまう。そして、そんな自分がときどきたまらなく嫌になることもあるのだろう。だとしたら、自分を変えてみる努力をしてみてはどうだろうか。もっと勇気を出して、自分というものを表現していくべきなのではないか。

そんなふうに私はメールを綴《つづ》った。押し付けがましいまでにリカの性格を分析して、ずいぶんと独断がすぎるようだが、彼女のような女性に共通しているのは強い男性像、つまり、父親を求める心理だ。どんな話にでもつきあうが、決して結論を出さない男よりも、少し強引なまでに引っ張ってくれる男を求めている、と私は判断していた。断定してしすぎることはないだろう。むしろそれぐらいでちょうどいいはずだ。

思った通り、リカはすぐに返事を寄越した。

「すごいね、本田さんは／どうしてそんなにリカのことがわかるのかな／
何だか全部言い当てられちゃったみたいで、ちょっと恥ずかしい／
そうなんです、リカは本当は、学校の友達とか病院の人たちとか、とにかく嫌われるのがすごく怖い／
何をするにも、誰かに迷惑がられたらどうしよう、それがまず真っ先に思い浮かんじゃって／
だからやりたいことがあっても、つい後回しにしてしまう／

何でも諦《あきら》めてしまって／そんな自分が嫌で嫌でしょうがなくて、毎日ため息ばかり／でも、どうしてわかったの？／ねえ、本田さんて、もしかしてリカの知ってる人なの？／そんなことあるはずないけど、そうとしか思えません／でも、世の中って広いですね／こんなリカのこと、わかってくれる人がいるなんて／メール、はじめてみてよかった／こんなことって、あるんですね」


ここまではほぼ完璧だ。リカからのメールを読み終えた私は満足してうなずいた。

私が書き送ったことは、別に特殊なことでも何でもない。三流の占い師でも答えられることだ。自分のことが好きになれない、というような女性は、実際にはその正反対で自己愛が強すぎるタイプが多い。彼女たちが真に恐れているのは、自分自身が周りの人たちから嫌われること、そしてそれによって自我が崩壊《ほうかい》することなのだ。

だから、どうしても他人との係わりを避けてしまう。他人と係わってしまえば、どうしても軋轢《あつれき》が生まれ、感情的になり、好き嫌いが出てしまうだろう。嫌われるぐらいなら、と自分だけの世界に閉じ籠《こ》もろうとするが、それでは生活ができなくなる。そのジレンマが、彼女たちに自分のことが嫌いだ、という発言をさせてしまうのだ。

リカもまた、おそらくは世間に溢れているそういう女性の一人なのだろう、と予測して送ったメールがたまたまこの場合は的のど真ん中に当たったというだけの話で、別に不思議なことは何もない。

ここまでくればゴールは見えたも同然だった。ここからは私が主導権を握ってリカを誘導していくことも可能だ。わずかに気になるのは、リカがはたして本当に女性なのだろうか、という基本的な一点だけだった。

もちろん、今までのメールのやり取りから考えても、九割九分リカが女性であることは間違いない。ただ、メールの一人称が〝リカ〟であることが不安といえば不安だった。このタイプの女性は、依存心が強く、自分がまだ子供であると認識しがちなので、自分のことを名前で言う場合が多いのは確かだが、逆にネカマの場合にも自分が女性であることを強調しようとして主語を自分の名前にしてしまうのはよくあるケースだった。

迷ったが、私は自分の携帯電話の番号をリカに教えることにした。少し早いかな、とは思ったが、最終的には教えることになるのだし、女性かネカマかを判断するのに、これ以上にはっきりした答えを出せる手段はない。その日の真夜中、私は携帯電話の番号を記したメールを送った。明日の昼過ぎなら話す時間がある、と末尾に書き添えておいた。リカからの電話はかかってくるのだろうか。

## 十四

「あの……」

それだけ言って、電話の相手が黙り込んだ。永遠に続くのではないかと思えるほど長い間があってから、今にも消えてしまいそうな女の声が聞こえた。

「本田さん、ですか」

そうだよ、と私は答えた。

「リカだね」

「よかった。もう、どうしようかと思った。何も言ってくれないんだもん」

リカの声が涙で途切れた。

「ごめんごめん、あんまり可愛《かわい》い声だったんで、何も言えなくなっちゃってさ」

「もう、冗談ばっかり言うんだから」

リカが拗《す》ねるように言った。

このように知らない女性と初めて電話で話す場合、私は必ず相手の声を誉めるようにしている。可愛い声だね、ちょっとセクシーなんだね、大人っぽいね。

だが、リカの声はお世辞抜きで美しかった。わずかに低いトーン、語尾が震えているような特徴のあるイントネーション、少し鼻にかかった感じの濡《ぬ》れたような声質。声を聞いているだけで背中の辺りが波立ってくるようだ。私はすべての神経を耳に集中した。

「いや、本当にそう思うよ。言われない?」

「そんな、声だけです。本田さん、今大丈夫ですか」

周りを気にする必要はなかった。リカからの電話があることを想定して、小会議室を取っておいたのだ。中にいるのは私だけだった。しかも昼休みに入ったばかりで、フロアは閑散《かんさん》としている。準備は万全だった。

「全然、大丈夫だよ」

「もう、リカ、本当にドキドキしてる。心臓の音、聞かせてあげたいぐらい」

「僕もだ」

実際、私の心臓も鼓動がいつもより速くなっていた。初めて同じクラスの女の子に電話をかけた中学一年の夏を思い出した。

「いきなり電話番号教えてくるんだから。もう、びっくりしちゃって、どうしようかって。かけていいのかなって朝からずっと悩んで、ご飯も食べられなかったんですよ」

「そんなに考えることないのに。電話してみたいかなって思っただけなんだ。ほら、声が聞きたい、とか書いてあったじゃない」

「あれは願望です」慌てたようにリカが言った。「あれは、その、そんなふうになったらいいなって、そういう意味で」

「ま、いいじゃない、どっちでも。もう電話してるんだから。今さら、やっぱりやめますっていうのも変でしょ」

私は軽く笑った。

「そうですね。もう、かけちゃいましたから。でも、すごいなあ。自分にびっくりです。リカ、勇気あるなあって」

リカも明るい笑い声を上げた。

「そっちは今、何してたの」

「もう病院なんです。今はロッカールームからなんですけど、ちゃんと聞こえますか」

よく聞こえると答えると、よかった、とリカが大きく息を吐き出した。

「そうか、もう仕事なんだ。ごめんね、こっちの都合で」

「ううん、いいんです。でも、あんまり長くはお話しできないかもしれないです。ああ、悔しい、せっかく話せたのに」

乾いた金属音が聞こえた。リカが何かを叩いた音のようだった。

「気にすることないさ。とにかく、今日は話せたわけだし、これが最後の電話ってわけでもないんだから」

「いいんですか、またかけても」

リカの声がぱっと明るくなった。

「これからはいつでも話せるんだ。今日はあんまり長く話さなくてもいいんじゃないかな。今回は挨拶《あいさつ》だと思えばいい」

「そうですね」残念そうな声だった。「うん、またかければいいんですよね」

そうだよ、と私は大きな声で答えた。ここで躊躇《ちゅうちょ》を感じさせてはならない。

「いつでもかけてきていいから。あ、でも仕事とかで出られないこともあるかもしれないけど、そういうときはごめんね」

「そんなの、あたしだって、仕事中はかけませんから」

当たり前です、とリカが言った。

「あれ、今仕事中じゃないの?」

冷やかした私に、甘えたような声でリカが抗議する。

「だって、本田さんがこの時間にかけてきてって言ったんじゃないですか」

「そうか、そうだったね。ごめんごめん」

突然、リカの声が遠くなった。はい、と返事をしているのが聞こえる。

「すいません、婦長さんに見つかっちゃいました」声が戻ってきた。「ごめんなさい、また電話しますね」

「わかった。あ、リカ、君の番号を教えてくれないかな」

かかってきたときの画面表示は〝非通知〟となっていた。

「今度はこっちからかけるよ。電話代だって安くないんだし」

「はい、今度教えますね。今はちょっと、早く行かないと」

「そうだね。仕事、頑張って」

私はうなずいた。

「本田さんも。それじゃ、失礼します」

しばらく沈黙が続いた。

「どうしたの、リカ」

たまりかねた私が声をかけると、リカがかぼそい声を上げた。

「本田さんから切ってください。リカからは切れないです」

「なんだ、そんなこと気にしてたんだ。いいから、早く切って仕事に行きなさい。婦長さんに怒られるよ」

自分の頬《ほお》が緩《ゆる》むのがよくわかった。

「そんな、リカからかけたのに、そんなことできません」

わかった、と私は答えた。これでは中学二年生の青春だ。このままでは二人とも、いつまでも携帯電話を睨んでいなければならなくなる。

「じゃあ、切るね。いい？」

「ちょっと待って」悲しげな声だった。「何だかもったいない」

「わがまま言わないで」

「はい」

小さな声でリカが答えた。

「じゃあ、また」

私はフリップを閉じた。とにかく、いい女だ。勝手に笑み崩れていく顎《あご》を支えながら、私は立ち上がった。

## 十五

それから一週間ほど、私とリカのメールと電話によるやり取りは続いた。メールにしても電話にしても、話すことは他愛《たわい》のないことばかりだったが、それでも二人の距離が近づいていくのがはっきりと手に取るようにわかった。

一般的に言って、メール恋愛は普通の恋愛と比較しても進行が速い。お互いの顔が見えないことからくる思い込みが親密度を高めることと、口にするのは恥ずかしい言葉でも、メールを通してなら言えてしまうという独特の心理がそのスピードを速めていく要因と言われているようだが、ともあれリカと私の関係は急速に深まっていった。

日に日にリカは私への依存心を高めていき、私もそれを助長するように誘導を重ねていった。この間の緊張感は、何にも代え難い。会うことよりもこの期間の方が楽しい、という人もいるぐらいだが、事実、心がはっきりと恋の形になっていくのがわかるこの時期こそが、もしかしたらメール恋愛の醍醐味《だいごみ》なのかもしれない。今回は私の側も会うという目標がはっきりしているために、一層気持ちは盛り上がっていた。

一週間目に私は自分には妻と子がいることを明かしたが、それに対するメールには〝だいたい、想像はついていました〟というタイトルがついていた。

「だって、本田さんの年齢で／本田さんみたいにステキな人が／奥さんがいないなんてありえないことでしょ／話せば話すほど、そのことは何となく察しはついていました／悔しいけど、悲しいけど、でも仕方がないことだと思います／だって、本田さんが結婚したときは、本田さんはリカに出会っていないんだから……／本田さんに奥さんがいても、お子さんがいても、リカの気持ちは変わりません／むしろ、そんなことまで正直に話してくれる本田さんに／ますます魅かれていくリカがいます」

メールを読み終えた私は、もう大丈夫だろう、と判断した。ここまで時間をかけて慎重に様子を見てきたが、そろそろそれも終わりにした方がよさそうだった。このあたりで会うことにしないと、いい人で終わってしまう可能性さえ出てくる。会うとすればリカしかいない、というのが私の結論だった。

唯一の懸念は、未だにリカが自分の連絡先を教えてくれないことだったが、なぜ自分の電話番号を言わないのかについては、リカにも理由があった。

〝だってもし教えたら、リカ、忠犬ハチ公みたいに毎日電話の前で待ってるだけの子になっちゃうよ〟

そう言われると強制することはできなかった。代わりに私は次のようなメールを送った。

「そろそろ僕たちはお互いのことを理解しあえたと思うな／
もっと親しく、もっと深く知り合いたいのなら、やっぱり会うしかないんじゃないか／
僕はリカに会いたいよ／
実は、あまり家庭がうまくいっていなくて、それもあるのかもしれないけど／
僕にとってリカは／
ずっと探していた運命の女性のような気がしてきてる／
来週の木、金は比較的時間が自由になるけど、リカの都合はどうかな」

運命の女性、というのは自分でもどうかと思ったが、メールの場合はこういう大時代的な言葉でも抵抗なく言うことができる。特に今回のようにお互いの顔を知らないうちはなおさらだ。そして、これぐらい大げさな言い方でないと、相手の心には届かない。私は経験の中でそのことを学んでいた。

日曜日の深夜にそのメールを送信し終えて、私はベッドに潜り込んだ。あとはリカがどう答えるかだけだった。


次の日は朝から会議の連続だった。期の決算報告会に始まり、今月の目標と予算管理の説明、来年度から導入するペーパーレス伝票制度の講習会、班の連絡会と、時間に追い立てられるようにして私は社内の会議室を渡り歩いた。

もちろん、どこの会社でも同じだと思うが、どの会議もあまり意味はなかった。わかりきっていることの確認が続くだけの退屈な時間だ。もっとも、会議というものは本来そういうものなのかもしれない。

伝票の講習会のときに、携帯が二度鳴ったが、両方とも非通知だったのでそのままにしておいた。リカからか、それとも他の誰かなのか、どちらにしても急いで出る必要はないだろう。私は携帯の電源を切ってポケットに落とし込んだ。

いつものようにそれぞれの会議が少しずつ延び、ようやく一段落したときには十二時半を少し回っていた。昼食に誘われたが、後から追いかけると言って私はそのまま会議室に居残った。伝言を聞かなければならない。

〝十二件の伝言をお預かりしています〟

合成音が教えてくれた。十二件。何があったというのだろうか。

『リカです。どうして出ないの？　どこにいるの？』

それだけだった。時刻が告げられ、すぐに二件目の伝言が再生された。

『リカだけど、ねえ、どうしたの。早く出てよ』

沈黙が一分ほど続き、そのままメッセージが途切れた。まさか、十二件すべてがリカからの伝言なのだろうか。

『リカですけど』

『本田さん、何してるの。ねえ、何してるの』

『誰といるのよ、まさか奥さんじゃないでしょうね』

『無視しないで。リカ、無視されるのが一番嫌いなの』

『お願いです、電話に出てください』

『いいかげんにして。からかうのはやめて、さっさと出なさいよ』

『どういうことかなあ、早く早く』

『声が聞きたいだけなんです』

『リカのこと、捨てる気なの？』

最後の伝言には、泣き声だけが入っていた。私は唖然として伝言を消去した。いったいどうしたというのだろう。まるで子供だ。

合成音が告げた時刻は、ほとんど数分おきにリカがメッセージを吹き込んでいることを示していた。最後の伝言を消し終わったとき、携帯電話のバイブレーターが震えだした。私はフリッパを開いた。

「本田さん？」リカだった。「どうして出てくれないのよ」

「会議が長引いてたんだ」

突然リカが大声を上げた。

「言い訳しないでよ。リカ、言い訳大嫌い」

荒い呼吸音が続く。

「言い訳なんかじゃない、本当に会議だったんだ、そっちこそどうしたんだ、あんなに伝言を残したりして」

慌てて私はなだめるように言った。断続的に吐き出される呼吸音だけが聞こえてくる。

「だって出てくれないんだもん」リカが急に甘えたような声を上げた。「リカ、寂しくなっちゃって」

「悪かった。でも、そういうときもあるんだ。サラリーマンだからね、わかるだろ」

「わかるけど、でも」

黙り込んだリカがしばらくしてから、ごめんなさい、とつぶやいた。

「いや、別に責めてるわけじゃない。ただ、ちょっとびっくりしただけなんだ。わかってくれればそれでいい」

ここで機嫌を損ねられては、今までの苦労が無駄になる。

「ごめんね、本田さん、ごめんなさい。ねえ、リカのこと嫌いになった？」

リカが繰り返した。

「そんなわけないさ。あり得ないよ」

必要以上に大きな声で私は答えた。

「よかった。もう、どうしようかって思っちゃった」

涙声になったリカが鼻を鳴らした。

「大丈夫だから。それより、メールは読んでくれたかな」

うん、という小さな声がした。

「週末、会えるかな」

はい、と恥ずかしそうにリカが答える。

「会いたい、です、リカも」

無意識のうちに強《こわ》ばっていた肩から力が抜けた。すっかりいつものリカに戻っている。私が電話に出なかったことで、一種のパニック状態に陥っていたのだろう。そう考えれば、十二件もの伝言を残したことも納得できる。

「木曜と金曜、どっちがいいかな」

「できれば金曜日が。木曜は夜勤なんで、金曜がお休みなんです。夕方ぐらいからなら全然大丈夫」

「じゃあ、そうしよう。僕も夜なら空けられるから、七時ぐらいでどうかな」

「はい、あの、本田さん」リカが言葉を詰まらせた。「あの、あんまりルックスとか、期待しないでくださいね。リカ、そんなに自信ないし」

それはこっちも同じさ、と笑いながら言葉を返す。

「僕は三十八歳なんだよ、君から見たらただのおじさんだ」

「そんなことありません。絶対に、そんなことないです」

必死でリカが否定した。

「とにかく、金曜が楽しみだよ、本当に。場所とかはまたメールで知らせるから」

リカの慌てぶりがおかしくて、私は微笑んだ。ぼんやりとした声で、夢みたい、とリカが言った。

「本田さんと会えるなんて」

「だからそれはこっちも同じだって」

私は時計を見た。そろそろ行かないと食事の時間がなくなってしまう。じゃあ、あとはメールで、と言って私は電話を切った。

それにしてもいったいどういうことだろうか。十二件の伝言を残したリカと、いま話したリカとはまるで別人だった。声こそ同じだが、何というか、雰囲気がまったく違う。

だが考えていても仕方がなかった。私は先に行っている同僚に合流するために会議室を出た。

## 十六

翌日の朝、またリカから電話があった。私に会うことだけが楽しみだとリカは繰り返し、本当に会ってくれるのかと何度も念押しした。そのたびに私は大丈夫だからと答えて、リカを安心させた。

だが、電話は一度だけではなかった。午前中だけで四回リカから連絡が入った。私にできることは同じ返事をすることだけだった。面倒な女と係わってしまったのかもしれない、という意識が生まれてきていた。

午後になって、次の予算会議のために部長と打ち合わせをしていた私に、同じ部の池田桃子《ももこ》が携帯電話を高く掲げた。桃子はまだ二十六歳だが、私の部署では最も成績のいい社員だ。意味もなく大きな声と、多少服のセンスに問題があることを除けば、申し分のない部下だった。

「本間さん、携帯、鳴ってますよ」

いいからほっとけ、と私は手を振った。どうせあの女だろう。苦い思いを抱きながら、私は部長との相談を続けた。話を終えて席に戻ると、派手なハイビスカス模様のブラウスを羽織った桃子が寄ってきて、私のデスクを指さした。

「携帯、机の中に入れておきましたから」

「何だよ、それ」

言いながら私は引き出しを開けた。

「だってさっきからずっと鳴りっぱなしで、すっごくうるさかったんですよ」

「サラ金なんだ」

冗談で言ったつもりだったが、桃子は笑わなかった。

「ほら、また」

桃子が携帯を指さした。着信音が鳴っている。

「すごい執念だこと」

余計なことを言うな、と軽く桃子を睨んでから、私は携帯を摑んで非常階段へ向かった。あそこならめったに人は通らない。フリッパを開けた途端に悲鳴が聞こえた。

「どうして出ないのよ！」

あっけに取られて私は電話機を耳から遠ざけた。

「ちょっと打ち合わせで」

言いかけた私にかぶせるようにしてリカが叫んだ。

「なんで出ないのよ！　いるくせに、なんで無視するの！　リカのこといじめて楽しいの？」

「そんなつもりじゃ」

非常階段の上で足音がした。私は慌てて送話口を手で覆った。

「馬鹿にしないでよ、リカはそんなことされるような女じゃないのよ！　電話かけてあげてるんだから、さっさと出なさいよ！」

いつものリカの声が真綿だとしたら、この声は金属だ。

「待て、待ってくれよ。落ち着けよ」ようやく私は言葉を挟んだ。「気持ちはわかるけど、仕方がないだろう。仕事だったんだ」

「嘘よ。本当は他の女と話してたんでしょ。リカのこと好きだよって言ったの、あれも嘘なんでしょ」

「そうじゃない、そうじゃなくて」

「リカとその女、どっちが好きなのよ」

手がつけられない。話にならなかった。

「とにかくまだ仕事中なんだ。後で話そう、ね」

「駄目よ、逃げるつもりね。今言ってよ、リカのこと愛してるって、世界で一番リカのこと好きだよって」

いきなり非常扉が開いて、ハイビスカスが目の前に現れた。私は反射的に電話を切っていた。

「何だよ」

実験動物を観察するような目で私を見てから、桃子がおもむろに口を開いた。

「部長が捜してますよ。予算組みのことで、まだわからないところがあるって」

手のひらの携帯電話が小刻みに震えて、着信音が鳴りだした。

「またですか」

桃子が唇の端を歪めた。電源を切る。電話機が動きを止めた。

「いいんだ、これは。関係ないんだ」

扉を手で押さえている桃子の前を通って通路に戻った。

「あんまり遊んでると、奥さんに言いつけちゃいますよ」

背中からからかうような桃子の声が追いかけてきた。引きつった笑顔を浮かべて私は振り向いた。

「何を言ってるんだ、お前は。そんな話じゃないよ」

はいはい、と軽く受け流して桃子がデスクに戻っていった。

その後、私は携帯電話の着信音をオフにした。これでとりあえず周囲から不審の目で見られることはない。バイブレーター機能は生かしてあるので、電話があった場合にはそれでわかる。ジャケットの内ポケットに電話機を入れたまま、私はその日の仕事を終えた。何回かバイブレーターが震えたが、すべて非通知だったのでそのままにしておいた。

最初は、リカからの電話は独占欲の表れだと思っていた。ある部分ではそれを可愛いとさえ思う自分もいた。だが、ここまでしつこくなってくると、それは迷惑としか言いようがない。この女がしていることは、メール交際の暗黙のルールを破っている。

リカに対して抱いた私の直感は間違っていたと認めざるを得なかった。というよりも、出会いサイトに入り込んだこと自体が間違っていたのだ。こんなことをするべきではなかった。家族を裏切るようなことをしてはいけなかった。どんなトラブルに巻き込まれても言い訳のしようがない。

だが、私の反省は遅かったようだった。翌朝、何よりも先に留守番電話をチェックした私に、合成音が『二十件の伝言をお預かりしています』と教えてくれた。二十件というのは私の留守番電話サービスが保存しておける伝言の限界数だった。

会社までの電車の中で、私は伝言を聞き続けた。すべての伝言はリカからのもので、脅迫、哀訴、懇願、泣き落としと、リカはありとあらゆる手段を駆使して電話に出てくれるように要求し続けていた。

およそ三十分ごとに規則正しく伝言は吹き込まれ続け、最後のメッセージは朝の四時過ぎに入っていた。どういうことなのだろう。この女は眠らないのだろうか。

私はわざとメッセージを消去せずそのままにしておいた。消したところでどうせリカが伝言を残すだけだ。同じことの繰り返しということになる。いちいち聞いていられるほど暇ではない。

会社に着いた途端にバイブレーターが震えだしたが、誰からかかってきたのかを確認する気にもならなかった。ただ、このままではいずれ仕事に差し支えることにもなりかねない。一度はきちんと話す必要があるだろう。

午前中、何度も電話があったが私はすべて無視して昼になるのを待った。昼休みに入ったところで私は会議室に籠もった。まるでそうするのを待っていたかのように電話が鳴りだした。非通知と表示されているのを確認してから、私は電話に出た。

「ああよかった」湿ったリカの声が飛び込んできた。「出ないから、事故にでもあったのかと思ってリカ、眠れなかった」

忙しいんだ、と私は答えた。

「毎回相手ができるような時間はない」

だがリカは私の言葉など聞いてはいなかった。

「ううん、いいの。本田さんが無事なら、それでいいの」

泣きながら言うリカに、私は冷たく言葉をぶつけた、

「とにかく、もう電話するのはやめてくれないか。伝言も残すな。お前のメッセージで留守電が機能しなくなってる。すごく迷惑してるんだ。わかるか」

「いっぱいリカの声聞けて、本田さん嬉しいでしょ」

何を言ってるんだ、この女は。

「わからない奴だな、迷惑してるって言ってるんだ」

「迷惑って、何が?」子供のような声だった。「だって、いつでも電話してって言ったのは本田さんじゃない。出ないときには伝言を残してって。だからリカ、そうしてるんだよ。いけな

い？」

「ふざけるな、常識ってもんがあるだろう。二十件も伝言残す奴がどこにいるんだよ」

誰もいない会議室に私の声が響いた。

「ねえ、そんなことよりメール来ないよ。金曜日、待ち合わせはどこにするの」

私の抗議を無視するように、いきなりリカが話を変えた。

「もうその約束もなしだ。お前とは会わない。会う気がしなくなった」

私は言葉に力を込めた。当然のことだが、リカと会う気持ちは消えうせていた。今となってみると、なぜこんな甘えた調子で話す女と会いたかったのか、自分でもわからなかった。

「またあ、無理しちゃって。恥ずかしくなったんでしょ。会いたくないわけ、ないじゃない」

明るくリカが笑った。

「何を言ってる」

怒鳴りつけた。そのとき私はやっと気がついた。この女はどこかおかしい。何かが欠落している。

「リカが会ってあげるって言ってるんだから、幸せだと思ってくれなきゃ」

間違いない、狂っているのだ。

「お前みたいな女とは会いたくないんだ」

「あ、怒ってる怒ってる」リカが手を叩く音がした。「ねえ知ってる？　本当のこと言われると人間って怒るんだよ」

「いいか、二度と電話するなよ、これ以上うるさくつきまとうようならこっちにも考えがある。

出るところに出たっていいんだからな」

やれやれ、とリカがため息をついた。

「怒られちゃった。忙しいんだね、本田さん。ストレス溜《た》まってるんじゃないの？　でも、いつでもリカは本田さんの相手してあげるからね」

何も言わずに私は電話を切った。これはあまりにも不毛な会話だった。どうかしている女を相手にいくら話しても意味はない。


その日も一日中電話は鳴り続けた。液晶画面が非通知と表示してくれるので出る必要はなかったが、電話が震えるたびに液晶を確認しなければならないのが面倒だった。

パソコンのメールボックスも、未読の新着メールでいっぱいだった。最近、メールがちっとも来ないけどどうしたのか、という別のメール交際の相手からの問い合わせが一件、証券会社からの新商品売り込みが一件、それ以外に九十件ものメールが入っている。すべてリカからのものだった。私はおそるおそる最新の一通を開いてみた。そのメールは、何の前置きもなしにいきなり始まっていた。

「嬉しい／嬉しい嬉しい嬉しい嬉しい／
さっき届いたよ本田さんのメール／読んでて涙が出てきちゃった／
けっこう本田さんってロマンチストなんですね／
『初めてのデートだから、東京タワーで待ち合わせなんてどうかな』だなんて／

じゃあ金曜日、待ってます／本田さんを、リカのものにしたいよ／早く会いたい」

どういうことだろう。私はリカにメールを送った覚えはない。妄想《もうそう》なのだろうか。私はその前のメールも読んでみることにした。

文面は〝本田さんの言う通りかもしれない〟という唐突な言葉で始まっていた。もう既に挨拶など、この女の中では必要がなくなっているようだった。

「誰か守ってくれる人がいてくれたら……、そう思っているのは確かです／リカ、子供のとき誘拐されたんですよ／二歳か三歳のとき。自分では覚えてないけど／それで、今まで育ててくれた人は本当の親じゃないから。知らない人だから／本当の親に会いたいという気持ちはやっぱりあると」

いきなりそこでメールは終わっていた。私は呆然《ぼうぜん》とした。意味がわからない。どういう脈絡でこのような話になるのだろうか。私は次のメールを開いた。

「こんなことといったら軽蔑《けいべつ》されるかもしれないけど／リカ、すごく感じやすいの／自分でも恥ずかしくなるぐらい／だから、本田さんにはやさしく愛してほしい／時間をかけて、ゆっくりと／

本当は、いつでもセックスしたいの／したくてしたくてたまらないときもあるし／そういうときは、すごく下品になってしまうこともあって／どうしたらいいのかわからなくなる／自分で自分をなぐさめることもあります／すごくいやらしいこと想像して／何人もの男の人に、無理やりにされてるところとか／逆にリカが男の人をしばりつけて、全部なめてあげたりとか」


三流の性愛小説のような文章がそこには書かれていた。私は次々にメールを開いていった。いくつものメールの中で、リカは自分のことを語っていた。

一度結婚したことがあるが四年ほどで別れてしまったこと、一昨年の夏に原因不明の病気で三カ月間入院していたこと、妹が実の母親に殺されたこと、前に勤めていた病院で不倫をしていたこと、父親から性的な暴力を受けていたこと、ニューヨーク生まれで中学までアメリカにいたこと、二回妊娠したが、両方とも流産してしまったこと、高校時代、ミスコンテストで優勝したこと、自分を捨てた男が皆不思議と早く死ぬこと、行きずりの男とのセックスが一番好きであること、本当はいま七歳だということ、モデルとして将来を嘱望されていたが、業界のシステムの汚さに耐えられなくて辞めたこと、子供の頃は健康優良児でむしろ太っていたこと、その他たくさんの夢とも願望ともつかない自分自身の姿が支離滅裂《しりめつれつ》に記されていた。

もちろん、ひとつひとつの内容は、それ自体あり得ないとはいえないが、並べてみると明らかに矛盾していることがわかる。分裂した精神が描かせる一種の妄想であることははっきりとしていた。話にならない。私は山のように残っているメールを読むことを諦めて、どうするべきか対処の方法を考え始めた。

## 十七

金曜日、夜七時。

私は会社の屋上にいた。普段は立ち入り禁止の場所だが、ビルの管理会社に連絡して一時間だけという約束で許可を取っておいたのだ。

その日も朝から一時間おきに電話は鳴り続けていた。六時を回った頃から、携帯電話の液晶画面は十分おきに着信を示すブルーのライトで光っていた。約束を確認しようというリカからの連絡だろう。当然のことだが出るつもりはなかった。

七時を過ぎると、電話は五分おきに震えるようになっていた。ビルの屋上から東京タワーのイルミネーションが見える。本当にリカはあそこにいるのだろうか。いるに違いなかった。この電話を鳴らしているのはリカしかいない。東京タワーの下で私を待っているあの女しか。

時計の針が七時半を回った。青いライトはほとんど点《つ》きっぱなしの状態だった。私の脳裏に、手の中の携帯電話を必死で操作している背の高い女の姿が浮かんだ。彼女は今、何を考えているのだろうか。なぜ私が来ないのか、そう思っているのだろうか。

電話はひっきりなしに鳴り続けている。ひたすらに私を待っている女からの呼び出し音。バイブレーターの震動は、そのまま女の心の揺れを表しているのかもしれない。そのとき初めて、哀れみに似た感情が私の中に生まれた。
(リカ)
私は電話機を握りしめて給水タンクの前に立った。

(いま楽にしてやるからな)

私はつぶやいて振りかぶった。そのまま携帯電話をコンクリートの壁に叩きつける。こもった音がしてフリッパの部分が弾け飛んだ。まだ液晶は光っている。思い切り力を込めたつもりだったが、最近の通信機器は頑丈に作られているようだった。

私はもう一度電話機を投げた。壁にぶつかって跳ね返ってくる。拾い上げると、液晶画面に大きくひびが入っていた。それでもまだバイブレーターは動きを止めないでいる。これはリカだ。あの女の執念だ。

携帯電話をコンクリートの壁に立てかけて、思い切りローファーの踵《かかと》をめり込ませた。二つに折れた携帯がようやく動きを止めた。

汚物でも拾い上げるかのように、私は電話機をつまみ上げた。明日、新しい携帯を買おう。電話番号を変えるのだ。それですべてが終わる。

鉄の扉を開いてフロアに戻った。鍵《かぎ》をかける。これで何もかも終わった。久しぶりにすっきりとした気分になれた。給湯室に入り、危険物用と大書されているごみ箱に携帯の残骸《ざんがい》を放り込んだ。

さよならリカ。

そうつぶやいて、私はエレベーターホールに向かった。

# 十八

携帯電話を買い替えて番号を変更すると、当然のことだがリカからの連絡はなくなった。それからも数日の間は不安が残っていたが、一週間が過ぎても電話はかかってくることはなかった。十日目には久しぶりに熟睡することができた。

久しぶりに坂井に電話して、リカとのことを報告すると、それぐらいのことはざらにありますよ、と落ち着いた声が返ってきた。

「半年ぐらい前かなあ、やたらと僕の携帯が鳴る日があったんですよ」退屈そうに坂井が言った。「出てみると『あれ、ひろ子ちゃんじゃないの?』って若い男が不満そうに言うんですね。数日でそういう電話はなくなったんですけど、かけてきた連中に聞いてみたら、この電話番号は高橋ひろ子が掲示板に残したものだって言うんですよ」

「あのアイドルのか?」

高橋ひろ子は癒《いや》し系の代表として、グラビアの女王と呼ばれている。

「そうです。調べてみたら、前にサイトで知り合った女の誰かが、僕に対して怒ってることがあったらしくて、それで高橋ひろ子の名前を騙《かた》って僕の電話番号をどこかの掲示板に書いたんですね」

なるほど、と私は少し笑った。

「それを見た頭の悪い高校生が、一斉にお前に電話してきたと、そういうわけか」

「ま、いろんな人がいますよ」

「わかるけどな、ちょっと違うんだよ。もっと偏執的で、しつこいっていうか」

「無視していれば、そのうち向こうも飽きますよ」

どこまでもこの男は楽観的だった。

「携帯の番号も変えたんでしょ。だったら連絡の取りようがない。大したことはありませんよ」

その通りなのだろう。ただこの二週間ほど、私がどれほどリカから心理的な抑圧を受けていたかということは、坂井にもうまく伝わらなかったらしい。坂井が経験したことは、あくまでもわかりやすい悪意だ。坂井が自ら招き寄せた不幸とも言える。リカの場合はそうではない。

何が原因かわからないが、どこかで生じたわずかな綻《ほころ》びが時間を追うごとに大きくなっていき、そしてある限界を超えて爆発してしまった。それが私への執着につながっているように思える。それは単なる悪意や恨《うら》みではなく、もっと人間の根源にある何かから発しているようだった。私が恐ろしかったのは、リカの中のその何かが、説明がつかないものだったことだ。

意味や理由がわかれば、人間は大概のことに対処できる。だが、無意識の悪意というものが存在するとすれば、どうすることもできないだろう。私がリカに対して感じていた脅《おび》えは、そういう種類のものだった。

だが、結局は坂井が言った通り、大したことはないのだろう。携帯電話を破棄《はき》したことによって、私はその恐怖から解き放たれていた。爽快《そうかい》とさえ言っていいほどの解放感だった。

仕事先や友人関係に、携帯電話の番号が変わった旨の連絡をするという煩雑さはあったが、逆にその作業をすることで古い友達と話せたり、仕事の話がうまく回っていったということもあり、面倒だとばかりは言えなかった。

結果として一番うるさかったのは妻で、家の電話と自分の携帯電話に新しい番号を登録しなければならないのが、いかに面倒くさいかという愚痴を延々と聞かされたが、それだけのことだった。時間の流れは元に戻り、私と私を取り囲む世界は平穏な日々を取り戻していた。


半月が経過した。何も問題がないことを確認した私は、仕事が一段落ついたこともあり、表参道にある例のインターネットカフェに久しぶりに立ち寄ることにした。

「あ、いらっしゃい」

金髪が前と同じように、けだるい目線で私を出迎えた。何も変わってはいない。私はいつもの席に座って、自分のメールボックスを開いた。

「最近、忙しかったんですか」

金髪がコーヒーを運んできた。相変わらず昼間のこの時間には客がいない。経営者は何を考えているのだろうか。

「ちっとも顔見せなかったじゃないすか」

ちょっとね、と私は肩をすくめた。

「出張してたんだ」

「そうすか。僕はてっきり、本田さんを捜している女のせいだと思ってましたよ」

にやにや笑いながら金髪が言った言葉が、私の耳を打った。

「本田?」

「またまた。有名ですよ、本間さん」

「どういう意味だ」

私はメールボックスを開きながら尋ねた。予想した通り、メールボックスの中はリカからの伝言でいっぱいだった。いったい何を考えているのだろう、この女は。毎日百通以上のメールを発信している。昨日と今日の分で二百ほどあったメールを、中身を確認することなくすべて削除してごみ箱に捨てた。

「知らないんですか、本間さんともあろう人が」

下品な笑みを頰に貼《は》りつけたまま、金髪が顎の下に手を当てた。気に入らない表情だった。

「何の話だ」

「どこでもいいから、出会いサイトを見ればわかりますよ」

金髪の言葉に促されて、私は『Qちゃんのラブアタック』を開いた。女性からのメッセージ、と記された項目をクリックする。

いきなり飛び込んできたのは〝本田たかおさんを捜しています〟というタイトルだった。

「本田たかおさんを捜しています／
身長１８０センチ、体重75キロ／40歳前後で、印刷会社に勤めていると言っていました／
わたしの体をもてあそんで、そのまま連絡が取れなくなりました／
いま、わたしは妊娠３カ月です／もう、どうしたらいいのかわかりません／
どなたでも結構です、心当たりのある方は、メールで連絡してください／

よろしくお願いします」


「何だ、これは」

これは私のことだ。そしてこのメッセージを残したのは間違いなくリカだ。何をしているのだろうか、あの女は。ここに書かれているのは嘘ばかりだった。私はリカの体をもてあそんだこともないし、ましてや妊娠させた覚えもない。これは妄想だ。あの女が自分の中で作り上げた巨大な妄想なのだ。

「連絡してくれというのはいいが、アドレスも書いてないじゃないか。こんなもの、意味はないだろう」

「一つや二つじゃないんですよ」

金髪がマウスに手をやって、勝手に出会いサイトの検索を始めた。一番最初に出てきた項目をクリックする。リカのメッセージは三番目に載っていた。

「本田たかおを呪《のろ》ってやる／ひどい男、あんなに愛していると言ってたのに／あんなにいやらしいことをしたくせに／どうして電話に出ない／どうして連絡してこないの／
わたしは処女だったのに／初めてだったのに／ひどい／あんな酷《むご》いことまでして／
殺してやる／殺してやる殺してやる許せない殺してやる殺してやる」

「うちの店は、本間さんは知らないかもしれませんが、深夜の常連さんで保っているようなところがあるんですけどね」金髪が啞然としている私の手にマウスを戻した。「すごいらしいすよ、その女は。ひどいときには十分おきに新しいメッセージを送ってくるそうです。いくつかのサイトでは、管理者が検閲をしてそのリカって女のメッセージを削除しているそうですが、全部消えてるかというとそこまでは手が回っていないみたいすね」

私は次々に別の出会いサイトを開いていった。ほとんどのサイトに、リカからのメッセージが残されている。身長、体重、私がリカに教えた私の人相などの特徴、趣味などの細かいプロフィール、破棄した携帯電話の番号、職場である印刷会社のこと。取引先の社名や相手の名前など、会社に関して触れているメッセージもあった。

「夜中の連中は、本間さんのことなんか知りませんからね。この本田って男はいったい何をしたんだろうとか、それにしてもこの女もすごい執念だよなとか、まあ勝手な話をしてたんですけど、こりゃ読む人が読めば、誰だって本間さんのことだってわかりますよ」

なにしろ僕がわかったぐらいですから、と金髪が得意げな表情を浮かべた。

「だから、それで本間さんは来なくなっちゃったのかなって思ってたんすよ。会社にばれて、えらいことになっちまったんじゃないかなってね」

確かにこのメッセージをすべて読んでいけば、例えば妻なら、親しい友人なら、会社の同僚なら、この《本田》という人物が私であることはすぐにわかってしまうだろう。

「本間さん、どうしたんですか、本間さん」

金髪の声が聞こえた。私は震える膝《ひざ》を摑んで立ち上がった。心配そうに金髪が私の顔をのぞき込んでいる。どうすればいいのかわからないまま、私はカバンを取り上げた。

「悪い、帰るわ」

「ちょっと本間さん、ちょっと待ってくださいよ」

そのまま私は出口に向かった。たてつけの悪い鉄の扉がきしんで、嫌な音をたてた。

## 十九

店を出た私は、得体の知れない不安感に急《せ》き立てられるように、急な階段を飛ぶようにして降りた。衝撃で右の足首が不自然な角度で曲がったが、痛みは感じられなかった。迫ってくる闇《やみ》から逃れることが何よりも重要だった。何をしようというのだ、あの女は。

最初はそんなことはなかったのだ。どちらかといえば引っ込み思案で、内気な女だったはずだ。家と職場である病院を往復するだけの平凡でつまらない毎日。どこかに自分だけの場所を持ちたい、それだけの想いで出会いサイトに参加してきたはずのリカ。どうしてこんなことになってしまったのだろう。私は何を間違えたのだろうか。

ビルの外に出た。表参道の交差点は、いつものように人で溢れている。

色とりどりの最新ファッションを身にまとった女たちが行き交う。真っ黒な服に大きなバッグを肩から担いだ女が通り過ぎる。ファーストフードのコーヒーを手に持ったまま、笑顔で歩き過ぎる学生。年老いた妻を守るように、ゆっくりと歩き続ける杖《つえ》をついた老人。携帯電話を片手に、大声で会話を交わしながら小走りに行き過ぎる若いサラリーマン。

私は人の群れに身を隠すようにして、交差点を渡り始めた。

あの女は私に関する情報を手に入れたのだろうか。歩きながら、周りを見回した。誰もが私のことを見ているような気がする。もちろん、これは被害妄想だ。わかってはいたが、どうしても体が言うことを聞かない。背後から靴音が迫るだけで、振り向いてしまう自分がいる。

駄目だ、こんなことでは本当にノイローゼになってしまう。駆け出そうとする足を、意志の力で強引に押さえ込んだ。落ち着け、落ち着いてゆっくりと考えよう。とにかく、あの女はここにはいないのだ。次々に更新されていくメッセージがそれを物語っている。自宅のパソコンから、女はメールを送り続けているのだ。今ここでパニックに陥る必要はまったくない。落ち着くんだ。冷静になれ。急に右の足首が痛み始めた。待ってくれ、もう少しだけ考えさせてくれ。

そうだ、出会いサイトの管理者に連絡を取ればいい、と私は思いついた。これが誹謗《ひぼう》・中傷であることは明らかだ。間違いなくメッセージを検閲する必要があり、削除の対象になるはずだ。いくつあるのかわからないが、とにかくそれをやっていくしかない。だが、いったい出会いサイトというのはいくつぐらいあるのだろうか。携帯電話のそれまで含めれば、数千という数があってもおかしくはない。私は舌打ちした。とにかくやるしかないのだ。

そこまで考えたところで、信号が点滅を始めた。足を引きずりながら横断歩道を渡り切った。富士銀行の前に出る。私はゆっくりとその場で振り向いた。この妙な感じは何だろう。

もちろん誰も私を見ている者はいなかった。神経質になっているだけなのだ。気にしすぎだ。だが、その感覚はどんどん膨らんでいった。私は右の手で口を覆った。そうでもしないと叫びだしそうだった。

また歩きだす。地下鉄の入口は目の前だ。足首がまた痛みを訴え始めた。誰か助けてくれ。私が悪かったのだ。すべては私に責任がある。もう二度とあんなことはしない。許してくれ、と私は目をつぶって祈った。

足が止まった。

体が動かない。なぜだ。痛みのせいなのか。違う。私は目を見開いた。誰かいる。私のことを見ている人間がいる。どこから見ているのかはわからないが、それは間違いない。私は顔を伏せたまま、静かに視線を左右に送った。

交差点の向かい側には書店がある。車の列が一定の間隔で通り過ぎていく。賑やかに会話を交わしながら、ハンバーガーを手に持った高校生の集団が私の横を追い越していく。幸せそうな横顔。口の中に苦い味が広がっていった。違う、そこではない。私は目線をずらした。

すぐ前の銀行では、キャッシュディスペンサーに大勢の人が並んでいる。その前には待ち合わせなのだろう、人待ち顔で佇《たたず》む男と女が虚《うつ》ろに空を見上げていた。だが彼らの中には、私を見ている者はいなかった。どこだ、どこにいる。私は恐怖にかられてすばやく辺りを見回した。

喫茶店。小さなスーパーマーケット。雀荘《ジャンそう》。コンビニエンスストア。オープンカフェ。違う、そこでもない。ブティック。交番。ラーメン屋。歯医者。ファーストフード。雑貨屋。イタリアンレストラン。電話ボックス。

電話をかけている買い物帰りの主婦がいた。メモを取ろうと狭いボックスの中で手帳を広げている若い男。その横にノートパソコンを抱えた背の高い女が立っていた。

女が静かに顔を上げた。大きなマスクが顔面を覆っている。細い顎。ゆっくりと体が動いて、その顔が正面から私を見据えたとき、強烈な違和感が襲った。

体が勝手に車道に飛び出した。目の前にタクシーが迫る。急ブレーキの音と同時にドアが開いた。中年の運転手が怒った顔で振り向く。

「お客さん、無茶しないでくださ——」

「出せ！ 車を出せ！」

乗り込むのと同時は私は叫んだ。左手でドアを強く引いて閉める。

「出せってお客さん、どちらまで」

「いいから出せ！ 頼む、出すんだ！」

やれやれ、とつぶやいた運転手がウインカーに手をやったとき、車体が大きく揺れた。私の目に映ったのは、大きな手のひらだった。タクシーの窓に叩きつけられたのは、あの女の手だった。

「お客さん！」

「出せ！ 出せ！ 出せ！」

私と運転手の叫びが交錯した。痩せた、背の高い女がそこにいた。全体に細いシルエットは、モデルのようにも見えた。淡いピンクのワンピース。全体に白い花びらの模様がプリントされている。高校二年生の女の子が、初めてのデートに着ていくような服だ。

いきなり運転手が女の顔を見て絶叫した。女のマスクが外れている。そのとき初めて、私は自分が感じた違和感の正体を知った。

切れ長の二重の瞳。小さな鼻。整った顎のライン。薄い唇。その顔は、ひとつひとつのパーツを見る限り美しいものだった。だが、そこにあるのは美の残骸だった。並外れて痩せた顔の色は、まるで泥のようだった。その中に目が、鼻が、口が浮かんでいる。やつれた顔には表情というものがなかった。感情のない顔が、私を見つめている。

そして何よりも私を脅えさせたのは、女の瞳だった。その眼には光がなかった。闇のような瞳。女の唇が、ゆっくりと動いた。何か言っている。聞きたくなかった。私は耳を押さえた。

何かつぶやきながら、女が何度もタクシーの窓を叩き続けている。私が見ているこれはいったい何なのだろうか。人間なのか、それとも違う何物かなのだろうか。

「どうなってるんだ」

運転手が悲鳴のような声を上げて、ドアを開けようとした。

「馬鹿、開けるな。殺されるぞ」

慌てて運転手が体を戻す。

「いいから出せ！」

「無茶言わないでくださいよ」

泣きそうな顔で運転手が私を見た。視線の先を何台もの車が通り過ぎていく。女がドアを蹴《け》り上げた。

「それどころじゃないだろ」

怒鳴ったとき、女がドアのノブを引っ張った。鈍い金属音がして、ドアが開きかける。私は全身の力を込めてドアを押さえた。

「出せ！」

叫ぶ必要はなかった。ウインカーとクラクションを同時に操作して、車が強引に車道に割り込んだ。女の体が道路に横転するのがバックミラーに映った。すぐさまはね上がるように起き上がって、追いかけてくる。

「お客さん、ありゃあ、あれは何なんだ。まるで」

言いかけた運転手が口を閉じた。バックミラーに映る女の姿が大きくなっている。

「頼む、早く走ってくれ」

声が震えていた。答えずに運転手がアクセルを踏み込む。加速がつく。振り向くと、ノートパソコンを抱きしめた女が通りを走っていた。車が明治通りとの交差点に出た。

「左だ、左」

車のスピードが落ちていく。前の軽自動車が信号で停《と》まっていた。

「無理です。赤じゃないですか」

振り向こうとした運転手がバックミラーを見た。つられるように私も鏡に目をやった。女の顔がはっきりと映っている。乱れた長い髪。大きなストライド。女は確実に近づいている。通行人が立ち止まって、走る姿を目で追っている。私は振り向いた。女の視線がまともに私にぶつかった。黒い瞳。違う、黒いわけではない。あれは光を失った目だ。まるで洞穴だ。すべてを拒絶し、すべてを否定している。そしてすべてに絶望した者の瞳だ。そこにあるのは永遠の闇だった。闇が私を追いかけてくる。私を呑《の》み込もうとしている。

「それどころじゃねえな」

運転手が舌打ちをして、強引にハンドルを切った。ガードレールと軽自動車の間の隙間《すきま》を抜ける。盛大にクラクションを鳴らしながら、タクシーはガードレールの切れ間から歩道に乗り上げた。信号待ちをしていた親子連れが慌てて飛び退《の》いた。

ごめんよ、とつぶやいて運転手はそのままアクセルを踏んだ。嫌な音がして、再び車道に戻る。車は明治通りを走り始めた。バックミラーに目をやる。女は車道を走っている。思ったより差は広がらない。私は速度計を見た。時速三十キロ。速いとはいえないが、人間が追いつけるスピードではない。いったいどうなっているのだろう。

意味不明な運転手の声が聞こえた。目の前の信号が赤に変わった。構わず突っ込む。

「次の信号はこうはいきませんよ。どうします」

ミラー越しに運転手が私に言った。後ろを見ると、女が横断歩道で車の波が途切れるのを待っている。わずかに距離が広がった。

「逃げたいんだ」

呻くようにそれだけ言った。

「そりゃそうでしょう」深々と運転手がうなずいた。「あたしだって逃げるね。あんなものが追いかけてきたら、うちの寝たきりのばあちゃんだって逃げますよ」

「高速に上がれないか」

そうすれば何とかなるのではないだろうか。

「なるほど」

運転手が軽くクラクションを鳴らした。ハンドルを左に振って脇道に入る。狭い道を車体が進んでいく。

「首都高に入りますが、いいですね」

私は何も答えずに手で顔を覆った。この先いったいどうなるのだろうか。摑んだ髪の毛が汗でぐっしょり濡れていた。

# Click 2　接近

## 一

タクシーは猛スピードで渋谷の料金所を抜け、首都高速に乗り入れた。

そのまましばらく走ると、三軒茶屋《さんげんぢゃや》の降り口が見えてきた。運転手がバックミラー越しに私を見た。うなずくと、ウインカーを点《つ》けてハンドルを切った。車はそのまま国道へ降りていく。最初の信号で運転手は車を停めてドアを開いた。

「お客さん、降りてください」

静かな声だった。

「迷惑だったね」

私が出した一万円札を、運転手は受け取ろうとはしなかった。

「金なんかいりません。こいつは、きれいごとなんかじゃありませんよ。はっきり言いますがね、あたしは、あんたと係わり合いたくないんだ」

そう言いながら、日焼けした首の辺りをしきりに掻きむしった。剝けた皮がぼろぼろとシートに落ちていく。

「金をもらったら、あんたとあたしの間に関係ができちまう。そしたら、もしかしたら、あれがついてきちまうかもしれない。そうでしょ?」

背後を振り返った。リカの姿はなかった。運転手がもう一度、降りてください、と言った。私は素直に言葉に従った。ぼんやりと歩道に佇んだまま、動きだしたタクシーを見送る。ウインカーを点けた車が逃げるように遠ざかっていった。

私は足を引きずりながら歩き始めた。気が緩んだのか、足の痛みがひどくなっていた。


直帰する、と会社に連絡を入れて、家に戻った。ドアを開けるとアニメのキャラクター人形を手にした亜矢が走ってきた。私の顔を見て、不思議そうに立ち止まる。

「パパ、びょうき?」

ひざまずいて、亜矢を抱きしめた。自分の体が震えているのがわかった。亜矢の指が私の手を探している。ぬくもりが伝わってきた。

「どうしたのよ、ずいぶん早いのね」

出てきた葉子が私の様子を見て顔を顰めた。

「大丈夫なの?」

うなずいて立ち上がった。

「どうも、風邪《かぜ》らしい」

「そうみたいね。ひどいわよ、顔。真っ青で」

私はネクタイを取った。

「寝る」

葉子が亜矢を手招きした。

「パパ、お風邪なんだって。だから静かにしてるのよ」

母親の膝を抱きしめた亜矢が泣きそうな顔で私を見やった。

「パパしぬの?」

「何言ってんの、そんなことあるわけないでしょ」

娘の手を引いて葉子がリビングへ戻っていった。台所から、何かを洗う音が聞こえてきた。

私は自分の部屋に入ってジャケットを脱いだ。頭が割れるように痛む。自分の肩を抱くようにしてベッドに座り込んだ。なぜだ。なぜこんなことになってしまったのだろうか。リカはどうしてあの場所にいたのだろう。なぜ私があの店に行くことを知っていたのだろうか。私は記憶をたどった。

確かに、表参道のインターネットカフェからメールを送ったと教えたことはある。店名まで書いただろうか。覚えていない。だが、書いていたとしても、私はこの二週間あの店には行っていないのだ。

(まさか)

私が携帯の番号を変えた日から、つまり私との連絡が取れなくなったときから、あの女は毎日あの店を見張っていたのだろうか。そんなことがあり得るだろうか。

だがそれ以外に、リカがあの場所にいた理由は考えられなかった。寒気が私の体を襲う。信じられない。来るかどうかもわからない私を待って、リカはあの電話ボックスで私を待ち続けていたのか。だとしたら、毎日の生活はどうしていたのだろう。仕事は、金は、食事は。だいたい、そんなことが二週間も続けられるのだろうか。それはもう執念とか、そういうレベルのものではない。そこにあるのは——。

「パパ」

細く開いたドアの隙間から亜矢が顔をのぞかせた。私は無理やり笑みを作って頬に乗せた。この子には心配をかけたくなかった。

「パパだいじょうぶ?」

「大丈夫だよ。ちょっと熱があるだけだからね」

部屋に入ってきた亜矢が私の膝に乗った。

「パパつめたいね」

もぞもぞと動いていた亜矢が私の体を抱くようにした。温めてくれようとしているのだ。後悔の思いと共に、私は亜矢を抱きしめた。下らないことに手を出したばっかりに、こんなことになってしまった。するべきではなかったのだ。妻を、そして娘を裏切るようなことをしてはならなかった。わかっていたのに、なぜ俺は。

「パパないてるの」亜矢が私の目に指を当てた。「なかないで」

「泣いてないよ」

目の縁を指で拭いながら立ち上がった。亜矢がその様子を、不思議そうに見つめている。私は娘の頭を撫でた。

「ちょっとパパ、病院に行ってくるから。ママにそう言っておいてくれるかな。わかったね？」

亜矢がこくりとうなずく。心配そうに握った手はそのままだ。私は娘の指を離して、もう一度ジャケットを着込んだ。事態がここまできてしまった以上、もう私個人で解決できる問題ではないだろう。警察に行って相談するべきなのだ。

家族に知られることは絶対に避けたかったが、そのあたりの事情は警察もわかってくれるだろう。車のキーを取り出して、亜矢に母親のところへ戻るように言った。哀しそうな目で亜矢が私を見つめた。ひとつうなずいて、私は家を出た。

## 二

高井戸警察署は私の家から車で十分ほど走ったところにある。駐車場に車を停めて、私は正面玄関に回った。制服の警官が誰何《すいか》するように私を見る。わずかに頭を下げて、建物の中に入った。受付で来意を告げた私の前に無愛想な中年の警官が現れ、生活安全課に案内してくれた。警官は面倒くさそうに私の話を聞いてから、無表情のまま待つことを指示して出ていった。それから三十分が経過して、若い刑事が出てきた。三島と名乗ったその男は、物柔らかい態度で私に接したが、私の抱えている問題についてほとんど何も考えていないことが、その対応からはっきりとわかった。

「それはねえ、民事なんですよ」

下品な明るい茶の背広を着た三島が、書類の束を広げた。

「しかし、ストーカー法があるじゃないですか」

待つことに疲れていらいらしていた私は、その苛立ちを三島刑事にぶつけた。早く戻らなければ、妻が不審に思うかもしれない。

「ええ、ええ、ありますね。ですが、ご存じのようにまだ法律としては整備されていないものでしてね。実際我々現場の人間たちも、どうしたらいいのかよくわからないというのが現状なんですよ」

笑顔を絶やさずに刑事が言う。癇《かん》に障る笑いだった。

「とりあえず、ええと、本間さんでしたね」三島が調書をちらりと見た。「あなたも別に肉体的、あるいは経済的な損害を受けたということではないわけですし」

「精神的にはひどいもんですよ」

「ええ、そりゃあなたの顔を見ればよくわかりますよ」

調書を見ながら男がまた笑顔になった。妙に愛想だけがいい。

「だったら」

「しかし、あなたの側にも原因がないとは言えませんよね」

顔が熱くなった。

「おいくつでしたっけ、四十二歳ですか。印刷会社にお勤めなんですよね」そう言って三島が値踏みをするような目で私を見た。「そんな方がインターネットでナンパなんかしていたら、そりゃどこかでトラブルに巻き込まれるというのも、仕方がないことなんじゃないですか」

「ですが、私は今日」

三島の言葉を遮《さえぎ》ろうと慌てて手を上げたが、男の唇はなめらかに動き続けた。

「はいはい、タクシーに乗って逃げたが追いかけられたと。非常な恐怖を感じたと。いやそりゃそうですよねえ、わかりますよ、怖かったでしょうねえ」

子供をあやすような口調だった。何も言えなくなって私は黙り込んだ。

「とはいえ、どうにか逃げ切れたわけですよね。ということは、あとはあなたが通ってらっしゃるその何とかカフェに二度と行かなければ、それで解決する問題なんじゃないでしょうか」

この刑事にはわからないのだ。私は絶望的な気持ちになった。口の中に酸《す》っぱいものが溢れる。いや、この男だけではないのかもしれない。世界中で、あのときの恐怖を理解できるのは私だけなのだ。

「あなたは自分の携帯電話の番号と、フリーメールのアドレスしか相手の女性には教えていないわけですよね。携帯電話の方は既に買い替えて、番号も変えているわけですから、その女があなたを捜す手段はありませんよ。大丈夫だと思いますがね」

三島が書類をファイルにしまい込んだ。

「あんたにはわからないんだ。どれだけ私が恐ろしかったか」

私は顔を両手で覆った。こめかみの辺りが自分の意志とは関係なしに小刻みに動き始めている。

「そりゃわかりませんよ」楽しそうな声だった。「どんなことでもそうですが、当事者にしかわからないことは世の中にいくらでもありますからね」

視線を感じて頭を上げた。親切そうな表情を浮かべた男の目が笑っている。何がおかしいのだ。無意識に握りしめた拳《こぶし》に力が加わった。

「しかもそれまでの間、ずいぶんとお楽しみだったようですし、つけが回ったと思えばここは我慢した方がいいんじゃないですか。いや、もちろん事件として被害届を出したいというのであれば止めはしませんがね。ただしその場合は、当然捜査員がお宅に伺《うかが》ったり、あなたの会社に行ったりしなければならなくなります」

三島刑事が軽く腕を組んだ。

「それは」

手が小さく震えだした。想像したくなかった。妻に、娘に、そして会社に私のしてきたことがわかってしまったら、いったいどうなるだろう。何もかもが終わってしまう。

「そういうことになるんですよ。構いませんか？　それでも」

「わからない」私は髪の毛を掻きむしった。「何もわからない」

「それに、もし訴えるとしてもですね、正直なところ相手の住所も正確な氏名もわからない以上、そのリカという女の特定自体も困難なんです。それで犯罪を立証するっていうのも、どうでしょうかねえ。難しいと思いますよ。いや、これは自分の個人的な感想なんですが」

勝ち誇ったように三島が続けた。

「しかし、何かあったらと思うと、不安になるのも無理ないとは思いませんか」

私は最後の抵抗を試みた。

「そりゃそうです。不安になるのは当然のことですね」

三島が肩をすくめて、しばらく視線を宙に泳がせた。私はすがるような思いで何もない空間を見つめた。三島が振り向いた。

「こうしませんか。派出所の方に、こちらから指示を出しておきます。本間さんの自宅を警戒させることにしましょう」

刑事が立ち上がった。

「警戒する、といいますと」

「一日一回、巡回させますよ。そりゃね、我々も人手があれば一日中見張ることも可能なんですが、今の段階ではそうもいかないのはご理解いただけるでしょう。とりあえずそういうことにさせてもらって、何かあったらまたそのつど対処していく、それでいかがですか」

警察らしいやり方だった。形式だけ整えて、実際には何も変わっていない。私の恐怖心はそのままだ。だいたい一日に一回巡回してきたぐらいで、いったい何がどうなるというのだろうか。自分の目付きが険しくなっていくのがはっきりとわかった。

「ということは、つまり何かあるまでは介入しない、ということなんですか」私も立ち上がっていた。「私が傷つけられたり、殺されたりするまで、警察は何もしてくれないってことなんですか」

そんなことは言ってませんよ、とにこやかに笑いかけた刑事に私は指を突きつけた。

「そんなことをしているから、いろんな事件で手遅れになって殺される被害者が出ているってことが、あんたらにはわかってるのか」

うんざりした表情で三島が座り直した。

「あのねえ、本間さん。そういうことじゃないんです。まあそう興奮しないで、座ってくださいよ」

座る気にはなれなかった。乱れた前髪だけを直す。

「現段階ではまだ犯罪とはいえない、と言ってるんです。その女をストーカーと見なすことが可能かどうかさえ、正直なところ判断は難しいと思いますよ。継続性があるかどうか、害意の有無など、さまざまな条件があるんです。もちろん、あなたの不安な気持ちはわかりますよ。わかりますが、この段階で警察官を派遣して警備をするというようなことになったら、それこそ大問題です。その費用はすべて税金から捻出《ねんしゅつ》されることになるんですから。わかっていただけますか」

学生相手に講義をするような口調だった。

「それは、おっしゃることはわかりますが」

三島が上目遣いに私を見た。

「家族には秘密にしたい、会社には内緒にしてほしい、でも事件として捜査はしてほしい。そう言われても、それは無理なんですよ。じゃあどこを調べればいいんだ、そういう話になってしまう。しかも容疑者がどこに住んでいて、どういう人物なのか、それすらわからないというのでは私たちも手の打ちようがない。そういうことなんです」

この刑事の言う通りだった。確かに、私が言ってることは虫のいい話だった。だが、私が訴えたかったのはそういうことではないのだ、ということにそのとき気づいた。

私は、私の感じている恐怖を、誰かに知っておいてほしかったのだ。誰かに話せば、誰かと共有できれば、恐怖は半減すると思っていたのだ。だが、実際には何も変わりはしない。むしろ、誰にも理解してもらえないことがわかって、より一層私の中で恐怖は膨らんでいった。

「私が言いたかったのは、何かあってからでは遅いじゃないですか、ということなんです」

口の中でつぶやいた。何もかもがどうでもよくなっていた。この男には、私が感じている恐ろしさがわからない。この男だけではない。世界中の誰にもわからないのだ。確実なのはそれだけだった。

それはそうですよね、と嬉しそうに言いながら三島が持っていた布の袋を開いた。

「そうだと思いました。それで、こういうものがあるんですがね」

袋から出てきたのは防犯ベルだった。

「何かあったときに必要なのは、結局こういう防犯グッズなんです。どうでしょう、こちらを使ってみませんか」

嬉々として刑事がさまざまな種類の防犯ベルを並べ始めた。

「もちろん、無料というわけにはいかないんですが、そのへんのデパートなんかで買うよりずっとお安い価格になっていますから。そうですね、このあたりのタイプなんかいかがですか」小さなキーホルダーのような形をしたベルを私の前に置く。「大きさはこんなものですから、持ち歩くのにも便利ですし。でも音は周囲一キロまで届くんですよ」

この性能でお値段は二千五百円ですから、お買い得だと思うんですけどね。いかがですか、一台。

必要ない、と私は答えた。もしリカから何か危害を加えられるようなことがあった場合には、防犯ベルで対処できるような、そんな生易しいことでは済まないだろう。うつむいた私を、残念そうに三島が見つめた。

「そうですか。ま、ゆっくりお考えください。もし、やっぱり必要だということでしたら、自分は下のフロアにいますからいつでも声をかけてください。それでは」

丁寧に一礼してから、三島が出ていった。どうしていいのかわからないまま、私はぼんやりと出ていく刑事を見送っていた。

## 三

翌日出社した私は、取引先の人間と会う約束があると周りに言いおいて、十一時過ぎに会社を出た。人と会うというのは嘘ではないが、仕事関係の人間と会うわけではなかった。

社の前でタクシーを停めて、銀座にあるホテルの名前を告げた。もう秋も終わりに近いというのに、妙に蒸し暑い日だった。ネクタイを緩めると首の下に汗が溜まっていた。エアコンをつけますか、と運転手が話しかけてきたが、私は何も答えなかった。十分ほど走って、タクシーはホテルの前に着いた。

日比谷の駅からほど近いそのホテルのロビーは、昼前ということもあってそれほど混雑してはいなかった。私は一階のラウンジで会うことになっている男を捜した。まだ来ていないようだった。黒服のボーイが近づいてくる。待ち合わせであることを告げて、席を用意させた。

ウエイトレスにコーヒーを頼んで、持っていた新聞に目を落とした。並んでいる活字の意味がよくわからない。私は諦めて警察の対応について考え始めた。

警察が動きだせば、リカに対して私がしてきたことを会社は知るだろう。就業態度に問題があれば、会社は容赦なく私を処分することは十分に考えられた。馘首《かくしゅ》とまではいかないかもしれないが、閑職《かんしょく》に回されて今後サラリーマンとして陽《ひ》の目を見ることはなくなるはずだった。それほど出世欲があるわけではないが、それでも現在の収入とポジションを手放す気にはなれない。

そしてそれ以上に、妻にもこのことを話さなければならなくなる。それだけは避けたかった。妻と娘との関係が崩れていくことが私にとって最も耐えられないことだった。たった一人とはいえ、ネットで知り合った女性と浮気をしていたことがわかったら、葉子はどう思うだろう。どれほど辛い想いを味わうことになるだろうか。

妻を傷つけたり、悲しませるつもりはなかったのだ。だが、そんなことは言い訳にもならない。どれほど詫《わ》びても許されるものではないだろう。もちろん亜矢のこともある。もし離婚するようなことになってしまったら、一番悲しむのはあの娘なのだ。私も亜矢と離れて暮らすことなど考えられなかった。右腕をもがれた方がよっぽどましだ。被害届を出すことはできなかった。誰にも秘密のうちに、問題を処理しなければならない。

そこまで考えたところで、影がテーブルの上に落ちた。目を上げると、懐かしい顔がそこにあった。

「久しぶりだな、おい」

原田信也《しんや》が私の肩を手の甲で強く叩いた。昔からの癖はそう変わるものではない。

「十年ぶりぐらいかな」

手を挙げると、教育が行き届いていることを思わせるウエイトレスが、きびきびとした足取りで私たちのテーブルに近づいた。メニューを渡された原田が真剣な表情で考え込んだ。

「アイスココアを」

たっぷり二分間考えていた原田が注文をした。復唱してウエイトレスが退《さ》がる。

席に腰を下ろしながら原田が繰り返した。そうだな、と私は無遠慮に相手を見回した。

「いや、本当に久しぶりだ」

「お前は変わらんね」

目の前の原田は、三十歳と言っても通用しそうだった。グレーのジャケットと薄い茶のチノパンというラフな装いが、筋肉質の体によく似合っている。

「そっちはずいぶん変わった」

頭の先から足元まで私の体全体を、原田がなめるように点検した。X線のような視線だった。

「卒業してから二十年か。一年で一キロずつ太ったんじゃないのか。それとも、貫禄《かんろく》がついたと言うべきなのかな、こういう場合は」

「こっちが普通なんだ」

私は苦笑した。この男は体型と同じく、性格も変わっていない。

「印刷屋ってのはどうよ。景気はいいのか」

空いているもうひとつの椅子に原田が脚を伸ばした。非常識な態度だったが、咎《とが》めても無駄なことを私は知っていた。昔からこういう男だった。

「悪いさ、このご時世だからな。そっちはどうなんだ」

案外悪くない、と答えて原田は運ばれてきたアイスココアにストローを差した。

「むしろ、不景気な方がいいようだな。不思議な商売だ」

他人事《ひとごと》のようにそう言って、原田は胸ポケットから名刺を抜き取った。テーブルの上に置く。

『原田探偵事務所　所長　原田信也』

名刺にはそう記されていた。

原田信也は大学の同期だった。語学のクラスが一緒だったので、一年のときにこそよく飲みにいったりしていたが、それ以降は専攻が違ったこともあって疎遠になっていた。

趣味のオートバイに入れ込んで、アマチュアのレースに参加しているとか、近くの女子大の学生を妊娠させたとか、ときどき噂《うわさ》を聞いたが、私とは無縁の人間だったと言ってもいいだろう。卒業まで顔を合わせたこともほとんどない。

卒業してからも思い出したことはなかったが、共通の友人を通して、警察に就職したと聞いた。妙な就職先を選んだものだと思ったが、それだけだった。数年後に新宿の駅でばったり出会ったことがあったが、世間話をしてすぐ別れた。それ以来会っていないのだから、確かに十年ぶりぐらいにはなるだろう。

「それにしても、俺がこんな商売してるなんて、よく知ってたな」

原田がストローをくわえたまま言った。

「相沢《あいざわ》に聞いた」

私は今もつきあいのある大学時代の友人の名前を挙げた。原田が警察を辞めて探偵事務所の調査員になったそうだ、と相沢が教えてくれたのは七、八年前のことだったろうか。どういう話の流れでそうなったのかは忘れてしまったが、今回の一件で、誰にも相談できなかった私が原田の名前を思い出したのは、その記憶があったからだった。警察にも相談できず、会社や家族にも話せない私にとって、問題を解決してくれる可能性を持っている人間はこの男しかいなかった。他に相談する相手は思いつかなかった。

私は相沢に連絡して原田の勤務先を調べてもらい、そして十年ぶりに目の前の男と会うことになったのだった。

「三年前かな」原田が指を折った。「うん、まる三年だな。勤めてた事務所が潰《つぶ》れちまってね」

「捜すのに苦労したよ」

「そりゃ済まなかったな。ま、いいじゃねえか。こうして再会できたんだ」

それで相談ってのはどういうことなんだ、と原田が頭の後ろで手を組んだ。

私はリカとの出会いについて最初から話した。ネットで知り合い、メール交換を経て電話番号を教えたこと、途中からリカの態度が変わり、しつこくなってきたこと。交際をやめようとしたがリカが拒否したために電話機を破棄して番号を変更したこと、そしてインターネットを通じてリカが私の情報を集めていることを知ったことと、昨日の表参道での追跡劇について話したところで原田が唸《うな》り声を上げた。

「サラリーマンってのは、哀しいもんだねえ」

大きく伸びをする原田を、隣の席の女が珍しい動物に出くわしたような目付きで見た。原田はそ知らぬ顔をしている。

「奥さんもいて、娘までいるっていうのに、まだそんなことをしたいかね。俺なんか、まだ独身なんだぜ。ああ、嫌だ嫌だ」

「反省している。なんであんなことをしたのか、自分でもわからん」

「わからんね。つまり、お前さんはインターネットの出会いサイトで、そのリカって女と知り合ったたってわけだ」

いくらか蔑《さげす》んだような口調だった。

「そうだ」

「今の段階でとりあえず言えるのは、お前が世間知らずだってことだな」

どういう意味だ、と私は唾《つば》を飛ばした。この男には言われたくない。

「インターネットてのはね、お前、あれは実態は誰にもわかっちゃいないんだ。今や誰もがインターネット、インターネットってお題目みたいに口にしてるがね、あれが悪魔の住処《すみか》だってことに気がついていないのかな」

「そんな大げさな」

大げさどころか、と原田が顔の前で大きく手を振った。

「まだ言葉が足りないくらいだ」

「そんなことはないだろう」

「それとも、わかっててわざと言わないようにしているのかな。確かに便利なものかもしれないが、悪意が介在したら、すぐにとんでもないものに変わってしまう代物なんだぜ」

眉《まゆ》を顰《ひそ》めた原田がストローをくわえた。

「それはそうかもしれないが」

実際、私にとってはその通りだった。原田の言葉を否定はできない。

「インターネットっていうのはな、有史以来人間が初めて持つ、個人から全世界へ向かってのメディアなんだ。そういうと聞こえはいいが、実情はお寒い限りでね」

演説口調になっている。学生のときにも酒が入るとこういう話し方になったものだった。

「本来メディアってのは公共性と責任がなければ存在してはならないものだよな。その部分がまったく欠如しているメディア、それがインターネットの本質なんだぜ。こいつは、お前ら印刷屋にも関係していることなんじゃないのか」

私は素直にうなずいた。

「簡単にうなずくけどな、それがどんなに恐ろしいことなのか、そろそろこのへんでみんな真剣に考えた方がいいと思うね、俺は」

「わかってる」

わかってねえよ、と原田が鋭い目で私を睨んだ。

「わかってるなんて口にするお前が、よりにもよって出会いサイトに手を出すなんて、まともな人間のすることじゃねえぞ。あれはお前、魑魅魍魎《ちみもうりょう》が跋扈《ばっこ》する世界だ」

飲み干したアイスココアのグラスを高く差し上げて、同じものを、とウエイトレスに合図した。

「インターネットの出会いサイトっていうのはな、最近俺も何度か調べる必要があってわかったんだが、実態はエロ画像の通信販売なんだ。お前も経験しているはずだが、うかつに入っていくとどんどんエロ画像が現れて〝この画面をダウンロードしますか？〟と聞いてくる」

「ああ、そうだな」

思い出しながら私は答えた。そうだろう、と原田が続きを口にした。

「ところが、好奇心で《ＹＥＳ》なんてクリックしようもんならさあ大変だ、バカ高い電話料金を取られて、カスみたいな写真を掴まされちまう。あれは悪魔の機械なんだ」

「詳しいな」

　へっ、と原田が唇の端で笑った。

「俺も何度も騙されたんだよ」

「そんなことぐらいで悪魔の機械呼ばわりか。インターネットも大変だな」

　からかうように言う私に、わかってないな、と原田がため息をついた。

「仕事で調べたって言っただろ。お前は知らないだろうが、いろんな手口があるんだぜ。例えばこうだ。大概のその手のサイトは、身元確認のためだとかなんとかうるさいことを言って、メールアドレスを登録しないとサイトに入れない。わかるだろ」

　もちろん、そのあたりの仕組みについては私もよく理解している。

「こっちも、アドレスぐらいと思って気軽に入力しちまうが、あれも立派な個人情報のツールでね。キャッシュカードやクレジットカードと変わらない部分も大きい。調べる気になれば、アドレスから個人の住所だってわかっちまう。そこまでいったら、あとは何だってできるさ」

「そんなことが可能なのか」

「だって俺、やったことあるぜ」

　ちょっとガムシロップが足りない、と原田がつぶやいた。私は目の前にあったガラスの容器を前に出した。原田が慎重に中身を注《つ》ぎ足した。

「正確に言うと、やらせたことがあるってことだけどな。専門知識と、専用の機材を持ったプロに依頼するんだよ。単純に言えばメールアドレスと、メールを送信したパソコンの認識番号を確認してプロバイダーを特定する。そこから逆にたどっていくわけだ。ま、警察の逆探知と原理は一緒だね。俺が頼んだところは、どうもプロバイダーの名簿をチェックする機能を持ったソフトを使っていたようだったな。それ以上詳しいことは教えてくれなかったがね」

決して技術的に難しいことではない、と原田が鼻の頭を掻いた。

「そんなことをして何になるんだ」

「何にだってなるだろう」呆れたように原田が私を見た。「出会いサイトぐらいだったらまあいいかもしれんが、もっと他人には言えないようなサイトを利用しているとするよな。SMでもロリータポルノでも何でもいいが、それを悪意を持った人間が知ってしまったら、お前を恐喝《きょうかつ》することだってできるんだぜ。奥さんにお話ししてもいいですか？　会社に連絡してもよろしいでしょうか？」

「嫌なことを言う」

苦い顔になって私はコーヒーをすすった。

「それだけじゃない。宗教の勧誘、キャッチセールス、美人局《つつもたせ》、マルチ商品の販売、ネズミ講。場合によっちゃ、お前のパソコンにウイルスを転送するなんてのもありだ。お前の会社のコンピューターすべてが、あっという間に使えなくなっちまう。ライバル会社が大喜びするだろうよ。だいたい、お前なんかのレベルだと、コンピューターについてきちんと理解してないだろ？」

一言《いちごん》もなかった。

「すべては悪意さ。そこに悪意があるのか、それともそうではないのか。悪意があれば、どんなことでもトラブルの種になる」

もちろん善意のサイトもあるよ、と原田が噛んでいたストローをテーブルに置いた。

「例えば俺の知り合いがやってるサイトは、本当に趣味のサイトで、ゲイのために開かれている。彼ら彼女らは、なんだかんだいったところで世間から見たら日陰の存在だからね。相手を探すのだってひと苦労だ。二丁目に行けばいいじゃないかという奴もいるかもしれないが、ホモやレズは新宿にしかいないわけじゃない。青森にだって、島根にだっているんだ。どうしていいかわからずにひたすら自分を殺して我慢している連中だっているだろうさ。そういう奴らにとっては、インターネットは神様だろうね」

言わんとすることはよくわかったが、私の抱えている問題には直接関係ないことも確かだった。話を元に戻そうとしたが、原田は無視してアイスココアを掻き混ぜた。氷がぶつかる透明な音がした。

「もしかしたら、マンションの隣の部屋に運命の人がいるかもしれないんだからな。まあこいつは極端な例かもしれないが、俺の知り合いが偉いのは、運営を無償でやってるところでね。そんなサイトはごく少数なんだぜ。大概の場合、サイトの管理者、運営者が考えているのは金のことだし、場合によっては悪意なのさ」

私はコーヒーのお代わりを頼んだ。まだ話は続きそうだった。

「よく喋《しゃべ》るな」

私は苦笑を浮かべた。

「お前みたいな、何もわかってない奴を見ると、説教したくてたまらなくなるんだ」ため息をついた原田が唇を尖らせた。「あんなに危険なものはないんだぜ。場合によっては、今のお前みたいに、異常なストーカーにつきまとわれることにだってなるんだからな」

「反論したいが、何も言えんよ」

自嘲《じちょう》めいた笑みを浮かべて私は答えた。

「まあしかし、そうは言ってもお前は運がいい。ストーカー法が成立しているからな。どうしようもないと判断したら、警察に駆け込めばいいことだ」

「相談はしたんだけど、どうも反応が鈍くてな」

私は警察に行ったことと、そこでの対応について話した。難しいところだな、と原田が脚を組み直した。

「俺も元はといえば警察官だからな。その刑事の態度が間違ってるとはちょっと言いにくい。単純に言えば、事件性が薄いんだな。今の段階では捜査してほしいと言われてもどうにもならないっていうのは、現実問題としては事実なんだよ」

いっそ被害届を出したらどうだ、と原田が言ったが、私は激しく頭《かぶり》を振った。

「それはできない。そんなことをしたら、妻や会社に俺がしてきたことがわかってしまう、それは困る」

「大変だな、サラリーマンは」皮肉ではないようだった。「ただ、そうは言っても今回の場合には被害届を出したところで当てにはならないっていうのも確かだからな。相手の身元も素性もわからないんじゃ、警察だって動きようがない」

「そうらしいな」

「しかもお前に対して危害を加えようとか、そういう意図があるのかどうかもわからない。継続性は確かなようだがね。ということは、そのリカって女をストーカーとして認定できるかどうかもはっきりしないってことだからな」

「同じことを警察でも言われたよ」

私はコーヒーを飲み干した。急にカップを持つ手が震えだした。

「警察に頼ることはできない。じゃあ俺はどうしたらいいんだ？　誰も助けてくれない」

原田が黙って手を挙げた。近づいてきたウエイトレスがコーヒーのお代わりを注ぎ終えるまで、原田は何も言わなかった。

「まあ落ち着けよ。そのために俺を呼んだんだろ」

「助けてくれ」

視界がにじんだ。私は泣いているのだろうか。自分でもよくわからなかった。

「任せとけよ、とは言わないがね」原田が笑みを浮かべた。「ひとつだけ言っておくと、統計的に言えば、その手のストーカーは新しい目標が生まれると、今までのことをきれいに忘れてくれるものらしい。相手はある種の異常者だからな」

「それはいったい、いつのことなんだ」

力のない微笑を浮かべて、私は注がれたコーヒーに口をつけた。熱いだけで、味もわからない。

原田が自分の名刺のメールアドレスを指でさした。

「そのリカって女のメールを、俺のアドレスに全部転送しておいてくれ。さっきも言ったが、その内容から相手の情報を調べていくことも可能だ。相手の身元がわかればそれなりに打つ手も出てくるだろう」

「どんな手だ」

「俺はプロだぜ。そのへんのことは任せておいてくれよ。メールの中に、女の身元を決める何かがあるかもしれない。住所や名前を示す手掛かりがある可能性だってないとは言えない。正体がわかればそれほど恐れる必要はなくなる。そういうことだ」

「ちょっと安心した」

私は指で目尻を拭った。わずかに湿った指先をテーブルクロスで拭く。

「現状を整理してみよう。向こうの状況はこうだ。お前が携帯電話の番号を変えたために、とりあえずストレートに連絡を取る手段はなくなった。そうでなきゃ、そんな出会いサイトにお前の情報を求めるようなメッセージを残すかよ」

「それはそうだ」

「しかもお前の話が正しいとすれば、毎日二十時間態勢で女はパソコンを操作していることになる。そりゃ人間、恋愛しているときには日頃では想像もつかないようなパワーが出ることもあるぜ。そこに思い込みや妄想が加われればなおさらだ。しかし、そんなエネルギーはそう長くは続かない。早い話が、毎日寝ないでそんなことしてみろ、どこかで倒れちまうぜ。仮に体が保ったとしても金が尽きるはずだ」

その通りだ、と私は原田の指摘に感心した。電話料金だって馬鹿にはならないだろう。

「ということはだ、あとは我慢比べってことだろう。お前の方は楽さ。向こう一年、表参道近辺に近づかなければそれでいい。出会いサイトの方には俺から手を打とう。ちょいとコネもあることだしな、アングラサイトならともかく、合法的に運営していこうと考えているところなら危ない話だとわかればすぐに手を引くさ」

「そうらしい、既に削除を始めているところもあるそうだ」

「それが常識ってもんだ」原田がグラスの縁を爪《つめ》で弾いた。「なあ、それですべて解決じゃないか」

自信たっぷりに断言する原田の言葉に勇気づけられて、私の凍りついていた心がゆっくりと溶けていくのがわかった。何とかなるかもしれない。

「それにしてもお前は常識がないな」原田が丸めたストローの袋を投げつけた。「なんで自分の本当の携帯の番号を教えてしまったりしたんだ？　お前の頭を疑うね。出会いサイトに手を出すんなら、それぐらいのことは考えろよ」

「だって、自宅の番号を教えるわけにもいかないだろう」

私は坂井が教えてくれた通りにしただけなのだ。

「坂井ね。覚えてるよ、二期下じゃなかったか。確か広告研究会だっただろ。あんな奴を信用するのがいけないんだ」

渋い表情を浮かべた原田が、内ポケットから一台の携帯電話を取り出してテーブルに置いた。ブリーフケースを探ると、もう一台色違いの電話機が出てきた。

「こいつは俺の仕事用の電話だ。そしてもうひとつ、こっちは架空名義の電話だ。知ってるだろ？」

首を振った私の肩に原田が手をかけた。

「お前らみたいな連中がこの国にいるかと思うと、俺は悲しいよ」

原田の手を払って、架空名義の電話って何だ、と尋ねた。

「しばらく前まではプリペイド電話っていうのがあってな。こいつは便利だった。購入するとき面倒な手続きが一切いらなかったんだ。身分証明書の必要もないし、印鑑さえいらない。しかも一万円以下で買うことができる。俺みたいな商売をしていると、ときどき必要になることがあるんだが、今ではお前みたいな奴が増えたんで、購入には身分証明が必要になってしまった」

恨みがましい目付きで原田が私を見た。

「で、架空名義の電話っていうのは?」

「名前の通り、架空の人物の名前で登録してある電話機さ。インターネットで調べてみろ、いくらでも扱ってるサイトはあるぞ。ちょっと高いが名義が他人のものになっているから、発信人の身元は絶対にわからない。それを買っておいて、リカって女との連絡先にしておけば、お前もそんなに悩まなくて済んだんだ」

「そんなサイトがあるのか」

「インターネットで売ってないものはない」原田がまた苦い顔になった。「それはともかくとしてだ、とにかくそのリカって女から電話がかかってきたとしても、徹底的に無視するんだ。反応すればするだけ、奴らは喜ぶんだからな。怒ろうが泣こうが喚《わめ》こうが、無視して切れ。奴らはコミュニケーションを取りたいんだ。それがどんなに歪んだ形でもね」

「子供みたいだな」

原田が指を鳴らした。

「そう、その通り。今日初めてお前はまともなことを言ったな。ストーカーってのは、あれはまさに子供なんだ。ずっと同じことを言って、大人を振り向かせようとする子供がいるだろ、あれと一緒なんだよ。無視していればいずれはいなくなる。もうひとつ、伝言やメール、そういうものはすべて記録して保管しておけよ。後で裁判になったときには証拠が必要になるんだからな」

「裁判ってお前、そんな大げさな」

驚いたように言う私に、それぐらいのことは覚悟しておかなきゃな、と重々しい口調で告げて原田は時計を見た。

「弁護士の知り合いもいるから、いつでも紹介するよ。とにかく、今のところアドバイスできるのはそれぐらいだな。さっきも言ったがメールを送っておいてくれ。調べてみるから」

「悪いな」

「あとは女が自滅するのを待つだけだ。心が折れるか、体が壊れるか、それとも金がなくなるか。いずれにしてもそれで終わりだ」

「終わってくれればいいんだがね」

私はラウンジの大きな窓越しに外を見た。いつものように街は賑《にぎ》わっている。日比谷通りを走る車。歩いているビジネスマン。何事もない、平和な光景だった。

「心配するな。無事に終わるさ。もうひとつ約束が入ってるんでね、これで失礼するよ」

ブリーフケースに携帯電話を放り込んで、原田が笑顔を見せた。

「忙しい奴だな。まだいいじゃないか」

思い出話のひとつもないのか、という私の言葉を無視するように、原田がレシートを投げて寄越した。

「お茶代はお前が払っておいてくれ。調査の手付け代わりだ」

何の余韻も残さずに、原田は大股《おおまた》で立ち去っていった。少しだけ安心感を覚えた私は、煙草に火をつけてから手を挙げてウエイトレスを呼んだ。

四

二日後の朝、会社へ行く途中で原田から連絡が入った。私はホームに入ってきた山手線《やまのて》を見送って、階段の下に体を移した。メールを調べてみたが、手掛かりになるようなものは残っていなかった、と原田は言った。

「特に後半のメールはひどいな。ああいうのを電波系って言うんだろうな」のんびりした声だった。「読んだかどうか知らないが、お前の前世とあの女の前世はルネッサンス後期のイタリアで兄妹だったらしいぞ」

笑い声が聞こえた。私は何も答えなかった。混雑する人の波に押されて、手から携帯電話が落ちそうになる。しっかりと電話機を握り直した。

「それはともかくとしてだ。看護婦と言っていることだけは終始一貫している。それだけはどうも事実のような感じがするんだがね」

俺もそう思ってた、と私は強くうなずいた。坂井ではないが、メールのやり取りの中で相手の語っていることが事実かそうでないかは案外わかってしまうものだ。リカの場合も、ときどき怪しいと思われるような発言がないわけではなかったが、看護婦という職業についてはかなり輪郭がはっきりしていた。現役で働いているかどうかはわからないが、少なくとも過去に病院に勤めていた経験があるというのは確かだ、と私は思っていた。

「新宿の、わりと大きな病院に勤めているとか、看護婦用語なんかも、それらしいことを言っていたな」

リカとの会話を思い出しながら私は答えた。そうだろう、と原田が答えた。

「調べてみようと思うんだ。新宿にある大きな病院といえば、女子医大か慶応病院か、まあそんなに数が多いわけじゃない。相手の特徴と、偽名かもしれないが一応名前もわかっているわけだしな。おい、聞いてるのか」

キャッチホンが入っていたが、無視した。

「聞いてる」

「お前が言っているような人相の女がいたら、そりゃあ誰かが覚えているだろう。身元さえわかればお前も安心できるはずだ。そうじゃないか」

「頼むよ」電波が乱れて、声が聞き取りにくくなっていた。「とにかく、よろしく頼む」

「わかってる」

また連絡する、と言って原田が電話を切った。私は到着した電車に乗り込んで会社に向かった。

フロアに入る前に時計を見た。九時四十分、いつもより十分ほど遅い。原田からの電話で、電車を二本乗り過ごしたためだった。席に着くと、書類の束を抱えた池田桃子が近づいてきた。今日はノースリーブのシャツで色合いは普通だが、ＡＫＩＲＡ　ＫＵＲＯＳＡＷＡという文字がプリントされている。どこで買ってくるのだろう。

「ちょっといいですか」

「何だよ、朝っぱらから」

桃子が伝票を差し出した。

「ちょっと前のなんですけど、忘れてて」

私は一緒に綴《と》じられている領収書の金額を見た。四万六千円。お前なあ、と言いかけた私の前に桃子が缶コーヒーを置いた。絶妙なタイミングだった。後ろの席の部長をちらりと見てから桃子が、お願いします、と手を合わせた。

「あたしは行きたくなかったんですよ」

「誰と行ったんだよ」

桃子が缶のコーヒーを指さした。

「ここの宣伝部と、代理店の連中なんですけど。断りきれなくて」

「断ればいいじゃないか」そう言いながら私はデスクから印鑑を取り出した。「次からはちゃんと稟議《りんぎ》回せよ」

「ありがとうございます。ヘップバーンって、本当にきれいですよねえ」

目的のためならパソコンのスクリーンセーバーにまでお世辞を使う。そうでなければ営業マンは務まらない。私の教えを忠実に守った桃子が、自分の席に戻っていった。

プルトップを開けて、妙に甘いコーヒーを喉《のど》に流し込んだ。印鑑ひとつで缶コーヒー一本か、と思う。管理職も安くなったものだ。

（待てよ）

パソコンの画面に目をやった。いつものようにオードリー・ヘップバーンが嫣然《えんぜん》と微笑みかけている。だがそれはおかしかった。私は昨日社を出るとき、間違いなくコンピューターの電源を落としている。その記憶ははっきりしていた。それなのになぜスクリーンセーバーが動いているのだろう。誰か私のパソコンを使った人間がいるのだろうか。顔を上げて部下たちを見る。朝のけだるい時間を仕事モードに切り替えるために、それぞれが儀式に勤《いそ》しんでいた。

使うのはいいが、電源は落としておいてもらわないと困る。そう思いながら私はマウスに手をかけた。いつもならすぐに起動画面に変わるのだが、スクリーンセーバーが動かない。フリーズだろうか。面倒なことになった。私はマウスをパッドの上で強く動かした。

ヘップバーンの顔が動き始めた。いつもと何かが違う。何が起きたのだろうか。混乱する私の前で、女優の微笑が水に溶ける砂のようにゆっくりと崩れていった。顎が、唇が、鼻が、そして瞳が細かい粒子となって画面の中に吸い込まれていく。どういうことだ。見る間に、額が、髪の毛が消えていき、ディスプレイはグレー一色になった。わずかな間をおいて、小さな光が灯《とも》った。光はどんどん大きくなっていき、ひとつの形になった。

R。

アルファベットのRだった。画面いっぱいに広がったその文字が消え、再び小さな光が点滅した。I。思わず私は立ち上がっていた。誰だ、誰がこんな悪戯を。

次々に光は形を作り、KとAの文字が並んだ。

R・I・K・A。

「どうした、本間」

背後の部長が声をかける。引きつった笑顔のまま振り返ったとき、胸の携帯電話が鳴り出した。何でもありません、とひとつうなずいてから液晶画面を見た。原田からの電話だった。廊下に向かって歩きながらフリッパを開く。

「もしもし、俺だ」

「悪いな、たびたび。メールの件で思い出してほしいことがあるんだ」原田が早口で言った。「出身地は長野だと書いてあるんだが、電話で話したときにでも、もっと細かい場所とか地名を聞いたことはないか。山とか、川とか、近所の遊び場とか」

「それどころじゃない。リカだ。あの女が会社に来た」

「何の話だ」

「本当だ。俺のデスクまで来て、スクリーンセーバーを改竄《かいざん》していった」

「待て待て、落ち着け、いったいどうしたっていうんだ」

「俺にわかるわけがないだろう!」

怒鳴り声がエレベーターホールに広がった。通りかかったバイク便の若い男が驚いたように立ち止まった。

「とにかく今日会えないか。何時でも構わない」

わかった、と原田が短く答えた。後で連絡する、と言って私はフリッパを閉じた。電子音が鳴る。液晶画面に〝デンゴンアリ〟という表示が見えた。こんなときに、と思いながら私はボタンを押して留守番電話の操作を始めた。

『二件の伝言をお預かりしています』

合成音が案内する。九時七分です、と時刻が告げられた後、メッセージが流れ始めた。

『もしもし、あたし』

電話機が手から滑り落ちそうになった。リカだ。唖然として声が出てこない。なぜだ、なぜリカが。

『リカです。元気だった?』

毎日電話をかけてきているような、自然な声音。どうやってこの番号を調べたのだ。

『なんで番号変えたのに、リカに教えてくれなかったのかな。きっとお仕事忙しくて、連絡するの忘れちゃったんだね。リカの声聞けなくて寂しかったでしょ』

目の前が暗くなって、私は壁にもたれ掛かった。貧血だろうか。

『今、会議中? 忙しいのはわかるけど、あんまりリカのこと放っておくと、リカ浮気しちゃうぞ、なーんてね。うそうそ、リカがそんなことするはずないじゃない。いつだってリカは本田さんのことだけだよ。あはは、嬉しい? ちょっと照れちゃうな。でも、本当のことだからしょうがないよね。あーあ、なんでこんな人のこと好きになっちゃったのかな。奥さんも、子供もいるってわかってても、ダメなんだよね。どうしても本田さんのこと考えちゃう。悪い人だよね、本田さんは。だけど、女の子ってそういう人に魅かれちゃうんだ。ほんと、不思議』

息継ぎをする音がした。

『でもね、リカのこともちょっとは誉めてほしいんだ。だってリカ、すごく寂しいけど、本田さんのお家《うち》に電話したりしないでしょ。やっぱりルールは守らないといけないと思うから。本田さんとリカは愛し合っているけど、世間から見たらどうしても不倫っていうことになると思うんだよね。だから、ルールは守らないと、いろんな人の迷惑になるから。本田さんは、奥さんとはうまくいってないかもしれないけど、でも子供のことは可愛いはずだもん。家庭を壊したくないっていう気持ちはあるはずだよね。リカもわがまま言ったらいけないと思うし。ねえ、亜矢ちゃんはお元気？』

全身の血液が冷たくなった。どうして娘の名前を知っているのだ。メールや電話で、言ったことがあっただろうか。記憶を探る。言ってない。そんなことを言った覚えはない。

『亜矢ちゃん、可愛いよね。本田さんに似たのかな、それとも奥さん似？　そうだ、昨日着ていた赤のブラウスは、すごくよく似合ってたよ』

赤のブラウス。確かにあの子は、ミキハウスの赤いブラウスを持っている。亜矢が一番気に入っている服だ。昨日着ていただろうか。私が家に帰ったときにはパジャマだった。だが、昼間小学校に行ったときにはあの服を着ていた可能性はある。

『ちょっと甘えん坊な感じもするけど、でもすっごく可愛いなって。だから本田さんは、一番好きなのは亜矢ちゃんでいいよ。一番は譲るから、リカのことは二番目に好きでいてね。リカは本田さんのことが一番だけど。ああ、悔しいな。でも、子供には勝てないからしょうがないよね。じゃあまた、後で電話するよ』

一件目のメッセージがそこで終了した。私は震える指で二件目の伝言を再生した。

『また電話しちゃったよお。本田さんはしつこい子は嫌い？　嫌われたらいやだなあ。でも、寂しいんだもん。本田さんの声が聞きたいよ。話がしたいの。いつでも本田さんのこと感じていたい。本田さんをリカのものにしたいよ。奥さんはそんなふうには思わないのかな。あんなにきれいなマンションに住んでいたら、それで十分なのかな。そうだ、ねえねえ、あのマンションって持ち家なの？　すごいよね、高そうなマンションだけど、あれっていくらぐらいするのかな。お金はやっぱり本田さんが払ってるんでしょ。すごいね、お金あるんだ。やっぱり大人なんだなって思うよ。経済力あるんだね。リカなんかいっつもお金なくて困ってるのにさ。貧富の差ってあるよねー。あ、でも、リカは本田さんのお金が目的じゃないからね。これだけはちゃんと言っておかなくちゃ。信じてね、そんなことは絶対にないから。もし本田さんがリストラされて会社クビになったり、お金が全然なくなったとしても、リカは本田さんのこと、ずっと好きでいるよ。何だったらリカが本田さんのこと養ってあげてもいいよ、なんてなんて』

どういうことだ。確かに分譲マンションに私は住んでいる。そのことについてリカに話した記憶はないわけではない。そのことを言っているのだろうか。

『本田さんの部屋はすぐにわかったよ。表札がローマ字なの、本田さんのところだけなんだもん。センスいいなって思ったな。ほら、表札ってなんか昔っぽくない？　古くさい感じのくせに、堂々としちゃってさ。本田さんのは、すごくオシャレだなって。あ、そうだ、本田さんって、本当は本田じゃなくて本間なんだね。それはそれでいいけど。だってハンドルネームは自由だからね。もっとすごい名前の人、いっぱいいるもんね。《トウモロコシ》さんとか、《ミスター・ポテトチップ》とか、《裏の畑のポチ》さんとか。あたしも前は《ナース》って名前よく使ってたから、それはそれでいいの。もちろん、リカにだけは本当の名前教えてほしかったけど、名前なんかどうでもいいんだよね、考えてみたら。リカが好きなのは本田さんの名前じゃなくて中身っていうか、心だから』
最悪の状況だった。住所も、本名も、すべて知られてしまっている。
『ねえ、今度はいつお話しできるのかな。リカ、いっぱい話したいことがあるんだ。本田さんに聞いてほしいこと、たくさんある。本田さんも、リカに話すことがいっぱいあるんじゃない？いつ頃になったらお仕事、少しは楽になるのかな。ごめんね。わがままはいけないよね。リカ、我慢するから許してね。じゃあ、また電話するから』
そのままメッセージが終了した。伝言は以上です、と合成音が教えてくれた。私は額の汗を手の甲で拭ってから、電話機をポケットにしまい込んだ。

昼過ぎに原田から連絡が入り、私たちはそのまま会社近くの喫茶店で落ち合った。私はスクリーンセーバーに手が加えられていたことを話して、リカがやったとしか考えられないことを説明した。

「会社にまで来たっていうのか」

「そうだ。しかもそれだけじゃない」

私は原田に携帯電話を渡して、留守番電話のメッセージを聞かせた。

「いい声だな。はまり込むのも無理はない」

聞き終えた原田が電話機をテーブルの上に置いた。

「冗談言ってる場合じゃないぞ」

わかってる、と原田が手を振った。

「奴は会社にまで来ている。俺の家も知っている。住所も電話番号も本名も、どういう手段でかわからないがすべて知っているんだ」

心臓の動悸《どうき》が激しくなっていた。有線から流れてくるロックがたまらなくうるさかった。

「そんなことはいくらでも方法はある。それで食ってる連中もたくさんいるんだ」探偵が呆れたような表情を浮かべた。「そんなに難しいことじゃない。たぶん携帯だろう。お前の個人情報で、相手が知っているのはそれだけだったはずだからな」

「どうやって調べるんだ」

原田がテーブルに置かれたままになっている電話機を指さした。

「お前はこいつの前に持っていた携帯電話を買ったときに、自分の住所や電話番号、それに会社の名前なんかを登録しているよな。その記録を何らかの方法で盗み見たっていうことだろうな」

「あれか、ハッキングってやつか」

原田が首を振った。

「俺ならそんな面倒な真似はしないね。探偵事務所に依頼するよ。リカって女もそうしたんじゃないかな。確か、携帯の番号がわかっていれば、住所と電話番号の特定は三万円かそこらの金額でやってくれるはずだ」

「そんなに安いのか」

この国では個人情報がそんな価格で売買されているのか。

「この携帯の番号も、その流れで調べたんだろう」

簡単なことだ、と原田が小さく欠伸《あくび》をした。

「俺はどうすればいい」

「わからん。自宅も会社も知られているということは、お前は丸裸の状態ということになる。どうやって身を守るか、こいつは難しいぜ」

「何とかならないか」

「どうするかな」

原田が組んだ手の上に顎を載せた。

「お前にわからないことが、俺にわかるはずがない」

「警察も、まだこの段階では当てにならないしな」

そのままの姿勢で目をつぶった原田に、何とかならないのかと私は同じ言葉を繰り返した。

「あの女の正体を突き止めて、やめさせることはできないだろうか」

コーヒーカップに砂糖を入れていた原田が、静かにスプーンで掻き混ぜ始めた。科学者のような手つきだった。

「とにかく見つけよう」

すべてはそれからだ、と原田がスプーンで味を確かめてからコーヒーカップに口をつけた。私たちは黙ったまま、お互いにこれからのことを考えていた。見通しは立たないままだった。

## 五

再びリカからの電話が鳴るようになった。

非通知、あるいは公衆電話からの電話には絶対に出ないようにしていたので直接話すことはなかったが、リカは必ず留守番電話にメッセージを残していた。大抵は、なぜ電話に出てくれないのか、今どこにいるのか、何をしているのかを問い詰める内容だったが、その後にリカは必ず妻と娘の話をした。

昨日は妻がどこに買い物に行ったか、娘は誰と遊んでいたかなど、実際に見ていなければわからないことにまで話は及んだ。明らかにリカは私の家を監視していた。

私のマンションで駐車場の工事が始まったこと、隣の家で宅配便を預かってもらったこと、干していた洗濯物が風で飛んで、下の階のベランダに落ちたことなどを楽しそうにリカは話し続けた。奥さんのことも、娘さんのこともリカは知ってるのよ。本田さん、リカの言ってる意味わかるかなあ。

わかりすぎるほどリカの言葉の意味はよくわかった。何があってもおかしくない、そういうことだった。

フラストレーションは溜まっていく一方だった。その週、私は単純な連絡ミスを二件と、打ち合わせのダブルブッキングを一件、そして会議においてクライアントにライバル会社の名前で呼びかけるという致命的なミスを犯していた。

金曜日の朝には、とうとう上から呼ばれた。最近、何かあったのか、と尋ねる部長に、何でもありません、と私は答えた。私の顔を見ながら、それならいいのだが、とだけ言って部長はその場を離れていったが、その背中には「考えないといかんな」とはっきりと書かれていた。

昔から感情が顔に出ないたちなので、周囲の人間はそれほどには思っていないようだったが、実際には心の中はひどいものだった。毎朝、目が覚めるたびに、五感が麻痺《まひ》していくのがよくわかった。すべてストレスのためだった。

もちろん、目も見えるし耳も聞こえるのだが、何を見ているのか、何が聞こえているのかを認識すること自体が困難になっていた。食欲がなくなり、食事をしても味がわからない。習慣でくわえている煙草が、根元まで灰になっても気づかずに、指の間を火傷《やけど》したこともあった。

さすがに社内の人間については間違えることはなかったが、取引先の相手の名前がわからなくなったのは一度や二度ではない。自分から電話をかけたはずなのに、誰と話しているのか把握できなくなったこともある。

そのような人間としての基本的なことはもちろん、思考力、特に判断力が衰えていた。仕事はまったく手につかず、何をどうすればいいのか、自分が何をしているのかさえわからなくなることもあった。このままいけば鬱《うつ》状態になるだろうということだけは間違いなかった。わかってはいたが、どうすることもできなかった。

人間の心というものは、こんなふうにして壊れていくのだ、ということが初めて理解できた。今はまだ自覚があるからいいが、そのうちどこかで境界線を越えてしまったとき、本当にすべてが崩壊していくのだろう。砂を嚙むような苦い思い、という言葉があるが、私が嚙みしめている砂には味さえなかった。

ひたすらに眠りたかったが、継続して睡眠を取ることが不可能になっていた。ほぼ一時間おきに目が覚めてはベッドの上で考え込む、という夜が続いた。妻子と寝室を分けていてよかった、と私は心から思った。そうでなければ二日で妻は私の変調に気づいただろう。ある意味ではその方がよかったかもしれないが。

　朝になると、携帯の留守番電話には、毎日二十件の伝言が規則正しく残されていた。夜のうちにリカが吹き込んだものだった。内容も聞かずに私はすべてを消去していった。中には仕事の連絡や友人からの誘いなどもあったはずだが、それどころではなかった。そんなふうにしてまた一週間が過ぎていった。


　日曜日の昼に、私は亜矢と近所のスーパーマーケットへ行き、夕食の買い物をした。娘と手をつないで通路を歩きながら、陳列されているさまざまな商品を眺めているときも私の心はそこにはなかった。おかげで亜矢は持っていた買い物かごの中に欲しいだけのお菓子を放り込むことに成功し、私は後で妻から冷たい視線を浴びる羽目に陥った。

　夕食が始まり、娘は私に先週学校で起きたさまざまな出来事について話した。葉子はもう既にその話を聞いていたらしく、横目でテレビを見ながら適当にうなずいている。

「それでね、それでね」亜矢がスプーンを握りしめたまま、興奮して立ち上がった。「そうしたらせんせいがね、ともゆきくんのおしりをぶってね、そうしたらともゆきくん、こどもみたいにないちゃったんだよ」

　葉子が亜矢の腕を引いた。

「わかったから、座りなさい。椅子の上に立ったら危ないって、いつも言ってるでしょ」

「でもねえ、ともゆきくんもいけないんだよね」

　大人びた表情で、亜矢がスプーンをくわえた。

「亜矢、降りなさい」

冷たい声で妻が言った。娘は素直に椅子から降りた。昔から学習能力のある子だった。

「ママ、せんせいとおんなじかおしてる」

苦笑いを浮かべた葉子が亜矢の両頬を手で挟んだ。

「嫌なこと言うわね、あんたは。パパに似ちゃったのね」

亜矢がまた興奮してハムを口に詰め込み始めた。テレビで大食い競争の番組を見てから得意になった技だ。

「ほら、そんなことしちゃダメって言ったでしょ」

言葉とは裏腹に、葉子が目を細めた。母親が喜んでいるのが嬉しいのか、調子づいた亜矢が指とスプーンでポテトフライを口に押し込んでいく。電話が鳴った。

「あら、誰かしら」

食事時なのに、と葉子が立ち上がった。

「ママ、みて」

口の中を食べ物でいっぱいにした娘が口を開いた。

「ほんとにもう、いいかげんにしなさいよ」

笑いながら葉子が受話器を取り上げた。

「パパ、みて」

亜矢が私の方を見て、大きく口を開けた。そのままにっこりと笑う。何も言わずに妻が受話器を置くのが見えた。

「どうした」

ファクスだわ、とだけ言って葉子が席に戻った。家の電話は自動切替になっている。

「ママみて」

亜矢が言った。そのとき、いきなり全身に電気が流れた。体が勝手に立ち上がっていた。

「どうしたのよ、いきなり」

箸《はし》を持つ手を止めて、葉子が私を見上げた。

「何でもない」私は電話機に大股で歩み寄った。「仕事の連絡かもしれないんだ」

立ち上がったのは、ゆっくりと吐き出されてくる感熱紙に、〝リカ〟という手書きの文字が見えたためだった。私は葉子とファクスの間に体を移した。葉子が振り向いても感熱紙が見えないようにしなければならない。いったいあの女は何をしようとしている。何を送りつけてくるつもりだ。

「どうしたのよ」

テーブルに背を向けたままの私に妻が声をかけた。

「大事な件なんだ」

震える声で私は答えた。返事ができたのが奇跡に思えた。ファクス用紙が下へ下へと垂れていく。リカ、という文字の下には〝あなたのものよ〟と記されている。

「いいじゃない、そんなの」

葉子が立ち上がる気配がした。近づいてくる。どうする。

「ママみて」

亜矢が叫んだ。

「ああもう、あんたまたこぼしてるじゃないの」

肩越しにちらりとテーブルの方を見た。葉子が亜矢の足元のサラダを拾い集めている。頼む、ファクス、もっと速く。

文字の下に、何かの影が現れ始めた。その影はだんだんと大きくなっていき、そしてひとつの形になった。唇。キスマーク。

違う。これは、女性の。

ファクス通信の終了を告げる電子音が鳴った。急に気分が悪くなってきた。食べた物をすべて戻しそうになって、私は慌てて口元を押さえた。

〝あなたのものよ〟

再びそう書かれた文字。ハートマーク。嘔吐《おうと》感が突き上げる。私は感熱紙を思い切り強く破った。

肩に手が置かれて、私は飛び上がるようにして振り向いた。驚いたように表情を強ばらせた妻が立っていた。

「どうしたのよ」

「いや、別に」

そう言いながら私は感熱紙を折り畳んだ。

「誰からなの」

葉子の手が、私の手に握られていたファクス用紙に伸びる。

「いや、何でもない」私は必死で紙をジーンズのポケットに押し込んだ。「何でもないんだ。取引先の役員が亡くなったらしい。その連絡だ」

「そうなの」

「葬儀のことを知らせてきただけだ。何でもない」

そのとき、私はどんな顔をしていたのだろうか。葉子が何か言おうとしたとき、亜矢が大声を上げた。

「ママ、ママ」

また何か新しい技を発見したようだった。はいはい、とため息をついて、葉子が娘の元へと戻った。私はポケットの中のファクス用紙を握りしめたまま、苦い絶望の底へと降りていった。

## 六

その夜、私は電話の子機を抱いたまま、いつかかってくるとも知れないリカからの電話を待って一晩を過ごした。一分が一時間にも思えるような長い夜が続き、そして夜が明けたところまでは覚えている。

リカからの連絡はなかった。

眠っているのか目覚めているのかわからないような状態で、私はベッドから這い出し、虚ろなままスーツに着替えた。習慣としか言いようがなかった。家を出た私は、駅までの道をのろのろと歩き続けた。

空が青い。雲ひとつない快晴だった。世の中というものは、私の抱えている問題には関係なく動いているらしかった。

井の頭線で渋谷まで出たところで会社に電話をして、体調が優れないので休む旨を告げた。上司は何も言わなかった。何もかもどうでもよかった。私はそのまま山手線に乗り込んだ。

気がつくと、私はまた渋谷にいた。ずいぶんと車両が空いている。朝の混雑が嘘のようだ。目を上げると、あれほど晴れていた空がすっかり暗くなっていた。いったい何周したのだろうか。時計を見ると、針は五時少し前を指していた。五時。そんなに時間が経っているとは思わなかった。ということは、朝の九時からこの時間まで私は電車に乗り続けていたことになる。信じられない。眠り続けていたのだろうか。それにしては深い睡眠から覚めた後のあの爽快感がない。ざらざらとした感触が口に残っているだけだ。頭が重い。

どうしていいのかわからないまま、私は電車から飛び降りた。そういえばこんな映画を見たことがある。いつの間にか自分の知らないところで時間だけが過ぎていき、そして自分以外の人間には何か得体の知れない物が乗り移って、そして。

「あの、あの、すみません」

私は立っていた駅員の前に回った。

「何でしょう」

「あの、今日は何日ですか」

まだ若い、子供っぽい表情を浮かべた駅員が私の顔を見て、脅えたように後ろに退がった。

「いえ、すみません。いいんです」

私は頭を下げて、ホームを歩いた。確かに、不審に思われるのも当然だった。現実は映画とは違う。世の中がおかしいのではない。私が変なのだ。他の人に何かが乗り移ったのではなく、私に取り憑《つ》いているのだ。そう、あの女が。

家に帰ることはできなかった。かといって、どこかに行く当てがあるわけでもない。私は駅を出て、一番近くにあるデパートに入った。中はクリスマスカラーの赤と緑で溢れていた。サンタクロースが子供に風船を配っている。幸せそうな買い物客で賑わう中、私は一階から最上階までただ歩き続けた。別に歩く必要はなかったが、一箇所にじっとしていることに耐えられなかったのだ。何もしないでいると押し潰されそうになる自分がいた。

ひとつのフロアを一周しては、階段で次の階に上がっていく。それで気が紛れるというわけではないが、何もせずにいるよりははるかにましだった。少なくとも、歩くという行為が気持ちを逸《そ》らしてくれる。私はただただ足を動かし続けた。

永遠にそのまま歩き続けていたかったが、そういうわけにはいかなかった。閉店の時刻が訪れ、私は否応《いやおう》なく外に追い出された。

そのまま渋谷の街を歩き続けた。どうしていいのかわからなかった。家に帰ることが怖かった。またファクスが来ているかもしれない。もしかしたら直接、妻に電話しているかもしれない。向こうは、やろうと思えば何でもできる。どう足掻《あが》いたところで圧倒的に向こうが有利なのだ。あの女には守るべきものが何もない。

家に着いたのは十二時過ぎだった。渋谷を歩き回った私は、結局何も事態を解決する方策を思いつかないまま帰ってきてしまっていた。どうにもならない無力感が私の全身を覆い尽くしていた。

マンションの部屋の前に着いたところで、私は鍵を取り出そうとカバンの中を探った。見つからない。鍵までが俺のことを馬鹿にするのかと泣きたくなった。そのときになってようやく、玄関灯が消えていることに気がついた。いや、消えているというのは正確ではない。断続的に、一定の間隔をおいて明かりが点いたり消えたりしているのだ。

なんでこんなことまで、と私は自分の不幸を呪った。何もかもが思い通りにならない。カバンの中から鍵を手探りで取り出して、ノブに手を触れた。明かりがちらちらして、鍵穴がよく見えない。

ゆっくりと鍵を差し込む。入らない。鍵の位置が逆だった。ため息をついて、私はもう一度鍵を差そうとした。何かが手に触れた。

その触感には覚えがあった。だが、その意味がよくわからない。後で思えば、わかりたくなかったのだろう。心の深いところで、理解を拒んでいたのだ。

玄関灯は相変わらず、わずかな時間だけ点灯しては切れるという規則正しい動きを続けている。私は鍵を握りしめたまま、もう一度明るくなるのを待った。一瞬、玄関先が照らされる。そのとき、私の目に映ったもの。

(髪の毛)

また明かりが消えた。だが、あれは確かに髪の毛だった。どういうことだ。なぜそんなものが。そんなことがあり得るだろうか。待て、落ち着け。いったいどうなってる。鍵を握りしめている手のひらが急にぬるぬるしてきた。私はポケットからライターを取り出して火をつけた。

ドアに髪の毛が生えていた。

恐怖と、信じ難いものを見た驚きとで、叫び声が漏れそうになる。空いていた左手で口を押さえた。

ドアの至るところに、数十本単位でまとめられた髪の毛が貼られている。長い長い髪の毛。それがテープで丁寧に貼りつけられているのだ。まるでドアに植毛しているかのようだ。いったいどういう意味だ。いや、意味はわかる。リカだ。あの女からのメッセージだ。あの女は私の家まで来たのだ。あの女は本当に、本当に私の家を知っている。住所も、電話番号も、そして何もかもを知っている。どんな想像よりもあの女は私の上をいく。信じられなかった。

私はカバンの口を大きく開いてから、テープで貼られていた髪の毛を剝《は》がしにかかった。何を考えて、どういうつもりで、あの女はこんな作業を続けたのだろう。髪の毛が指にからみつく。一本一本に、リカの想いが籠もっているのだろうか。まるで生命があるように、そして悪意があるかのように、髪の毛は指から離れようとはしなかった。両手で髪の毛を剝がしては、カバンの中に突っ込んでいく。そのとき私は、半分狂っていたのかもしれない。

長い時間をかけて、作業は終わった。私はライターをつけて、最終的なチェックを始めた。取り残した髪の毛はないだろうか。暗くてよく見えない。もしかしたらこの電球が切れているのも、あの女の仕業なのかもしれない。そう気づいて、背中が寒くなった。

とりあえず、ドアはきれいになったようだった。剝がし損ねた髪の毛があったとしても、目立つとは思えない。明るくなってからでも取り除けばいい。わずかに安心して、私は差してあったままの鍵に手を伸ばした。ドアを開けようとして、ノブに手を触れたときに気がついた。ドアノブの握りの部分に、百本ほどの髪の毛が巻き付けられていた。これは執念だ。あの女の執念なのだ。

震える指で髪の毛をむしり取ろうとしたとき、いきなりドアが開いた。

「何してるの、さっきから」

化粧を落とした葉子の顔がドア越しに見えた。ノブを握ったまま私は意味もなくうなずいた。

「俺だ」

「わかってるわよ」

妻が小さな欠伸を漏らした。

「悪かったな、遅くなって。寝てたんだろ」

指で髪の毛を探る。もう少し、もう少しで爪が間に入る。

「そうだけど、起こされちゃったわ。ずっとごそごそして、何してんのよ」

「ごめん、寝てていいから」開けようとするドアを必死で押さえ込んだ。「何でもないんだ、ちょっと鍵が見つからなくて」

「もう開いてるじゃない」

爪で髪の毛をむしりながら、私は笑顔を作った。

「うん、わかってる。ただ、今度は鍵が抜けなくなってさ」

下手な言い訳だったが、半分寝ぼけている葉子は不審には思わなかったようだった。

「早く入ってよ。まったく、こんなに遅くなるんなら、一本電話ぐらいしてよ」

「わかってる、俺が悪かった」

指先に力を込めながら答えた。

「待ってるこっちの身にもなってよね。先に寝てるわよ」

足音が遠ざかっていった。そのとき髪の毛が束になって下に落ちた。慌てて拾い上げて、そのままカバンに押し込む。

気がつくと、私はカバンを抱きしめたままドアの前に座り込んでいた。

## 七

リカが玄関先に貼りつけていた髪の毛を睨みながら朝になるのを待ち、夜明けと共に原田に電話した。事情を話すと、原田はすぐに会うことを了解した。妻には、早く目が覚めてしまったのでそのまま会社に行く、と言い残して、私は最初に会ったときと同じホテルのラウンジへ向かった。

早朝にもかかわらず、ラウンジは混《こ》んでいた。先に着いていた原田が手を振った。私は席に座って、詳しい事情を話した。聞き終えた原田が、火をつけないままくわえていた煙草を灰皿に押し付けた。

「そりゃあ、ちょっと大変だったな」

「ちょっとで済む話じゃないだろう」

私は深く息を吐いた。ファクス、そして玄関に貼りつけられた髪の毛と、あの女からの攻撃が激しくなっている今、私にとって頼りになるのはこの探偵しかいなかった。

「確かにちょっとじゃないな。かなりやることが常軌を逸している」

アイスココアのストローを噛み潰しながら原田が言った。

「もう、どうすればいいのかわからない」

私は顔を手で拭った。粘り気のある脂が指についた。

「何もかも知られている。どんなことになるか、予想もつかない」

「俺なら、引っ越して会社も辞めるな。誰も知らないような田舎にでも引っ込んだらどうだ」

ストローを唇に挟んだまま原田が言う。

「簡単に言うな」

「そりゃそうだ。そんな簡単な話でもないしな。しかも、そうしたからといって、その女が諦めるかどうかもわからない。どうも、お前の話を聞いている限り、その女には何か病的なものが感じられる。恨みとか、損得とか、そういうことじゃない。何というか、もっと根源的な部分の何かだ」

そこまで言って原田が両手の人差し指を額に当てたまま考え込んだ。そんなことを言ってる場合かよ、と私はテーブルを平手で叩いた。隣の席で英字新聞を読んでいた外国人がわずかに目を上げた。

「落ち着けよ、本間」

静かな原田の声で、ようやく私は我に返った。フラストレーションをこの男にぶつけたところで、問題の解決にはならない。私は小さく頭を下げて、済まない、と詫びた。小さく笑みを浮かべながら原田がうなずいた。

「とにかく、今言えるのは、お前が最悪の状況にいるってことだ。お前が思っている以上に、その女は危険な存在だぞ。お前が心配している、奥さんにばれたらどうする、会社に知られたらどうしよう、そういう問題じゃないってことだ。俺はその女に、もっと邪悪な何かを感じるんだよ」

「脅かすなよ」

「脅かしてなんかいない」

何も言えずに私は黙り込んだ。原田が目の前のグラスをじっと見つめた。

「俺が警察を辞めた理由を話していなかったな」

聞いてない、と私は煙草に火をつけた。

「はっきりとしたきっかけがあったわけじゃないんだ。ただ俺は怖くなったんだ」

「怖くなった？　どういう意味だ」

原田が私の煙草のパッケージから一本抜き取った。

「俺がいた武蔵野《むさしの》警察署ってのは所轄署でね。何か事件があっても本庁の捜査官が出てきて、俺たちのやることはほとんどなくなっちまう。だが、どんな事件でも俺たちの前を通ってから上にいく。つまり、すべての事件を俺は見ていたんだ」

煙草をくゆらしながら、原田がしばらく黙り込んだ。こんなに感情のないこの男の表情を、私は見たことがなかった。

「そういう立場だとよくわかるんだけどな、犯罪ってのはさ、お前とか一般市民の皆さんが思っているような、はっきりとした理由や動機のある事件なんてのはほとんどないんだ。金を盗むのも、子供を虐待するのも、暴力事件を引き起こすのも、そして他人を殺すのも、本当に下らない理由で起きてしまうんだ。信じられないほどつまらない理由で」
「そういうものなのか」
そういうものだ、と原田が視線をゆっくりと上に向けた。
「俺はそういういくつもの事件をただ見ていただけだった。だが、傍観者は傍観者なりに考える
ことがあるんだよ。見ているうちに、どうも人間てのはとんでもない生き物だと思うようになっ
ちまったんだな。人間の心の中には、誰にもどうにもできない、闇のようなものがあると」
闇。
「普通に暮らしていれば、誰も気がつきゃしない。俺だってお前だって、みんなそうだ。だがき
っかけは何でもいい、どんなつまらないことでもいいんだ。あるとき、その闇がはっきりとした
形になることがある。誰にでも起こり得ることなんだぜ。その闇がどんどん大きくなっていく。
そして闇が心を覆い尽くしたとき」
また原田が疲れ切った表情で首を振った。
「その人間の存在そのものが、闇になっちまうんだ」
思わず私は店の中を見回した。無愛想だが、健康そうなウエイトレス、携帯電話に早口で話し
かけるサラリーマン、大声でやりあっている学生、つまらなそうに黙り込んでいる親子連れ、二
人でいるのに、お互いに無視し合うかのように雑誌を読みふける恋人たち。彼らの中にもその闇
はあるのだろうか。
「考えてみろよ。本物の闇だぜ。そいつは心の中にだけ存在するんだ。どんなに目を凝らしてみ

ても、何も見えない。自分の手さえもだ。そんなものを誰もが心の中に抱えているんだぜ」

私はうなずいた。誰の中にもある闇。

「俺が警察を辞めたのは、なんとなくそんな気がしたからなんだ。そのままいたら、俺まで闇に包まれちまうんじゃないか、そう思ったんだな。何を言っているのかよくわからないかもしれないが、そういうことなんだよ」

私は冷えきったコーヒーに口をつけた。原田の言っていることが、今の私にはよくわかった。

「お前のことを追いかけているリカって女には、その闇の匂いがする。もしかしたら本人も、自分が闇の中にいることには気づいていないかもしれない」

気がつくと、私のワイシャツの袖口が汗でにじんでいた。原田が手を強く握りしめた。

「だが無自覚なだけに、より強烈になっている悪意。そういうものは確かに存在するんだ」

救いを求めるように、私は原田の腕を摑んだ。

「どうしたらいいんだ」

ため息をついた私の腕を原田がそっと外した。

「現実に話を戻そう。確かにこいつは厄介な女だ。このままでは動きが取れない。なあ本間、このへんで俺を正式に雇わないか」

原田が汗ばんだ手のひらを見つめた。

「雇う？」

「金はかかるが、今までのように片手間ってことはない。原田探偵事務所の所長自らが専従で調査に当たる。どうだ？」

おどけたように言う原田の足を、テーブルの下で蹴り上げた。

「どうだも何も、俺は最初からそのつもりだったんだぜ」

なんだ、じゃあ遠慮しなけりゃよかった、と原田が口を曲げた。

「いいか、作戦はこうだ。お前の話だとそのリカって女はお前のマンションを見張っているらしい。だから、俺も同じことをする」

「同じことっていうのは」

「お前の家を監視できるような場所を調べて、見張るんだよ。どっちにしたって女も手詰まりなんだ、必ずお前の家に現れる。その後を尾行すれば、女の家もわかるだろう。あとは警察だって手の打ちようがあるさ。そんな顔するな、何とかなるって。俺を信じろ」

「ああ」

私は半笑いでうなずいた。泣きそうになっていたかもしれない。

「もうひとつ、本庁の方には俺から相談してみよう。警察時代の先輩がいるんでね。あそこは完全な縦社会だから、上からクレームがいけば現場の連中も親身になってくれるはずだ。とにかくあんまり気にするな。このままだと、そのリカって女が何か仕掛けてくる前に、お前がおかしくなっちまうぞ」

「悪いな」

それだけ言うのがやっとだった。

「同期のよしみってやつだ」

原田が伝票をそっと私の前に押して、もう一度唇の端を曲げた。私も笑顔を作ろうとしたが、うまくいったかどうかはわからなかった。

## 八

正式な形でリカの調査依頼をしたその日から、原田は私の家の張り込みを始めた。正確にいえば、私の家を監視しているリカを見張るため、ということになる。だが奇妙なことに、張り込みを始めた夜から、リカから私への接触は途絶えた。電話の一本もかかってこない。

「だからといって油断はするなよ」

必ずあの女は現れる。ストーカーっていうのはそういうものなんだ、と二日目の定時連絡で原田が警告した。わかっている、と私は答えた。

「それはそれとして考えてみたんだが、まさかお前がリカを雇っているんじゃないだろうな。正式に依頼をした途端に急に現れなくなるっていうのは、タイミングがよすぎないか」

安心したよ、と原田が吐き捨てるように言った。

「それだけ軽口を叩けるなら、まだ余裕はあるようだな。昼間は女の身元調査、夜は張り込みをしている俺の身にもなってくれよ」

原田の言葉に嘘はなかった。翌日の夕方、リカの身元がわかった、という連絡が入ったのだ。ずいぶん早いな、と驚きの声を上げた私に、人間は悪いが仕事の腕はいいんだ、と原田はうそぶいた。会社に来てほしいと頼むと、一時間後に茶封筒を小脇に挟んだ原田が現れた。その頃にはほとんど仕事は終わっていた。私は原田を会議室に招き入れて、ドアの鍵を掛けた。

「いいのかね、個人的な用件でこんなとこを使っても」

珍しそうに原田が辺りを見回してから、黒のダウンジャケットを脱いだ。スチールのデスクが数本と、折り畳みの椅子が山のように置かれているだけの部屋だ。私は手近の椅子を取り出して、座れるように組み立てた。原田もそれにならう。

「お前がそんなに堅いことを言うとは思わなかった」

自動販売機で買っておいた缶コーヒーを渡しながら私は座った。

「それで、調べがついたっていうのは本当なのか」

「疑《うたぐ》り深い奴だな」

うなずいた原田がプルトップを開けた。

「だいたいのところはわかったってとこかな。予想以上だったぜ」

そう言って、茶封筒から新聞記事のコピーを取り出した。日付は二年前のものだった。私は目の前の記事に目を走らせた。『男性のバラバラ死体、海上に——静岡、田子の浦港』という見出しが飛び込んできた。

『10日午前8時半ごろ、静岡県富士市、田子の浦港付近の海上で、男性の胴体が浮かんでいるのを、釣りをしていた同県沼津市内の男性（61）が発見し、富士署に届けた。県警捜査一課と同署は現場付近でさらに左足と右手首を発見したが、首や左腕はなかった。県警は殺されてバラバラにされた殺人、死体遺棄事件とみて捜査本部を設置した。調べでは、遺体は30歳以上の男性とみられる。着衣はなく、死後数日、身長は170—180センチで、鋭利な刃物で切られたらしい』

読み終えた私はコーヒーを一口飲んだ。

「これがどうしたんだ。俺とどういう関係がある」

どこから話すかな、とつぶやいた原田がおもむろに口を開いた。

「この数日、俺は都内の病院を回って聞き込みをしていたんだ。リカって女のことを知っている人間が必ずいると信じてね。信仰の力はすごいぜ。二軒目の病院で、聞いたことがあるような気がする、と言いだした看護婦を見つけたんだ」

それで、と私は身を乗り出した。

「まあ落ち着けよ。秀明《しゅうめい》大学病院の看護婦なんだがね。彼女はお前が言ってた、背が高くて痩せ型、モデルのようなスタイルで美しく見えるが、顔色が泥のように濁っていること、目には光がまったくないこと、リカと名乗っているようだが本名はわからない、というそれだけのヒントで、聞いたことがあるって言いだしたんだ。俺も勢い込んで尋ねたね。誰からその女のことを聞いたのかって」

「誰から聞いたんだ」

「先輩看護婦の友達だって言うんだな。合コンか何かで一緒になったときに、うちに変な看護婦がいるのよっていう話が出たらしい。ところが、その話をしてくれた看護婦の名前は覚えていないという。で、次はその先輩さ。これがまた遠くてね。埼玉の坂戸《さかど》ってところにある個人病院に今は勤めているそうで、仕方がないから行きましたよ、東上《とうじょう》線で坂戸まで。遠かったね、あそこは」

苦労話は後でゆっくり聞くから、と私は先をうながした。つまらなそうに原田が話を続けた。

「その先輩っていうのは、医者と結婚して実家を継いでいるんだがね。まあそんなことはどうでもいい。さっそく会って聞いてみたが、そんな友達のことは覚えていないという。看護婦関係の知り合いだけでも、看護学校の先輩や後輩、勤めていた二つの総合病院まで含めたら百人以上になる。とてもじゃないが見当がつかない。ま、都市伝説みたいなものだ。出所不明の噂話だな」

それで終わりかよ、と私は原田の手から缶コーヒーを奪い取った。

「待て待て、返してくれ。まだ続きがあるんだ」

不承不承、缶を渡すと、原田が音をたててコーヒーを喉に流し込んだ。

「どうにもならないから、彼女が親しかった順に電話させてね。リカの話をしてもらったが、皆声を揃えてそんな女のことは知らないときた。二十人ほど連絡を取ってもらったがわかりゃしない。まあ無理もない話だ。とりあえずその日は諦めて俺は東京に戻った。お前の家を張ったがリカは現れない。さてどうするかと思っていたら携帯が鳴ったんだな」

「坂戸の看護婦か」

原田が指を鳴らした。

「いい人でね。幸せになる人は心掛けが違う。ま、当人も興味があったらしいけどな。俺が帰った後も友達に連絡してくれてて、そのうちの一人が知っていると言いだしたそうだ。リカという女のことを話したのは自分かもしれないってね」

やっと話は核心に近づいてきたようだった。

「倉田有加《くらたゆか》っていうのがその看護婦の名前なんだがね。坂戸の女性がアポを取ってくれて、翌日会うことになった。だがここで問題が起きた。その看護婦が、リカの話はしたくないと言いだしたんだ。何も覚えていない、話すことはない、ってね」

どういうことだ、と気色《けしき》ばむ私を、原田が手で制した。

「俺だって同じことを思ったさ。わざわざ千葉市内の彼女の家まで行ってその扱いだぜ。とにかくインターホン越しに口説《くど》いて、何とか家の外に連れ出した。地味ではあるが、普通の女性だ。ところが、何だかよくわからないがとにかく脅えてる。周りばかり気にして、最初は俺が何を聞いているのかもわからないようだった。ぽつりぽつりとしか話さない。三十分ほど話してようやくわかったのは、彼女が四年ほど前に勤めていた中野区の花山《はなやま》病院というところで、数カ月間その女と一緒に働いてたということだった」

強ばっていた私の肩から、不意に力が抜けた。リカは存在する。私以外にもその存在を知る者がいるのだ。

「それでも、時間をかけて聞いていくと、少しずつリカについて話し始めた。どういう経緯で入ってきたのかはよくわからないが、看護婦募集の広告を見て来たらしい。当時人手不足だった花山病院では、あまり深い詮索《せんさく》はしなかったようだな。働いてくれれば何でもよかったんだろう」

「その倉田って看護婦は、リカのことをどんなふうに言っていたんだ」

原田が広げたメモ用紙に視線を落とした。

「婦長が花山病院で働いていた看護婦たちに引き合わせた、と言っていたな。とにかく、ナースステーションにリカが一歩足を踏み入れただけで、誰もが思わず後ずさりしたそうだ」

「なぜだ」

「マスク姿のリカは、お前が見たのと同じで、異様に痩せていたそうだ。手足は棒のようで、むしろ痛々しいぐらいだったという。大きなマスクの下にのぞく顔は、昔はかなり美しかったのではと思わせるものがあったというんだが、なにしろその痩せ方が尋常ではない。しかも、肌はかさかさに乾いていて、何日もおいたコーヒーのような色だったというから、そりゃどう声をかけたものか、迷うところだろう。だが、それだけじゃないぜ」

まだあるのか、と私は表参道で見たリカの姿を思い浮かべた。

「看護婦たちが退いたのは、リカの外見を恐れたためじゃない。彼女たちが本能的な恐怖を抱いたのは、リカの体臭に対してだった」

「体臭？」

「すさまじい臭いだったらしいぜ。極端な話、腐った卵に酢を混ぜたような臭いだったそうだ。本人にも自覚はあるらしく、強い香水をかけていたようだが、余計に臭いがきつくなるってわけだ。その体臭が、看護婦たちを脅えさせたというんだな」

「リカは、自分のことをどう話していたんだ」

「雨宮《あまみや》リカと名乗っていたそうだ。本人は二十八歳と自称していたようだが、よく考えてみると本名かどうかもわからない、と倉田嬢は言ってた。そりゃあそうだ、自己紹介のときに自分の運転免許証を見せる奴はいないからな。まあ、倉田看護婦はリカのことを三十代の後半ぐらいじゃないかと思っていたそうだが」

「二十八歳なら、それまでどこかの病院にいたはずだろう。そういう話はしなかったのか」

「ほとんど自分のことについては話さなかったようだが、女子医大で働いていたと漏らしたことはあったらしい。ただし俺の調べでは、過去十年間雨宮リカという看護婦が女子医大に勤務していた記録はないがね。それ以外は、生まれも、学歴も、職歴も本人は口にしていない。好奇心の強い倉田嬢の同僚がリカの提出した履歴書を盗み見たが、そこには聞いたこともないような病院の名前がいくつか書かれていただけだったそうだ。とにかく、リカは他の看護婦とはほとんど話さなかったらしい。まあ、周りも別に好んで話したいとは思っていなかったそうだがね。なにしろ、近くにいるだけで頭が痛くなるような体臭の持ち主だ。それも無理はないだろう」

原田が肩をすくめた。

「わからなくもないな」

「ただ、倉田嬢は、リカが他の看護婦と話さないのは、体臭がどうのという問題ではないと思っていたそうだ。むしろリカの側に、看護婦なんかとは話したくない、というプライドのようなものを感じた、というんだな」

「プライド?」

「俺なんか、医者より看護婦の方がよっぽど偉いと思うんだがね」原田がダウンジャケットから煙草のパッケージを取り出して、テーブルに載せた。「だが、雨宮リカはそうは考えていなかったようだ。看護婦ってのは、仲間意識が強くないとできない仕事だが、リカはその群れから外れることで、自分はあなたたちとは違うのだ、ということをアピールしたかったのではないか、と倉田看護婦は言っていた。彼女には、それが歪んだプライドに見えたってわけだ」

メモの新しい頁《ページ》を開いて、原田が先を続けた。

「さて、勤務についた雨宮リカだが、看護婦としての技量は悪くなかったという。むしろ優秀な看護婦だったのではないか、というのが倉田嬢の意見だ。ただ、最初の勤務日から絶対にマスクを外さなかったことと、強度の体臭があったために、患者の受けはよくなかったらしいがね。しかし体臭にしても、顔色がよくないことにしても、これは体質の問題だからな。看護婦仲間はむしろ同情していたそうだ。それはともかく、ここで問題が持ち上がった」

原田が一葉の集合写真を私の前に置いた。一番右の端に写っている若い男を指さす。並んでいる男たちより頭ひとつ背が高い。

「外科医の大矢《おおや》昌史《まさふみ》だ。当時三十五歳、見ての通りルックスもいいが、それ以上に患者や同僚の評判は高かった。若いが診断は的確、手術の腕もいい。すぐに独立しても十分にやっていけるのではないか、というのが周りの一致した意見だったという。明るい性格で面倒見もよく、退院した患者を集めてサッカーのチームを作ってたぐらいだ。ところが、誰からも慕われ、尊敬されていたこの医師の周りで、奇妙なことが起きるようになったんだ」

何も言わずに私は原田の次の言葉を待った。

「ある看護婦の財布がなくなったのが始まりだった。次は別の看護婦のロッカーに動物の死体が投げ込まれた。そして花山病院の受付嬢が車に当て逃げされて骨折するという事件が起きた。同じ日の夜、小児科勤務の女医の家に無言電話が五十回以上かかってきた。退院した女性患者の家に小包が送られてきたが、開けてみると精液の詰まったコンドームが入っていた。婦長の家が放火され、逃げ遅れたペットの犬が死んだ。そして、倉田看護婦も誰かに病院の階段から突き落とされて、足を捻挫《ねんざ》したことがあったという」

つまり、と言いかけた私の言葉を遮って、原田が続けた。

「いずれの事件も、誰が犯人なのかはわからないままだそうだ。ただ、被害者の側にはひとつだけ共通項があった。被害にあう一日か二日前に、大矢医師と仕事以外で親しく話していた、ということだ。最初の看護婦は調子が悪くなった車のエンジンを大矢医師に調べてもらっていた。次の看護婦は大矢の後輩との結婚が決まり、そのことをからかわれていた。受付嬢と女医は、大矢と共に二次会の司会をすることになり、打ち合わせをしていた。女性患者は退院するときに礼として大矢を銀座の一流レストランに招待している。婦長は少し違うが、たまたま大矢が出勤表を提出するのを忘れていたのを叱責《しっせき》していたという。そして倉田看護婦自身は、その頃家の事情で病院を辞めなければならなかったところを、大矢医師に慰留《いりゅう》されていた」

いつの間にか、私は立ち上がっていた。

「リカなんだな」

「倉田看護婦はそう信じている。彼女は、突き落とされたときに、強烈に嫌な臭いを嗅《か》いだというんだが、これは証拠にはならないだろう。他の事件も同様だ」原田が残念そうに言った。「ただ、リカが大矢医師に恋愛感情を抱いていたことは、間違いないらしい。なにしろほとんど他人とのコミュニケーションを拒絶していたリカが、大矢に対してだけは積極的に話しかけていた。そして、一度だけだがリカは看護婦たちに大矢からプロポーズされて迷ってる、とほのめかしたこともあったそうだ。セックスがすごく合うのだけど、結婚ってそれだけじゃないわよね、と言ったというんだがね。もっとも、この話を聞かされた大矢は、否定さえしなかったそうだ。馬鹿馬鹿しかったんだろうな」

会議室の中を歩きながら、私は頭を振った。

「あいつがやったんだ。その医者に近づいてくる女性たちが、リカにはすべて邪魔者に見えたんだ。奴はその邪魔者を排除しようとしたんだ」

倉田看護婦も同じ意見だったよ、と言った原田が飲みかけたまま置いてあった私の缶コーヒーに口をつけた。

「彼女がそれを確信したのは、捻挫が治って職場に復帰した直後だった。たまたま大矢医師の控室の前を通ったときに、中から雨宮リカの声が聞こえてきたことがあったそうだ。天使のようなその声は、自分の想いが大矢に通じたことがどんなに嬉しいか、自分と大矢は運命的に出会ったのだ、あなたはもう私のものよ、と語り続けていた。ただ、その日は大矢は非番で病院にはいなかったんだな。それを知っていた倉田嬢は部屋の扉をノックした」

私の足が意志とは関係なしに止まった。正面から原田の顔を見ると、少し青ざめた表情がそこにあった。

「すぐに声がぴたりとやんで、いきなりドアが開いた。目の前にはリカが立っていた。彼女はマスクを着けていなかったそうだ。つまり、そのとき初めて倉田嬢は、リカの素顔を見たことになる。異様な顔色、光のない瞳、そして吐き出される口臭に、頭の中が真っ白になった、と言ってたな。だが、脅えてばかりもいられない。何をしていたのかと声をかけようとしたとき、リカが叫んだそうだ。『あなた、ここは大矢先生の部屋よ。いったい何をしているの』ってね」

苦笑を浮かべた原田が、ひとつ咳払《せきばら》いをした。半ばふざけたような口調とは逆に、表情が強ばっている。

「雨宮さんこそ何をしているんですか、と言いかけた倉田看護婦をリカは凄まじい勢いで叱《しか》りつけた。どういうつもりで勝手に大矢医師の部屋に入ったのか、いやらしい、あなたみたいな人を大矢先生は絶対に相手にしませんよ。このことはすべて報告して、問題にしますからね、そう言い捨ててリカは去っていったそうだ。その後本当にリカは倉田看護婦が大矢医師の控室に入り込み、自慰行為にふけっていたと処罰を要求した」

「狂ってる」

「そうだ。だが、誰が真実を語っているのかは不明のままだ。そのとき、誰もリカと倉田看護婦のことは見ていないんだからな。それから二カ月ほどして、リカは突然病院からいなくなった。その前日、ナースステーションで一人、何事かつぶやき続けていたリカを看護婦の一人が目撃している。彼女の話では、リカは大矢医師と結婚の約束をしていて、さらに数百万円の金を貸していたのだが、にもかかわらず大矢が自分を裏切ったと言い続けていたという。どうも金を貸していたのは事実らしい、と証言する医者もいたそうだ。大矢も暗に認める発言をしていて、倉田嬢も聞いた記憶があるという。どういうつもりで金を借りていたのかはわからない。本当に結婚するつもりだったのか、それとも騙し取る意志があったのか」

「その大矢って医者に聞いてみればいいじゃないか」

なんだ、鈍い奴だな、と原田が頭を掻いた。どういう意味だ、と問い詰める私に原田がもう一枚の新聞記事を渡した。

『被害者は医師――田子の浦のバラバラ殺人
10日に発見された男性の死体は、東京都内の病院に勤める医師のものであると静岡県警は12日断定した。発表によると、被害者は大矢昌史さん（37）、中野区東和総合病院の勤務医。大矢さんは先月30日の午後、病院に欠勤の連絡を入れた後、消息が不明になっていた』

私の手から新聞記事が落ちて、フロアの床に静かに舞った。拾い上げた原田がテーブルの上に置き直した。

「リカが花山病院から消えたのは四年前の六月だ。七月に病院に泥棒が入ったが、その泥棒は金庫には目もくれずに、どういうわけか看護婦の出勤表や勤務評定、履歴書の類をすべて盗んでいったそうだ。その後のリカについて、倉田看護婦は何も知らないという。こうしてリカは消えた。現実においても、書類上でもだ。花山病院は財務状態が思わしくなかったために東和産業が経営を肩代わりしたが、大矢が殺された件も含めて、集めたスタッフの質があまりよくなかったこともあり、結局去年の秋に廃院になった。今でも建物だけは残っているがね」

残り少なくなった缶コーヒーを原田が飲み干した。

「大矢を殺したのは、リカなんだな」

「リカが花山病院を辞めたのは四年前、大矢が殺されたのは一昨年だ。時間が経ちすぎていることと、リカと大矢の関係を知る者がほとんどいなかったこと、それ以前に雨宮リカという看護婦の存在を証明できないこと、以上の理由からリカの名前は容疑者リストには載っていない。ただ、倉田看護婦は大矢医師を殺したのはリカだと確信していたがね。自分の愛を裏切り、金を騙し取った大矢を恨んで殺したのだと。そして彼女は、リカが当時を知る者をいつか処分しにやってくることも信じていた。脅えていたのはそのためだったんだ」

私には倉田看護婦が感じている恐怖がよく理解できた。おそらくその恐怖心は、彼女自身が永遠の眠りにつくその日まで、消えることはないのだろう。

「リカが花山病院からいなくなった後で、こんな噂が流れたという。断っておくが、あくまでこれは噂話だぜ。口裂け女とか人面犬と同じだ。信用できる話じゃない」くどいほどに念を押してから、原田が最後のメモ用紙をめくった。「その噂によると、雨宮リカは田園調布だか自由が丘だかの裕福な家庭に生まれたそうだ。父親は貿易商、母親は医者、何ひとつ不自由なく育ったリカは、誰もが羨むような幸福な少女時代を過ごした。小学生の頃は父親の仕事の関係でアメリカで暮らしていたらしい。人形のように可愛い子供だったそうだ。だが、彼女が高校生のとき、不幸が襲った。父親が信頼していた友人に金を騙し取られたことが原因で破産した。精神的に不安定になった母親は、リカの妹を過失により死なせてしまった。そのことでショックを受けたリカ自身も、過食と拒食を繰り返すようになり、その頃つきあっていた男性からも交際を断られてしまう」

そこまで一気にメモを読み上げていた原田が、急に投げやりな口調になってあとを続けた。

「お定まりの話さ。それまで挫折を知らずに生きてきた女の子が、突然の不幸で自暴自棄になり、放埒《ほうらつ》な人生を送るってやつだ。やり直したくても、プライドが邪魔をする。自分が悪いのではなく、周りが悪いのだと責任を転嫁する。自分だけが正しいと言い張り、他人を非難する。ますます孤立していくが、自分を理解できない周囲がおかしいのだと思い込む。そういう話さ。雨宮リカってのはそういう女だった、という噂が流れたんだとさ」

「そういう女だから、大矢医師を殺した」

そういうことか、と私は新聞記事を原田に返した。さあな、と原田が視線を逸らした。

「仮にその噂話が事実なら、そういうこともあるかもしれんな。自分を理解してくれる男性、自分を受け入れてくれる男性。孤独なリカにとって、大矢の存在がどれほど大きいものだったかは想像がつく。その男に裏切られ、しかも金まで騙し取られたとしたら、リカのような女なら何をするかわからんね。だが、すべては噂に過ぎない。俺は、ここまでできすぎた話は信じないね」

原田が長い報告を終えた。私たちは同時に煙草に火をつけた。青白い煙が会議室の中にたちこめた。

「そうだ、もうひとつ」原田が煙草をくわえたまま言った。「大矢の手足、そして頭部はまだ発見されていないそうだ。つまり、リカは大矢を未だに自分の所有物にしているということだな」

もういい、と言って私は立ち上がった。これ以上原田の話を聞く勇気は、私にはなかった。

## 九

私たちはそのまま会社を出た。車で来ていた原田が私を家まで送ってくれた。家に着くまでの一時間ほどの間、私たちは何も話さなかった。話すことはなかった。

気がつくと、車は停まっていた。原田が私の肩を軽く叩く感触で、私は目を開けた。

「着いたぜ」

見慣れた風景がそこにあった。マンションの駐車場だった。

「済まない。寝てたのか、俺」

「疲れてるんだ。気にするな」

アイドリングの音が響いている。私はドアを開けて、外に出た。十二月の冷気が私の体を包んだ。吐く息が白くなる。本間、という呼びかけに振り向いた。ハンドルに手を掛けたままの姿勢で、原田が口を開いた。

「心配するな」

わかってる、と私はフロントガラスを叩いた。乾いた音がした。

「それじゃあ、こっちは今から見張りにつくか」原田が首の骨を鳴らした。「そろそろ現れてもらわないと、張り合いがないいんだけどな」

「やめてくれ、来なけりゃそれに越したことはない」

それはそうだ、と原田が鼻の頭をこすった。

「何かあったら連絡してくれ。俺はいつもの場所にいる」

私たちはマンションから数百メートル離れたところにあるスーパーマーケットの駐車場に目をやった。この数日、原田はそこに車を不法駐車したまま、私の家を見張っていた。

じゃあな、と私はドアを閉めた。原田がゆっくりと車をバックさせて、そのまま出ていった。点滅するハザードが角を曲がって見えなくなるまで見送ってから、私はコートのポケットに手を突っ込んだままマンションのエレベーターに向かった。


家に帰ると、上機嫌な妻が待っていた。算数のテストで亜矢が満点を取ったという。

「そりゃあわかってるわよ、一年生のテストなんて点数じゃないってことは」葉子が風呂上がりの亜矢をバスタオルで拭きながら言った。「でも、百点っていうのは、やっぱり嬉しいじゃない」

そうだな、と私は笑顔を作って亜矢の髪の毛を撫でた。

「あや、えらいの？」

私を見上げてそう言った亜矢を、葉子がバスタオルでくるんだ。

「そうね、亜矢えらかったね。パパも誉めてあげてよ」

あんなことさえなければ、どれほど手放しで喜べただろう。だが、今の私の心を少しでも明るくしてくれるのは、亜矢の存在だけだった。私は亜矢を抱き上げた。

「パパも嬉しいよ」

「あやもうれしいよ」

亜矢が私の口真似をした。笑いながら葉子が下着を着せていく。

「ね、ちょっとあたしお風呂先に入っちゃっていい？　亜矢が暴れて、髪の毛が濡れちゃったのよ」

抱きついてくる亜矢を抱えながら、私はうなずいた。

「俺のことはいいから」

ごめんね、と言って妻が脱衣所に入っていった。私は亜矢と手をつないだまま、寝室のドアを開けた。ベッドの上に同じ柄のパジャマが揃えて置いてある。小さい方を取り上げて亜矢に渡した。

「自分で着てごらん」

「いや」かぶりを振った亜矢が手を伸ばした。「パパやって」

はいはい、と私はため息をついてパジャマの袖に亜矢の腕を通した。亜矢が肘を曲げて、着心地を確認する。納得がいったのか、自分からベッドに入っていった。

「もう寝なさい、十時だよ」

「ねむくない」

布団をかけてから、私は亜矢の額を指で押した。私たち夫婦が夜型のせいか、亜矢も大人のように夜遅くまで起きていても平気だった。あまりいいことではないだろう。私は電気を消した。

「おやすみ、亜矢」

「ねたくない」

ドアを閉めて自分の部屋に戻った。ジャケットを脱いでハンガーにかける。急に不安が湧《わ》き上がって、私は床に座り込んだ。リカは今何を考えているのだろう。今度は何を仕掛けてくるのだろうか。だが、考えても始まらないことはわかっていた。どちらにしても、原田が監視してくれている今夜は問題ないはずだった。こうしている今も、原田が私の家を見張ってくれている、というわずかな安心感があった。私はズボンを脱いでクローゼットに仕舞った。

「パパ」

ドアが開いた。亜矢が立っていた。

「どうしたの、亜矢」

「おのどかわいた。おみずのみたいの」

私は立ち上がってネクタイに手をやった。

「少しだけだよ、夜、おトイレに行きたくなっちゃうでしょ」

「ならないもん」

先に立った亜矢が歩きだした。私は冷蔵庫の扉を開けて、ミネラルウォーターのペットボトルを取り出した。グラスに注いだ水を、亜矢が喉を鳴らして飲み干すのを待って、ペットボトルを元に戻した。

「さあ、もう寝なさい。いいかげんにしないとパパ怒るよ」

亜矢が黙ったまま自分の指を私の指にからませた。寝室に連れていくと、そのままベッドに潜り込んだ。

「じゃあね、亜矢。おやすみ」

「おやすみなさい」

電気を消そうとしたとき、亜矢が眠そうな声を上げた。

「おそと、かりかりいうの」

「外？」

「うん。おそと、かりかりなの」

耳を澄ませてみた。何も聞こえない。風の音がするだけだ。

「聞こえないよ。いいから寝なさい」

「かりかりだよ」

いつの間にかベッドを抜け出した亜矢が足元にいた。

「亜矢」屈《かが》み込んで囁いた。「寝なさいって言ったでしょ」

「かりかり、かりかり」

亜矢が私の足を抱きながら言った。そのとき、私の耳にもその音が聞こえた。何かを引っ掻くような音。何かを齧《かじ》るような音。ドアの向こうから聞こえてくる音。

右手で亜矢の髪の毛に触れながら玄関に出る。訪問者を確認するレンズに目を当てた。

顔。

女の顔がレンズいっぱいに広がっていた。リカだ。泥のように濁った顔。澱《よど》んだ暗渠《あんきょ》のような目。薄い唇が歪んでいる。笑っているのだ。

「パパ」

手のひらで亜矢の口を覆った。リカがここにいる。ドア一枚隔てた、私の前に立っている。あの女がいる。

「どうしたのパパ」

何も言わずに、私は亜矢を抱えて寝室に飛び込んだ。ベッドに入れて毛布をかける。

「静かにしてなさい。いいね」何か言おうとした唇に指を当てた。「お願いだから、静かにしてるんだ。わかったね」

小さく亜矢がうなずいたのを確かめてから、自分の部屋に戻った。携帯。どこだ、どこにある。カバンをひっくり返した。どこにいった。違う、カバンではない。そうだ、会社を出るときに、ジャケットの内ポケットに入れたはずだ。ジャケット。

ハンガーにかけてあったジャケットを探る。携帯電話の硬い感触が手に触れた。原田の番号を押す。すぐに相手が出た。

「本間だ。お前、今どこにいる」

押し殺した声で聞いた。

「どこって、お前のマンションの近くだよ」さっき別れたばっかりじゃないか、と間の抜けた声で原田が答えた。「コンビニでちょっと飲み物を買ってた。今からスーパーの駐車場に戻るけど、どうした、何かあったのか」

「あの女がいる」私は小さく叫んだ。「リカが、俺の家の玄関にいるんだ」

「そんな馬鹿な」

「見たんだ！　間違いない！」

「ちょっと待て」

車のドアを閉める音がした。エンジン音。

「このまま待て、切るな。一分で戻る」

タイヤがきしむ音。何か原田が言ったが、騒音に紛れて聞き取れない。私は電話機を耳に当てたまま部屋を出た。音をたてないように、膝でにじるようにして慎重にドアに近づいた。

「おい、聞こえるか」原田の声がした。「今お前のマンションの駐車場だ。どうなってる」

私はゆっくりと立ち上がって、レンズに目を当てた。

誰もいない。

「聞こえるか。下からじゃわからん。どうなんだ、おい、本間。返事をしろ」

「いなくなってる」つぶやきが口から漏れた。「奴が消えた」

「そんなことがあってたまるか」怒鳴り声が響いた。「人間は消えたりしないぞ。お前、本当に見たのか」

鍵を外した。チェーンは最初から掛かっている。私はそっとドアを押し開いた。隙間から見える範囲にリカはいなかった。

「原田、今からドアを開ける」

「待て、本間、無茶するな、俺が行くまで待て」

叫ぶ原田を無視して、ドアを戻した。ここは私の家だ。私と、葉子と、亜矢の家なのだ。私たちの静かで平和な生活を乱そうとする者を、放っておくわけにはいかない。

チェーンを外した。そのままドアを開ける。裸足《はだし》のまま外へ出た。すばやく左右に目を走らせた。リカの姿はなかった。

通路の手摺《てす》りから駐車場を見下ろした。携帯電話を耳に押しつけたまま、私の部屋を見上げている原田がそこにいた。

「どうなってる。いたのか」

原田が口を動かすのと同時に、私の耳に声が聞こえてくる。奇妙な感覚だった。

「いない。消えた」

「下にもいないぞ。いったいどういうことだ」

また原田が口を動かした。私たちは夜のマンションで、携帯電話を握ったまましばらく無言の睨み合いを続けた。

「とにかく、女はこの辺りにいるはずだ」迷いを振り切るように原田が言った。「調べてみるから、お前はそこを動くな。鍵を掛けるのを忘れるなよ」

「わかった」

私はフリッパを閉じた。原田がマンションの非常階段の方へ走っていくのが見えた。後ろ手にドアノブを探って、そのまま家の中に戻った。

ドアロックとチェーンを掛けてから、手の中の電話機に目をやった。まるで水に浸《つ》けていたかのように濡れている。ワイシャツの袖で拭ったが、何度繰り返しても電話機は乾かなかった。

十

一時間後、原田から連絡があった。付近に女がいたことを示す痕跡《こんせき》は残されていない、ということだった。

「もう一度聞くけどな、本当に見たんだろうな。見間違えとか、思い込みとか、理由はいくらでも考えられるんだぞ」

原田が確認するように言った。

「違う」

はっきりと私は見た。レンズいっぱいに広がるリカの顔。表情のない虚ろな目。剝き出しになっていた黄色い歯。引きつったような唇。あの女は私がドアのこちら側にいることを知っていた。それを知って、笑ったのだ。

「わかった、もういい。正直、こっちも油断していた」原田が謝罪の言葉を口にした。「まさか、お前が帰ってきた途端に来るとは思わなかった」

「それは俺も同じだ。気にしないでくれ」

とりなすように私は言った。

「お前、今話してて大丈夫なのか」

私はベランダから妻の寝室に目を向けた。ドアの隙間から細い光が漏れている。風呂から出た葉子は、いつものようにパックをしているはずだった。

「今は構わない」

「とにかく、明日からお前の家を二十四時間態勢で見張ることにしよう。人数も増員する。のんびり構えている場合じゃなさそうだ」

「そうしてくれ」

「今日の件でよくわかったのは、向こうも焦っているってことだ。とにかく奴は、お前と接触したいんだ。会いたい、話がしたい、そういうことだろう。ストーカーにはありがちなことだ。だとしたら、案外決着は早い。明日にでも片がつくかもしれないぞ」

原田がまくしたてた。

「だったらいいんだが」

私はもう一度葉子の様子をうかがった。出てくる気配はない。

「長くても二、三日だ。それぐらいの辛抱で、なんとかなる。わかるな、本間」

うなずいた私の手に力が籠もった。原田の言っていることは間違っていない。リカが私に近づくためには、結局はここに来るしかない。会社では人目がありすぎる。警備の人間もいる。そうである以上、見張られていることがわかっていても、リカは私の家にやってくるだろう。

「わかってる。明日からよろしく頼む」

私は電話を切った。携帯をズボンのポケットに押し込んでからリビングに戻る。しばらくして、顔を真っ白にした葉子が現れた。

「なんだ、まだ着替えてないの」

冷蔵庫を開けた葉子が化粧水の瓶を取り出した。真っ白な顔で振り向く。

「何か飲む?」

もう飲んでる、と私はグラスのビールを明かりにかざした。飲みたいわけではなかったが、普段と同じように振る舞わなければ怪しまれるだろう。

「いつ見ても、それは不気味だな」

「しょうがないじゃない、美容のためよ。あなただって、奥さんが張りのある肌の方がいいでしょう」

何も言わずに私はグラスに口をつけた。

「じゃあ、ちょっと仕上げしてくるから」

「俺はもう寝るからな。お前も寝ろよ」

後ろ姿に声をかけたが返事はなかった。私は座り直して、残りのビールをグラスに空けた。


翌日の昼、時計の針が十二時を指すのを待っていたかのように電話が鳴った。予想していたので驚きはしなかった。むしろ、電話がなかったとしたら、その方が意外だっただろう。液晶画面の非通知という文字を確認してから私は電話に出た。もう黙っているわけにはいかなかった。

「おはよー。もう昨日は大変でさあ、疲れちゃったよ」

電話はもちろんリカからだった。何事もなかったかのように、リカは日常の細々《こまごま》とした出来事を話し始めた。入院していた末期癌の老人が昨夜遅くに息を引き取ったこと、バイク事故で骨折した男の子の膝から骨が突き出していたこと、それを見た看護婦全員がフライドチキンを連想したこと、最近明るくなった自分を、周りの人たちが〝きれいになったよね〟と噂しているのを聞いてしまったこと、今年の冬はいつもより暖かく感じられること、残業が続いているのに給料がちっとも上がらないこと、そしてスターバックスのキャラメルカプチーノがいかにおいしいか、あと二回となった人気連続ドラマの最終回までの展開予測と、新しく買ったソファの座り心地を語った後、いきなり話は病院に戻り、先週新しく雇われた若い看護婦の態度の悪さについて、リカは息もつかずに延々と喋り続けた。

「なあ」私はわずかにできた話の隙間に言葉を割り込ませた。「なんで家に来たんだ」

「え、何？　何の話？」

自分の話を遮られたリカが不機嫌な声を上げた。私は籠もっていた会議室の扉を細く開けて、外の様子を窺《うかが》った。同じフロアの社員たちは、ほとんどが食事に出ている。残っている女の子たちが、テレビの前で弁当を広げているのが見えた。誰もここには来ないだろう。私はドアを閉めた。

「昨日の夜だよ。お前は俺の家に来た」何も答えようとしないリカに私は怒りをぶつけた。「そしてその前にはファクスと髪の毛だ。いったいどういうつもりなんだ」

「どういうことかなあ。リカ、ちっともわからないよ」

わざとらしく甘えた口調だった。

「おい、いいかげんにしろよ」いくら意識していても、どうしても声が大きくなってしまう。私は慌てて送話口を手で覆った。「ふざけたことを言うな、お前しかいないんだよ」

しばらくの沈黙の後、いきなりけたたましい笑い声が電話から溢れた。

「ごめんねー、わかっちゃった？」

楽しそうな声だった。どうしてこんなに明るい声が出せるのだろう。

「わかるかなって思ってたけど、やっぱり本田さんにはわかっちゃうんだね。リカのこと、なんでそんなにわかるの？　いっつも考えてくれてるから？」

「お前のことなんか、考えたくもない。考えただけで気分が悪くなってくる。いいか、よく聞けよ。警察には連絡済みだ。弁護士にも相談することになっている。これ以上何かしてきたら、本当に訴えるぞ」

私は吐き捨てるように言った。

「またまたあ。嬉しいからってそんなに照れないでよ」

駄目だ。何を言っても無駄だ。徒労感が全身を覆い尽くしていく。私は手近の椅子に腰を下ろした。このままではどこまでいっても会話は嚙み合わない。永遠に交わることはないだろう。

「それにさ、本田さんだっていけないんだよ」尖った声でリカが抗議した。「そりゃ忙しいのはわかるけど、何度かけても電話がつながらないんだもん。リカだって我慢してるんだよ、邪魔しちゃいけないって。でもやっぱり寂しいから、悪いとは思ってるけど、あんなことしちゃうんだよね」

声が一転して悲しげな調子に変わる。口調や態度が一定しないのは、この女の何かが壊れているからなのだろう。言っていることはそれなりに筋が通っているように見えるが、実際には会ったこともない女なのだ。

「リカだって遠慮して、こうやってお昼休みの時間とか考えて電話してるんだよ。本田さんも少しはそんなリカの気持ち、わかってほしいな」

わからないね、と私は素っ気なく答えた。

「いいか、よく聞けよ。俺とお前は何の関係もないんだ。他人なんだぞ。これ以上俺の生活に係わってくるようなら、本当に許さない。いいな、二度とあんな馬鹿な真似はするな。連絡もしてくるな。迷惑なんだ。わかったか」

いきなり泣き声が聞こえてきた。チャンネルを切り替えるような鮮やかさだった。

「怒らないで」途切れ途切れのリカの声が受話器から漏れてくる。「お願い、怒らないで。リカ、怒られると悲しくなるの。怒られることに慣れてないの。怖いの」

盛大に洟《はな》をすすり上げる音がした。

「誰だって怒るだろ、あんなことされたら。とにかくこれ以上俺につきまとうようなことをしたら、本当に訴える」

私は強い調子で言った。私が本気であることを、この女に理解させなければならない。リカが悲鳴のような声を上げたが、私は言葉を続けた。

「はっきり言っておくが、俺はお前のことが嫌いなんだ。わかるか、大嫌いなんだ。声も聞きたくない。ましてや顔も見たくない。今後は一切お前からの電話には出ない。お前だとわかったらすぐに切る。いいな」

リカが泣き出した。泣きながら、ごめんなさい、と何度も何度も繰り返す。

「うるさい」

「嫌いだなんて言わないで。リカがいけないことをしたって本田さんが言うんなら謝るから、だから嫌いになったなんて言わないで。ね、お願い。リカのこと好きになってほしいなんてわがまま言わない。でも、嫌いだなんて言わないで、お願いだから」

「何があったってお前のことを好きにはならないよ。わかるまで何度でも言ってやる。俺はお前のことが嫌いだ。嫌いなんだ」

私は怒鳴った。もう誰に聞かれても構わなかった。

「やめて」リカが呻いた。「そんなこと言わないで」

手が震えていた。怒りが抑えられなくなっている。

「もうこれ以上話しても無駄だ。いいな、二度と連絡してくるなよ」

「どうして、どうしてそんなひどいことを言うの？　あんなに優しかったのに」

すすり泣くリカの声が聞こえた。まだこの女は違う世界にいる。

「優しくしたことなんか一度もないね」

「リカの話、聞いてくれた」つぶやきが漏れた。「リカのこと、慰めてくれた」

全身を虚脱感が襲う。何を言っても無駄なのではないだろうか。私は唇を嚙んで、その想いを振り払った。諦めてはいけない。何としてもこの女を説き伏せなければならない。二度とあんな真似をさせてはならないのだ。

「もう終わりだ、わかるだろ。俺はこういう男なんだ。お前が思っていた優しい本田さんなんかじゃないんだ。困るんだよ。変な期待をされると迷惑なんだ。もういいかげんにしてくれ」

「リカのこと、運命の女だって言ってくれた。やっと巡り合えたねって、言ってくれた」

どうにもならないほどの暗い声だった。聞いているだけで吐き気を催すような、そんな声。私はリカの声を突っぱねるようにして叫んだ。

「あんなのはその場限りの言葉だ。全部嘘だ。決まってるじゃないか」

「嘘じゃない」

あれは嘘なんかじゃない、とリカが大声を上げた。

「リカにはわかってる。リカもそう思ったもん。感じたの、本田さんが運命の人だって」

もううんざりだ。これ以上こんなことを続けることに、どんな意味があるというのだろう。

「そんなことあるはずないじゃないか。たかがメールで知り合っただけでいちいち運命感じてたら、世界中にどれだけ運命の相手がいるんだよ。いいな、とにかくもう二度と電話してくるんじゃないぞ」

言い捨てて切ろうとした私の耳に、リカの静かな声が響いた。

「これは運命なのよ」

「何だって？」

「あなたが教えてくれたのよ」

つぶやいたリカの声は、既に人間のものではなかった。どこか、誰も知らないような暗い森に棲《す》む動物を思わせるような声だった。切るぞ、と言って電話機を耳から離したとき、リカが虚ろな声を上げた。

「ねえ、どうしてあんな人を雇ったの」

電話を切ろうとした指が止まった。私はリカの言葉を聞き返した。

「よく聞こえない。何て言ったんだ」

「警察じゃないわ。何か調べてる人よ」

原田のことだ。なぜ知ってる。黙り込んだ私に、リカが冷たい声を浴びせかけた。

「やっぱりね」

しばらく間をおいて、リカがもう一度同じ言葉を繰り返した。

やっぱりね。

言葉ではなく、その声音に私の全身の毛が逆立った。もし触れることができるとしたら、今のリカの声で私の手は二つに裂けてしまっただろう。

「おい、どういうことだ」

答えはなかった。いきなり電話の向こうでリカが笑いだした。その笑いはたっぷり一分以上続いた。

「笑うのをやめろ」

気が狂いそうだ。リカの笑い声が私の聴覚を揺さぶる。

「だって」

それだけ言ってリカがまた笑った。息を切らしながら、笑い続けている。

「何を笑ってる。聞いてるのか、おいリカ、答えろ」

怒鳴ったとき、会議室の扉が開いて心配そうに女子社員がのぞき込んだ。どうでもよかった。

「リカ、聞いてるのか」

突然笑い声がやんだ。

「本田さん」

「何だ」

「好きよ」

いきなり電話が切れた。

私はしばらく考えてから原田の携帯電話に連絡を入れたが、留守番電話のメッセージが流れるだけだった。すぐに連絡が欲しい旨の伝言を入れて、私は会議室のテーブルに電話を放り投げた。振り向くと、私を見ていた女子社員と目が合った。すぐにドアが閉まった。それからいくら待っても、原田からの連絡はなかった。

# Click 3　待っている

## 一

それから数日が過ぎた。

リカからの電話はなかった。私はリカが何も言ってこないことに安堵《あんど》し、あれだけ強く言ったのだから、それも当然の話かと思うようになっていた。

原田からの連絡がないことは気になったが、何度電話をかけても相手が出ないので、どうすることもできなかった。事務所に連絡を入れても、留守番電話が答えるだけだった。もしかしたらリカの身元を調査するために、またどこかに出向いているのかもしれない。そう考えることで自分自身を納得させていた。このまま何もなかったようにすべてが終わってくれればいい、と私は心から願っていた。

二度と出会いサイトには入る気はしなかった。パソコンを立ち上げることもなくなり、メールボックスを開くこともせず、私は担当している出版社の新雑誌についての予算案をまとめることに没頭していった。そうすることで、嫌な記憶を消そうとしていた。だが、もちろんそうはいかなかった。

「本間さん、二番に」池田桃子が受話器を片手で持ち上げた。「菅原《すがわら》さんって方からです」

「どこの菅原？」

桃子が首を横に振った。相手は名前しか言わなかったらしい。私はボタンを押して、受話器を取った。

「本間隆雄《たかお》さんですか」

年配者に特有の、ややしわがれた声だった。覚えのない声だ。

「失礼ですが、そちらは」

電話でフルネームを確認されたことはあまりない。

「菅原と申します。お忙しいようですね、朝から何度か連絡していたんですが、全部〝ただいま別の電話に出ておりまして〟と言われましたよ」

男が喉の奥で笑い声を上げた。本当におかしいと思っているわけではないようだった。

「どちらの菅原さんですかね」

ぞんざいに私は尋ねた。

「ああ、すみません」それを忘れていました、と男がわざとらしい調子で言った。「警視庁の菅原という者です。強行犯一係に所属しています」

警視庁。なぜ警察から電話がかかってくるのだろう。

「何か」

受話器を手で囲って、周りに聞こえないように声を小さくした。

「ええ、不審に思われるかもしれませんね、確かに」男がまたわざとらしく咳払いをした。「実は、本間さんのお知り合いの原田信也、彼のことはご存じですよね」

「探偵事務所の原田のことですか」

「わたしは原田の警察時代の先輩ということになります。実は、あなたが抱えている例の問題についても、彼から聞いています」

「そうですか」

原田が言っていた〝警察時代の先輩〟というのは、この電話の主のことらしい。

「ところで、その原田なんですがね」菅原の声がわずかに途切れた。「殺されましたよ」

相手が何を言っているのかよくわからないまま、私は言葉を絞り出した。

「どういう意味ですか」

「そのままの意味です。原田の死体が今朝早く、自宅近くの河原で発見されました。直接の死因は、出血多量によるものです。死後一日以上が経過しているということなんですがね」

死体。発見。出血多量。

聞き慣れない単語が頭の中をぐるぐる回る。いずれも原田のイメージとは結びつかない言葉だった。混乱して、何を言えばいいのかわからない。受話器が手から落ちそうになるのを危うく押さえた。

「聞いてますか、本間さん」

「ええ、聞いています」何と言えばいいのだろうか。「それは、いったいどういうことなんでしょう。まさか、あいつを殺したのは――」

「それを知りたくて、あなたを捜していたんです。心当たりがありますね」

「あります」

立ち上がった私を、桃子が不思議そうに見上げた。

「お話を伺いたいのですが、お会いしていただけますね」

念を押されるまでもなかった。私は会う時間を約して、受話器を置いた。もちろん、私は犯人を知っている。

二

一時間後、私は桜田門《さくらだもん》の駅に降り立っていた。警視庁庁舎は地下鉄の階段を上がったすぐ目の前にあった。

立哨《りっしょう》の警官に事情を話すと中に通してくれた。受付で自分の名前と菅原の名前を告げる。すぐに小柄だが目に力のある若い男が迎えにきた。高井戸警察署とは違うものだ、と思った。この前とは扱いに差がある。

男は目だけで挨拶してから、こちらに、と言って歩き始めた。六階まで上がる。エレベーターを降りたすぐ脇にあった部屋に私を招き入れて、そのまま出ていった。残された私は、なんとはなしに軽い緊張感を覚えながら辺りを見回した。

部屋は小さかった。何かの会議室なのだろうか、六畳ほどの広さしかない。いわゆる取調室かとも思ったが、テレビや映画で見たことのあるそれとは様子が違っている。スチール製の長いデスクとパイプ椅子が二脚あるだけだ。他には何もない。殺風景な空間だった。

白を基調としたその小さな部屋で、私は煙草をくわえた。そうでもしないと間が保てない。幸いデスクの上には大きなアルミの灰皿が置かれていた。

二本目の煙草が灰になったところで、初老の男が入ってきた。日焼けした肌と、深く刻まれた目の周りの皺《しわ》が目立つ。身長はそれほど高くない。がっしりとした肩のラインが印象的だ。ひと目見ただけで、電話をかけてきた男であることがわかった。

「先ほどは失礼しました、菅原です」

にこにこと笑いながら、立ち上がろうとした私を制して菅原がデスクの反対側に回った。警察官を相手にどう挨拶すればいいのかわからなかったが、習慣で私は名刺を出した。これはご丁寧に、と口の中でつぶやいて菅原がスーツの内ポケットに手をやった。膨れ上がった財布が出てきた。太い指が中を探る。

「あれ、どこにいったかな」

しばらくそうしていた菅原がようやく自分の名刺を見つけて、デスクに置いた。警視庁刑事部捜査第一課強行犯捜査一係担当係長という肩書と、警視庁警部補という役職名が入っている。菅原忠司《ただし》、というのがこの刑事の名前だった。浅黒いその顔は、刑事より田舎の農夫の方が似合いそうだ。

「どうですか、意外ときれいなもんでしょ、この部屋は」

私は小さくうなずいた。きれいと言われても、何もないのだから片付いているのは当たり前だった。笑顔を崩さずに菅原が椅子を引いて腰を下ろした。

「お客さんを通せるのはこの小会議室だけでしてねえ、あとはひどいもんです。わたしの机なんか、本間さんみたいな方は見ただけで目が腐っちゃうんじゃないですかね。言い訳をするようですが、それはわたしに限ったことじゃないんですよ。ここで働いてる連中はみんな似たようなもんです。いや、警察なんてものは」

そこまで一息に喋ってから、菅原は禁煙用のパイプを取り出してくわえた。

「いやどうも、つまらない話でした、関係のない話ばかり長くなるのは、年を取ったってことなんでしょうかね。とりあえず、楽にしてください。すぐにコーヒーがきますから」

「お構いなく」

社交辞令は必要ない。私は単刀直入に尋ねた。

「原田が死んだ、殺されたと、先ほどあなたは電話でおっしゃいましたが」

視線がわずかに逸れる。

「本当なんでしょうか」

昼だけでパイプをくわえたまま、小さく菅原が首を縦に振った。

「今朝、死体が発見されましてね」

菅原が指先でデスクを叩く。その規則的な音が狭い部屋の中に反響した。私は何も言わずに菅原の表情を見つめ続けた。不意に、菅原が弄《もてあそ》んでいた禁煙用のパイプを部屋の隅にあったごみ箱に放った。きれいな弧を描いて、パイプがごみ箱に吸い込まれていった。

「どうも駄目ですな、意志が弱くてねえ」菅原がポケットからキャスターを取り出して、一本くわえた。「昨日の夜から十二時間続けていたんですが、もう限界です」

　刑事の個人的な記録はどうでもよかった。私が知りたかったのは原田がなぜ殺されたのか、ということだった。誰に殺されたのかは、私にはわかっていた。

「出血多量による死、とおっしゃっていましたよね。刺されたんですか」

　菅原の目がかすかに泳いだ。

「刺された。そうです、刺されたということになるんでしょうな」

　煙を吐き出しながらつぶやいた。歯と歯の間がずいぶんと空いている。

「どういう意味ですか」

　座り直した菅原が、体をまっすぐ私に向けた。

「わたしは三十年以上、この仕事をしています。どちらかといえば、この仕事が嫌いじゃない。正直に言えば、むしろ好きですな。いや、世間はいろいろ言いますがね、腐敗した警察機構がどうのこうのなんて、よく新聞に出ているあれです。しかし評判はどうあれ、わたしはこの警察官という職業が好きなんです。好きなんですが」

　菅原がそこまで言って急に黙り込んだ。私はもう一度菅原の口が開くのを辛抱強く待った。長い間をおいてから、菅原の首がゆっくりと振られた。

「今朝方、奴の死体を見たときは、なんでこんな商売についちまったのかなあと、心の底から思いましたよ」

　この刑事が何を見たのか、聞きたくはなかったが言葉が勝手に私の口から吐き出された。

「いったい、どういうことでしょう」

「単純に言えば、原田の体は解体されていました」

「解体?」

落ち着いた様子で菅原が煙を吐いた。

「発見された原田は河原にうつ伏せになっていたそうです。一見居眠りしているような、そんな感じでね。ところが、散歩していたご婦人の犬がいきなり原田の腕に齧りついた。慌てて引き離すと、犬の口が手首をくわえていた。そういう状況だったようですな」

先を続けますか、と菅原が目で私に聞いた。何も答えられずにいると、刑事が再び重い口を開いた。

「わたしが現場に着いたのはかなり遅くなってからだったんですがね。律義に原田の体は発見時のままになっていました。犯人は別の場所で原田を殺してから解体して、死体を遺棄した河原に運んできたものと思われます。ご丁寧に犯人は、そこで原田の体のパーツを元通りに並べ直したんですな。理由はわかりませんがね。顔の器官もそれぞれ切断されて、脇にあったビニールシートの上に福笑いの要領で置かれていました。さらに」

「もう結構です」

私は立ち上がって刑事を見下ろした。だから、話したくなかったんですよ、と菅原がまた煙を吐いた。

ドアがノックされて、制服姿の婦人警官が入ってきた。盆に紙コップのコーヒーを二つ載せている。彼女は私と菅原の前にカップを置いて、ひとつ礼をするとそのまま出ていった。私たちは湯気がたっている紙コップを挟んで、しばらく黙り込んだ。

「大学の同級生だったそうですな」紙コップの縁を触りながら菅原が口を開いた。「変わった奴だったでしょう」

私は曖昧にうなずいた。

「あいつは、原田は、刑事さんとは親しかったんですか」

菅原が指を折って数え始めた。

「わたしが第八方面本部にいた頃ですから、十八年、いや、十九年前になりますかね。原田が配属されてきたんです。その前はあいつはどこにいたんだっけな、覚えていませんがね。とにかく、新米です。何をどうしていいのかさっぱりわからない、そういう感じでね。まあ見習いです。今風に言えば、研修中ってことになるんですかね」

刑事は昔を懐かしむように思い出を語り続けた。私は黙って話に耳を傾けた。

「正直言って、優秀ではなかったという記憶があります。どうにも妙な奴で、頭は悪くなかったんですがね。むしろいい方だったと思いますが」

菅原が私の目を見て、片方の頰で笑いかけた。

「警察官ってのは今も昔も変わりゃあしません。ちょっと馬鹿がつくぐらいでちょうどいい。奴にはそういうところがこれっぽっちもありませんでしたな。要領がいいのはいいが、それが鼻につく。大学のときもそうだったんじゃないですかね」

コーヒーをどうぞ、と菅原がカップを私に寄せた。

「そうかもしれません」

私はうなずいてコーヒーに口をつけた。意外に味は悪くなかった。

「わたしの班で研修を受けてたんで、話とかはもちろんしましたが、関係はそれだけです。その後、半年ほどでわたしは武蔵野から新宿の第四方面本部に戻りましてね、原田ともそれっきりでした。何年か経って、噂で原田が警察を辞めたことを聞きましたが、ああそうなんだ、てなもんです」

確かにこの刑事は、自分でも認めているように話し好きだった。言葉が後から後から溢れるように出てくる。

「別に深いつきあいがあったわけでもないし、仲がよかったわけでもない。慕われてたわけでもないと思ってます。だいたい、奴には先輩を敬おうとか、そういうところはなかった。そうでしょう」

「そうですね」

また私はうなずいた。とにかくこの菅原という刑事は、人を見る目がないわけではないようだった。

「今度の件だって、なんで奴がわたしのところに連絡してきたのかもよくわからない」

菅原が一息でコーヒーを飲み干した。そのまま宙をさ迷っていた視線が私を捕らえるまで、しばらくの時間がかかった。目は笑っていなかった。

「とはいえ、一度でも警察の飯を食ったことのある人間なら、まあ身内です。身内が殺されて、ああそうですか、というような警察官は世界中どこ探したっていやしません。身内のことは身内で片をつける。それがわたしらのやり方です」

菅原の体が、急に大きくなったように見えた。

「本間さん、あなたにもいろいろ事情はおありでしょうが、協力していただけるでしょうね」

何も言わずに、私は深く首を縦に動かした。

三

それから私は、菅原刑事にこれまでにあったことをすべて話した。

メールによる女性への誘いかけ、リカとの出会いに始まり、彼女の様子がおかしくなっていったこと、怖くなって連絡を取るのをやめたこと。

だが、その後もリカからの執拗《しつよう》な連絡は続き、やむなく携帯電話を買い替えて前の番号を放棄したこと、しかしそれにもかかわらずリカは私の自宅の住所、そして電話番号まで調べたこと。

そしてリカがあらゆる出会いサイトに私の情報を求めるメッセージを残したことや、インターネットカフェで私を待ち伏せていたこと、そして表参道で顔を見られたこと、そのときにリカがタクシーで逃げた私を追いかけたこと。もちろん、会社にある私のパソコンのスクリーンセーバーが改竄されていたことや、リカが卑猥《ひわい》なファクスを送りつけてきたこと、ついには私の家の玄関のドアに多量の髪の毛を貼っていったことなども話した。

原田に依頼して調査をしてもらったこと、リカが四年前に中野の病院で働いていたことがわかったが、その報告を聞いた夜にリカが私の家に来たこと、原田が追いかけたがどこに行ったのかわからないまま今日に至っていることをつけ加えた。菅原がわずかに眉を動かした。反応はそれだけだった。私の話は終わった。

私が話している間中、菅原は煙草を吸う以外の動作をしなかった。火をつけて、煙を吐き、短くなった煙草を灰皿に押し付ける。あとはその繰り返しだった。驚いたことにこの刑事は、私がリカについてすべてを話し終えるまでの一時間、そのペースを崩さなかった。たちまち大きなアルミの灰皿は吸い殻で溢れんばかりになっていた。

「原田はその女が病院で働いていたことを突き止めたわけですね」

灰皿を脇にどけた菅原が、デスクの上の灰を吹いて飛ばした。

「中野の花山病院と言ってました」

「報告書は、あなたがお持ちなんですか」

いいえ、と私は首を振った。

「原田の車の中にあったと思います。私は受け取っていません」

役に立たない奴だ、と菅原が口を思い切り曲げた。

「あいつは昔からそういう男でしたよ。実は、車はまだ見つかっておらんのです。奴の探偵事務所に報告書の控えでもあればいいんですが、まあその話は後でゆっくり伺いましょう。とりあえず今は、あなたの話に出てきたファクスについて知りたいですな。お持ちですか」

あります、と私はカバンに手をかけた。自宅に置いておくことはできなかったので、私は常にファクス用紙と髪の毛を持ち歩いていたのだ。

「これがファクスで」

カバンを開けて、中から感熱紙を取り出した。妻に見つかりそうになって、ジーンズのポケットに突っ込んだときのままの皺だらけの姿で感熱紙をデスクに置く。

「こっちは髪の毛です。おそらく本人のものだと思いますが」ビニール袋の中に詰め込んだ髪の束を指さした。「もう、私はどうしたらいいのかわかりません」

菅原がファクス用紙を広げて文面に目をやった。五分以上確認してから、顔を上げる。

「事の経緯については、今さら言うこともないでしょう。あなたは立派な社会人ですが」菅原が私の名刺をポケットから出してしげしげと眺めた。「軽率だったと言われても仕方がないというのは事実ですな。しかし、それを責めたところで何がどうなるというものでもない。何の解決にもならないことも確かです。それはそれとして」

「恥ずかしい限りです。反省しています」

頭を下げた私に、そういう意味ではありませんよと菅原が笑いかけて、またファクスに視線を落とした。

「しかし、これはまともではないですな」

目を伏せた私に構わずに、菅原が続けた。

「正常な人間にはできないことです。明らかに異常者ですな。どうしてこんな女に引っ掛かってしまったんですか」

わかりません、と私はつぶやいた。答えようがなかった。

「文字は筆状のもので書かれている。おそらく筆ペンとか、その類でしょう。本人に筆跡を隠す意図はないようだ。それとも、ファクスでは証拠にならんと思ったのか。だとしたら悪質だ」

実際には証拠能力はあるのですがね、と菅原が唸《うな》った。ペンの先でデスクを叩く規則正しい音がしばらくの間続いた。

「ないとは思いますが、あなたはこのリカと名乗る女性から手紙を受け取ったりしてないでしょうな」

「メールならありますが、手紙は」

私はまた首を横に振った。菅原は返事を待たずに調書のコピーを取り上げた。私が前に自宅近くの警察署に相談をしたときのものだ。いつの間に手配したのだろう。鈍重な見かけとは違って、この刑事の行動はすばやいようだった。

「ええと、読みにくいな、『女は大柄で、身長は百七十センチ以上、肩下までの長い髪、痩身《そうしん》、顔色は悪く、肌が荒れた感じ。両目に白眼部分なし』こりゃいったいどういう意味だろう」

菅原がそこまで読んでから私の顔を見た。私は黙ったまま目を伏せた。

「それから、着衣は『花柄のブラウスもしくはワンピースを着用』ここまで、間違いないですね」

うなずいた私は、リカの顔を思い出していた。思い出したくない記憶だった。

「いやはや、こんな女に追いかけられたら、生きた心地がしないでしょうな」

コピーをデスクに置いて、菅原が目を細くした。

「しかし、本当にいるんです。少なくとも、あのとき一緒だったタクシーの運転手はそう証言してくれるはずです。それに、原田が会った千葉市内の倉田という看護婦も」

「千葉市内というだけでは、範囲が広すぎますな」菅原が寂しそうに笑った。「その運転手がどのタクシー会社だったか覚えていますか」

「いえ、それが、あのときは興奮して」

すっかり脅えてしまった運転手は、最初の高速の出口で私を降ろして、そのまま去ってしまったのだ、と私は説明した。あのときはタクシー会社の名前を控えておく余裕は私にもなかった。

「ですがすべてのタクシー会社に連絡すれば、あれだけの騒ぎになったのですから、覚えていないはずがありません。必ず運転手は見つかると思います」

「かもしれませんな」

しかし見つかったところであまり役には立たないでしょう、とつぶやいて菅原が髪の毛の入ったビニール袋をつまみ上げた。

「これは科捜研に回しましょう。犯人特定のための有力な手掛かりになります。もちろん、これが犯人のものであればの話ですが」

見覚えはありますか、と菅原が髪の毛を確認するように促した。わからない、と私は肩をすくめた。わかるはずがなかった。

「ずいぶん切ったようですな」

菅原がペンを取り上げて、調書のコピーに訂正を入れた。

「髪の毛の長さは、現在肩先ぐらいではないかと思われる、と。どうでしょう」

その通りです、と私は同意した。

「刑事さん、あの女を、リカを捕まえてください。原田を殺したのはあの女なんです」

菅原が黙ってデスクの灰皿を見つめた。

「それだけじゃありません、このままでは私も殺されてしまうかもしれない。原田の話では、リカは前にも殺人を犯している可能性があるそうです。たとえ殺されなくても、家庭は崩壊してしまいます。お願いです、あの女を見つけて逮捕してください」

目を上げた菅原が、慰めるように私の肩に手をかけた。

「もちろんその女は重要な参考人です。ですが、まだ犯人と決まったわけじゃない」

「他に誰がいるっていうんですか」

叫ぶ私を哀れむように見つめてから、菅原が首を振った。

「その女がやったという証拠はないんです。目撃者がいるわけでもありません。もっと言えばね、その女が実在するというはっきりとした証拠さえもないんですよ。今の段階では原田の報告書もない。仮にそれがあったとしても、その報告書自体がでっち上げられたものであることさえ考えられる。あなたは過去の殺人とおっしゃいましたが、それについても証拠はないんじゃありませんか」

「私が嘘をついていると言うんですか。原田が殺されたことが何よりの証拠じゃないですか。タクシー会社を調べてみてください、あの運転手なら証言してくれるはずです」

立ち上がろうとした肩を押さえて、菅原が椅子に私の体を戻した。小さな体のわりには力がある。

「まあ待ってください。今のは純粋に警察という立場から述べたまでの話です。公式論というやつですな。ここからはわたし個人の見解です。もちろん、誰が何と言おうとわたしはあなたを信じますよ。そのリカという女は存在します」

菅原が微笑みかけた。私は吸い込まれるようにうなずいた。

「いないわけがないでしょう。いないのなら、あなたのような方がそんなに脅えて取り乱す必要はないですからな」

いやいや、と菅原がゆっくり手首の骨を鳴らした。狭い会議室に音が響いた。

「いないわけがない。ただ問題なのは、その女が今どこにいるかですな。それを調べるのは、これは手間がかかりますよ」


それから一時間ほど経ってから、私はようやく解放された。

いくつもの供述書を取られ、何枚もの書類にサインをした。原田が私に報告したリカの過去についてはとりわけ詳しく聞かれた。私は記憶している限りの地名、人名、その他重要と思われることをすべて話した。その間に菅原は私の自宅近くにある派出所に連絡を取り、しばらくの間マンション付近の警備を強化するように命じた。原田が経営していた探偵事務所には既に捜査官が出向いていたが、最近の調査については特に厳重に調べるように連絡するなど、必要と思われる手配を済ませていた。

「もちろん、これもある種のストーカーということになるわけですが」正面玄関まで見送りにきた菅原が、大きく伸びをしながら言った。「ストーカーっていうのも、わたしらのような古い人間にはよくわからんのですがね。ただひとつ言えるのは、わたしらがよく知っている犯罪者とは行動パターンがまったく違うってことです。普通の犯罪者は自らの存在を隠そうとする。これは本間さんも理解できるでしょう」

わかります、と私は答えた。わずかに陽が落ちて、辺りは暗くなり始めていた。雨でも降るのだろうか。私はコートの襟を立てた。

「ところが連中は、悪いことをしている意識がほとんどないですからね。むしろ、ひたすらに被害者のためを思って動いているなんてことさえある。今回のケースもそれに近いような気がしますが」

「そうでしょうか」

冷たい風が吹いて、私たちは思わず体を震わせた。背広姿の菅原が寒そうに腕を組んだ。

「この段階で言えるのは、とにかく軽率な行動は避けてほしいということです。人気《ひとけ》のないところを通ったり、暗くなってからの外出は慎むようにしてください。何かあってからでは遅いのです。わかりますか」

通りかかった制服の警官が菅原に敬礼する。小さく菅原が答礼した。

「奴らは、自分だけに通じる論理で動きますからね。理解しようとしても意味がない。何をしてくるかわからない相手なのだ、ということを十分に頭に入れておいてください。わたしは本間さんの会社のことはわかりませんが、あまり遅くまで残業するようなことはやめたほうがいいでしょうな」

「他に人がいれば」

言いかけた私を、刑事が冷たい目で見た。

「奴らは平気ですよ。実際、彼女は一度はあなたのデスクまで来ているんですからな。常識で判断することは最も危険なことなんです。しばらくは酒も控えてください。アルコールは警戒心を緩めますから」

青ざめた私の肩を、菅原が強く叩いた。

「とはいえ、必ず女はあなたに接触してきます。そうしないではいられないんですな。もちろんその女は、あなたが警察に相談していることも知るでしょうし、警備がついていることにも気がつくでしょう。しかし、接触してこずにはいられんのです。それがストーカーと呼ばれる連中の哀れなところでもあり、限界でもあるんですな」

菅原が咳《せ》き込むような笑い声を上げた。

「原田もそんなことを言ってました」

「捕まえるまでにそれほど時間は必要ないでしょう。これはわたしの経験からいっても間違いありません。辛いかもしれませんが、もう少しだけ辛抱してください。それから、あまり考え込まないように。よろしいですね」

何度も頭を下げて、私は警視庁を出た。振り向くと、菅原刑事がズボンのポケットに手を入れたまま空を見ていた。虚ろな表情からは何を考えているのかまったくわからなかった。

## 四

風は相変わらず強かった。

私は地下鉄の駅へと急いだ。不意に、原田の死が重くのしかかってきた。もちろん、原田が殺されたことは菅原の説明で十分にわかっていた。だが、どこか現実味がなかった。私は原田の死を直接見てはいない。事情を聞かれては答えるという繰り返しの中、考える時間もなかった。自分のことを考えるだけで精一杯だった。警視庁庁舎を出た今、初めて何が起きたのかを認識できるようになっていた。

(原田が死んだ)

その想いが、私の歩みを止めた。原田は殺されたのだ。リカに。そして、それは明らかに私のせいだ。こんな事件に巻き込んだ私の責任なのだ。どうすればいい。どう詫びればいいのだろう。自分のあまりの無力さに、声を上げて泣きたくなった。だが、泣いたところでどうにもなりはしない。そのことも私にはよくわかっていた。

私は足を引きずって歩き始めた。目の前に地下へと続く階段がある。降りようと足を踏み出したとき、内ポケットの携帯電話が震えだした。

小刻みに震える携帯電話を握りしめて、私は降りかけていた階段を昇った。地下に入っても電波はつながらないこともないが、やはり外に出た方がよく聞こえる。

「もしもし」

「だーれだ」

反射的に辺りを見回した。通りを車の群れが行き交う。停まっていたタクシーの中で、目をつぶったまま腕を組んでいる運転手の姿が見えた。立ち止まって煙草に火をつけているサラリーマン、バッグを振り回しながら元気に歩いている二人のOL、大声で何か話しながら小走りに行き過ぎる若い男女。風で乱れる髪の毛を気にしながら笑い合う三人の女。

「本田さん、何してんの」

リカだった。

「どこにいる」

私の問いにリカは答えなかった。同じ質問を繰り返す。

「ね、何してんの」

「お前には関係ない」

吐き捨てるように私は答えた。

「本田さんも、警察なんかに用事があるんだね」

答えずに私はもう一度左右に視線を送った。通りの向かい側には法務省の赤レンガ棟が立っている。その隣には裁判所合同庁舎があった。窓ガラスの向こうには誰がいるのだろうか。人の波が目の前を通っていく。どこだ、どこにいる。人間が隠れられそうな場所を探したが、向こうはどこからでも電話をかけられることに気がついて諦めた。とにかくリカは近くにいる。

「お前のことで話をしてきたんだ。警察が動いてくれるそうだ」

脅かしたつもりだったが、リカには通じなかった。

「何のこと？　リカ、よくわかんないよ」

「わからないわけがないだろう」

地下鉄の階段を上がってきた若い女が、避けるようにして私の前を通り過ぎた。

「なぜあんなことをした。なぜ原田を殺したんだ」

「殺す？　何だかなあ、本田さん、いったいどうしちゃったの」

含み笑いが電話の奥から響いた。

「今までのことはともかく、お前がやったことは立派な犯罪なんだぞ。もう逃げられはしない」

強烈な怒りが声を大きくさせていた。「悪いことは言わないから早く自首するんだ。その方がよっぽど」

「ねえねえ、どうしちゃったのよ」リカが私の言葉を遮った。「何の話してるのかな。リカ、ちっとも意味わかんないよ」

相変わらずリカの声は明るかった。なぜこんなにも明るくいられるのだろうか。

「いいか、よく聞け」

送話口に向かって吠《ほ》えた。行き過ぎようとした老人が不思議そうに私を見たが、それどころではなかった。

「自分がしていることをよく考えろ。お前のしたことは許されることじゃない。だが、これ以上罪を重ねることはもっと許されないことなんだ。わかるかリカ、自首するんだ。怖いのなら俺が一緒に警察に行ってやる。だからもうこんなことはやめるんだ」

大きな笑い声が響いた。

「やだよ本田さん、そんなに深刻な声で、何言ってるのかよくわかんないし。ねえ、疲れてるんじゃないの? リカのことばっかり考えてるからそうなっちゃうんだよ。気持ちは嬉しいけど、あんまり考えすぎない方がいいと思うけどな。そうは言っても、リカは毎日本田さんのことばっかり考えてるんだけどね」

電話を握っていた手が汗で滑る。どうすればいい。どうすればこの女を説得できる。捕まえることができる。

「頼む、リカ、お願いだから俺と一緒に警察に行こう。もちろん俺にも責任はあるんだから、そうするのは当然のことだ」

何を言っていいのかわからないままに、私はリカを説き伏せようと試みた。

「いや、もしかしたらすべてが俺の責任なのかもしれない。そうだとしたらなおさらだ。な、頼む、リカ。俺はお前の力になりたいんだ」

一息にそこまで話したところで息が切れた。リカは何も答えようとしない。

「リカ」

呼びかけた電話の向こうでリカが泣いていた。

「嬉しいよ、本田さん」絞り出すような声でリカが言った。「リカ、男の人にそんなこと言ってもらったことない」

そうじゃない、そういう意味ではないのだ、と言おうとして私は言葉を呑み込んだ。リカは明らかに勘違いしている。だが、その勘違いを利用できないだろうか。何でもいい、とにかくこの女を警察に引き渡さなければならない。今説得しなければこちらから連絡が取れない以上、どうすることもできないのだ。私は言葉を続けた。

「わかってくれて嬉しいよ。リカ、今どこにいるんだ。これからすぐ会って、二人で警察に行こう」

「なんで警察なの？　本田さんと初めてのデートなのに、どうして警察なんかに行かなきゃいけないの？」

声の調子が一変して、不機嫌な子供のようになった。

「デート？　そう、デートだよ」どう言えばいいのだ。「頼む、リカ、一生のお願いだ。今から会ってくれ」

会いたいんだ、お前に会いたい。私は叫んだ。何も返事はない。

「リカ！」

長い沈黙の後に、リカがぽつりとつぶやいた。

「あたしだって会いたいよ」

それだけ言って、また黙り込む。

「だったら」

「でも、今日は駄目」

もう、本田さんったらいっつも急なんだもん、とリカがくすくすと笑った。さっきまでの泣き声が嘘のようだった。

「自分の都合ばっかり。そりゃ、いつだってリカは本田さんに会いたいけど、でもやっぱり仕事とか、いろいろあるでしょ。今日はどうしても駄目なんだよ」

もう限界だった。我慢できずに私は怒鳴りつけた。

「うるさい。仕事なんか関係ない。お前がやったのは人殺しなんだぞ。わけのわからないことを言うのはやめて、さっさと出てこい」

「ねえ、いいかげんにしないとリカだって怒るよ。そっちこそわけわかんないよ。リカが誰を殺したっていうのよ」

暗く、そして冷たい声だった。巫女《みこ》が祝詞《のりと》を上げているような重い響き。

「原田だ。わかってるだろ、俺の友達の、探偵事務所の男だよ」

また沈黙が続いた。

「リカ」

「あいつ、すごい嫌な奴だった」

私の呼びかけに応えているのではなかった。自分の中の誰かと話しているような、そんな声だった。リカの中の憎悪の念が、体中から噴き出しているのがわかった。

「すごく、すごく嫌な奴。関係ないのに、リカのことつけまわして、本田さんとリカのこと邪魔しようとした。何様なのよって思った。本田さんだってそう思ったでしょ？」

いつまでもこの声を聞いていたら、その圧力で私は押し潰されてしまうだろう。耐え切れずに叫んでいた。

「やめろ、もういい」

だがリカは呪いの言葉を吐き続けた。

「すごく不愉快で、いらいらしてすごくいらいらしてでもずっとリカ我慢してたんだよずっと我慢してた。だけどあいついつまで経ってもずっとリカのこと追いかけてきてもう許せないと思って許せなかった」

「リカ、お願いだ」呪詛《じゅそ》にも似たリカの声は、物理的な力となって私の体を押し包んでいた。

「今どこにいる。迎えにいくから」

「また電話するね」

がらりと声が変わった。異様に明るい声だった。

「リカ、待ってくれ」

「いつでもリカは、本田さんのことを見てるよ」

いきなり電話が切れた。私は携帯電話の〝コウシュウ〟という表示を確認してから周りを見た。近くにある電話ボックスには誰もいない。どこからあの女は電話をかけてきたのだろう。

地下鉄の入口に立ち尽くしたまま、私は携帯電話を握りしめた。

## 五

私はすぐに警視庁庁舎に引き返し、再び受付で菅原刑事を呼び出した。すぐに降りてきた菅原が、信じられませんなとつぶやいて、また私を六階の小部屋へと案内した。

「署を出た途端に連絡してくるなんて」不機嫌な声で刑事が沈黙を破った。「馬鹿にするにもほどがありますな」

「やはりあの女は、私を見張っているんですね」

どうやらそのようです、と言って菅原が椅子に腰掛けた。

「先ほどあなたからもう一度こちらに来るという電話をもらって、すぐに電話局に依頼したんですよ。今、発信元がどこなのか調べてもらっています。おそらく近くのビル内にある公衆電話からだと思いますが」

今までのリカの電話がどこからかけられたのか調べようとしていたので、ある意味ではちょうどよかった、と菅原が眉を上げた。

「昔はよかったですな」しみじみとした声だった。「電話といえば二種類しかなかった。家庭用と公衆電話を含めた業務用の二つです。どちらにしても通話記録は残りました。ところがねえ」

「携帯ですね」

私たちは同時にため息をついた。

「いやまったく。携帯電話の発明は、私ら警察にとってもありがたいんだが、犯罪者側にとってもそのへんの事情は同じです。逆探知なんてものが通用するのは、今じゃ映画の中だけですよ。指紋の存在が一般的になって、誰でも盗みに入るときには手袋をするようになったのと同じです。罪を犯す連中は、連絡を取るのには確実に携帯電話を使いますな。それどころかプリペイド電話や架空名義の電話まで使うようになってきた。困ったもんです」

私はうなずいた。プリペイド電話にしても架空名義の電話にしても、購入するときに身分証明の必要がないので、たとえ電話番号がわかったとしても誰からかかってきたのかまったくわからない、と原田も言っていた。それでは警察としても対処は困難だろう。

「警察も打つ手がないわけじゃないんですよ。GPSを使えば、携帯電話でかけてきたとしても位置の測定は可能です。しかし、自宅からかけているのならともかく、外からの場合はわかったところで意味はありません。場所の特定ができた頃には、電話の主はその場所を去っていますからね」

しかし、無駄だとわかっていてもやらなければならないのが私たちの商売です、と菅原が淡々と言葉を口にした。

「とにかく、電話とメールについては現在調査しているところで、特に出会いサイトの方は登録者名簿もありますから」

「無意味でしょうね」私は菅原の話を止めた。「出会いサイトに住所や名前を登録するのは男の方だけで、女性には登録義務はありません。義務がある場合でも、偽名で登録することは十分に可能です。現に、僕も偽の住所や電話番号で登録していました」

そうかもしれませんが、万が一ということもありますから、と菅原が微笑を浮かべた。

「わかっちゃいますが、それでも確かめて悪いことはないでしょう。また、そういうところから案外手掛かりが摑めることもあるんですよ。どちらにしても、可能性を潰していくのが我々の仕事です。何かわかったら連絡します。あなたも、どんなことでも結構です、手掛かりになるようなことがあれば我々に教えてください」

必ずそうします、と私は約束して立ち上がった。


その後、菅原刑事からは一日に何度か連絡が入るようになった。捜査は進んでいないようだった。捜査会議の席上、原田と私、そしてリカとの関係について述べたが、耳を貸す者はいなかった、と菅原は言った。

「探偵事務所を調べたんですがね、残された調査記録にはあなたの名前も、雨宮リカの名前もありませんでした。原田は、部下たちには緊急の調査でしばらく留守にする、とだけ言い残していたそうです。自宅にも何もありませんでした」

昔から事務能力はありませんでしたからね、と言う私に、そうですなあ、と菅原が相槌《あいづち》を打った。

「もうひとつ、タクシーのことがありましてね。表参道でのあなたと女の件を、都内すべてのタクシー会社に照会したのですが、どこからも答えがない。ということはそもそもの話自体が怪しいのではないか、というのが上の意見なんですよ」

「そんな馬鹿な」

あのときの運転手の顔を、私ははっきりと覚えている。彼にしても同じだろう。忘れることができるとは思えなかった。

「本当にあったことなんです。あのとき、私は」

やんわりと菅原が言葉を挟んだ。

「たぶん、係わりたくないんでしょうな。面倒なことは避けたい、とその運転手は思っているんでしょう。いや、もしかしたら脅えているのかもしれません」

「脅える？」

「その女にですよ」淡々とした調子だった。「昔話を思い出したんですがね、ほら、あれは雪女だったかな。あたしを見たことを誰かに話したら、あなたの命はありませんよ、という話です」

そんな、と言おうとした私の舌が急にもつれて動かなくなった。

「この世には、係わり合うすべての者に禍《わざわ》いをもたらす者がいる、ということですよ。また連絡します」

電話が切れた。それからしばらくの間、菅原の言葉は澱《おり》のように私の中で静かに揺らめき続けた。

リカからの連絡もなかった。にもかかわらず、私はそれまで以上に電話の音に脅えるようになっていた。会社でも、通勤途中の電車の中でも、外出しているときでも、近くで携帯電話の着信音が鳴るたびに体の動きが止まった。動悸が激しくなり、ひどいときには貧血のような状態になって倒れてしまいそうになることもあった。

いつまでもこんな状態が続くぐらいなら、実際にリカからの電話があった方がどれだけ楽になれるだろう。いつの間にか私はそう考えるようになっていた。その意味ではリカからの電話を待ち続けていたともいえる。

そうか、これが望みだったのか。だとしたらお前の勝ちだ、リカ。俺は今、お前からの電話を待っている。

# 六

妻から会社に連絡があったのは、私が警視庁を訪れた日から数えて五日目の夕方だった。

「ごめんね、突然」

「いや、いいけど。どうした」

その電話を受けたときから、嫌な感じがしていた。理由もなしに電話をかけてくるような女ではない。何があったのだろうか。

大したことじゃないんだけど、といくらか口ごもりながら菜子が言った。

「亜矢がまだ帰ってきてないのよ」

私は壁の時計を見た。四時五十分。

「そうだな、ちょっと遅いかもしれない」何気なさを装って私は答えた。「だけど、また友達の家にでも寄ってるんじゃないのか」

亜矢は人見知りをあまりしない子なので、小学校の帰りに誘われて友達の家に寄ることはよくあることだった。

「だったらいいんだけど、久保田さんのお宅にも、丸山さんのところにもいないのよ」

久保田、そして丸山というのは、亜矢が通っている小学校の同級生の名前だ。まず娘同士が仲よくなり、今では母親たちも含めて家族ぐるみでのつきあいが始まっている。

「電話したんだけど、今日は来てませんよって」

私は電話を顎の下に挟んだ。

「でも、他の友達の家かもしれないだろう。学校には連絡したのか」

「したわ。お昼にごはんをみんなで食べて、少し遊んでから帰ったそうよ」

「心当たりはないのか」

「ない。三時を過ぎるなんて、今までなかったのよ」

今にも泣きだしそうな声だった。

「わかってる」

私は受話器を握り直した。大したことではない、と考えようとした。子供の帰りが遅くなる理由は無数に考えられる。時間を忘れて遊びに没頭できるのは子供だけの特権だ。道草を食っているのかもしれない。新しい友達ができたのかもしれない。本屋でマンガを立ち読みしているのかもしれないし、もしかしたらまだ学校のどこかで遊んでいるのかもしれない。どんなことでも考えられるのだ。私も昔はそんなことが何度もあった。そのたびに心配した両親に怒られ、泣きべそをかいたものだ。

心配することはない。何も心配はいらないのだ。だが嫌な予感はどんどん膨れ上がりつつあった。どうすることもできないほどに、その予感は私の中で巨大になっていった。

「いいか、小学校にもう一度連絡して事情を話すんだ。クラスの子供全員の家に聞いてもらう必要があるかもしれない。あの子を最後に見たのが誰かわかれば手掛かりになる。俺も今から会社を出るから、一緒に捜しに行こう」

「そんな。そこまですることないわ」妻が驚いたように言った。「ただちょっと気になって、電話してみただけなのに」

「心配じゃないのか、お前は」

私の語気の鋭さに葉子が気圧《けお》されたように小さな声を上げた。

「それは、心配だけど」

「とにかく、すぐ帰る」

そう言って私は電話を切った。すっかり諦めたような上司の顔が目に入ったが、何も言わずに私は会社を後にした。


家に帰り着くまでの間に、電車の中で携帯電話が二度鳴った。どちらも、亜矢はまだ見つからないという葉子からの連絡だった。私の不安が伝染したのか、妻の言葉も乱れがちだった。すっかり動揺している。特に二回目の電話のときには、自分が何をすればいいのかもわからなくなっているようだった。

「学校に連絡はついたのか。小見山先生は」

車両が大きく揺れた。私は担任の名前を言いながら吊り革を強く摑んで、体の平衡をとった。

「うん。それは心配ですねって、今先生がクラスの連絡網で亜矢を捜す電話をしてくれてる」

涙声で葉子が言った。電波の状態が悪い。私は送話口に向かって声を張り上げた。座っていた中年の女が私を見上げたが、睨み返すと女は黙って目を伏せた。

「ねえ、警察に連絡した方がいいのかしら」

「今、永福町《えいふくちょう》の駅を出たところだ」

私は窓の外を見た。いつの間にか、辺りはすっかり暗くなっている。電車が駅のホームから出ていくところだった。こんなにゆっくりとしたスピードだっただろうか。運転手が、わざと速度を上げないでいるとしか思えなかった。

「もうしばらくすれば久我山の駅に着く。お前はもう家を出て、車で迎えにきてくれ。その足で警察に行こう。いや待て」

わかったわ、と答える葉子を制した。

「待て、お前は運転するな。俺が駅からタクシーで帰るから、車で待ってろ。いいな」

こんな状態の葉子に運転をさせたくなかった。

「車で待ってればいいのね」

「その方がよさそうだ。小見山先生には、お前の携帯電話の番号は伝えてあるのか」

伝えてない、という葉子の言葉と、次は久我山、次は久我山、というのんびりしたアナウンスの声が重なった。

「学校に電話して、今から警察に行くので何かあったら携帯に連絡してくれるように伝えるんだ」

わかった、という葉子の声が聞こえにくくなっていた。私の声は届いているのだろうか。

「いいな」

私の言葉には答えずに、早く帰ってきて、とだけ葉子が言った。

「わかってる。もう着く」

答えたとき、電話が切れた。


駅からタクシーを飛ばしてマンションの駐車場に入ったとき、車の助手席に座っている妻の姿が目に入った。体が一回り小さく見える。タクシーを降りて車の窓を叩いた。葉子がウインドウを下ろした。

「連絡がないの」

それだけ言うのがやっとだったのだろう。いきなり葉子の目から大粒の涙が溢れた。

「泣くな」私は静かに言った。「子供にはよくあることじゃないか。遊んでいてついつい遅くなったり、このまま帰ると怒られると思って隠れていたりする。よくある話だ。心配するな」

だって、と葉子が口の中でつぶやいた。流れる涙を拭おうともしない。

「あの子はそんな子じゃないわ。連絡もしてこないなんて」

「わかってる。そうは言っても今までなかったからといって、これからもそうだとは限らないだろう」

そうね、と言いながら葉子が首をゆっくりと左右に振る。態度とは裏腹に、私の言葉を信用できずにいることが、憔悴《しょうすい》した表情からはっきりと見て取れた。

「とにかく、心配するな」

私は運転席のドアを開けた。自分に言い聞かせるようにもう一度口の中でつぶやいた。大丈夫だ。あの子は大丈夫だ。

エンジンがかかった。駐車場を出ようとアクセルを踏もうとしたとき、葉子の携帯電話が鳴った。

「もしもし、ああ先生。亜矢は」

電話に出た葉子が泣きながらうなずいた。

「どうした、見つかったのか」

妻は携帯を耳に当てたまま激しくかぶりを振った。

「先生か」

電話を取り上げようとしたが、葉子は大きく肩を振って私の手を払った。相手の話をすべて聞くまでは私に電話を渡すつもりはないようだった。しばらくの間、返事をする声だけが車内に響いた。

「すいません、待ってください」

電話機を胸で押さえるようにしながら、葉子がようやく私の方に向き直った。

「見つかってはいないわ。ただ、亜矢と遊んでいた子がわかったって。西岡《にしおか》さんのお嬢さん、弘《ひろ》子《こ》ちゃんが」

「替われ」私は葉子の手から携帯電話を取り上げた。「もしもし、亜矢の父親の本間ですが」

「あ、お父さんですか。はじめまして、担任の小見山です」

落ち着いた女性の声が聞こえた。

「いつも娘がお世話になっています。それで先生、亜矢を見た子がいるんですね」

「ええ、西岡弘子ちゃんという子です。同じクラスの生徒なんですけど」要領のいい話し方だった。「学校が終わってから一緒に遊んでいたそうです。わたし、今からその子の家に行ってみようかと思ってるのですが」

「私たちも行きます」

反射的に言葉が出た。警察よりもこちらの方が先だ。

「先生は今学校ですよね。西岡さんの家はご存じなんでしょうか」

「ええ、家庭訪問で二度ほど行っていますから」

「今から私の車で先生を迎えにいきます」

私は車に備え付けられているデジタル時計を見た。五時五十分。

「十分ほどで着くと思います。そのまま西岡さんのお宅に向かうということでいかがでしょう」

お待ちしています、と小見山先生が答えた。心配している様子がはっきりと伝わってくる。では後ほど、と私は電話を切った。葉子が着ていたトレーナーの袖で涙を拭った。

## 七

学校に到着するのに五分とはかからなかった。駐車場に回ると、四十代半ばのやや小太りだが、いかにも子供に好かれそうな女性が立っていた。落ち着きなく歩き回っては腕の時計を見るという動作を繰り返しているのが、遠目にも見て取れた。

「先生よ」

葉子が小声で言った。すぐに向こうも気がついて、小さく手を振った。妻が車を降りて、こちらです、と手招きする。小走りに近づいてきた先生が挨拶だけを簡単にした。葉子がドアを開けて、小見山先生を後ろの座席に乗せた。

「心配ですね」

それだけ言って、先生が道を指示した。説明は簡潔でわかりやすかった。頭のいい女性だ、と思った。私はウインカーを出して車道に出た。

西岡家は学校から車で五分ほど走ったところにあった。それほど大きくはないが、庭もついている一軒家だった。小見山先生がドアをノックすると、すぐに開いて子供が飛び出してきた。

「せんせい」

そのまま小見山先生の太い二の腕にしがみつく。

「あらあら」後を追うようにして中年の女性が出てきた。母親だろう。「弘子、駄目でしょう、離れなさい」

いやいやをして、子供が必死で腕にしがみつく。

「すみませんね先生。もう、すぐ甘えるんだから」

軽く頭を下げた母親に、小見山先生が私たちを紹介した。

「先ほど電話でお話しした、本間さん。亜矢ちゃんのご両親です」

「はい。いつも弘子が遊んでいただいてるそうで」

葉子に向かって母親が微笑んだ。葉子も、曖昧な様子で笑いかける。どうやら、顔は知っているが話したことはない、という程度の間柄のようだった。

とにかく、ここでは何ですから、と母親が大きく玄関の扉を開いた。

「どうぞ、入ってください」

私は何も言わずに会釈《えしゃく》だけして靴を脱いだ。遠慮をしている余裕はなかった。葉子と、子供を腕にぶらさげたままの小見山先生が後に続く。中に入ると焼き魚の匂いがした。もう夕食時なのだ。

「ごめんなさいね、片付いてなくて」母親がテーブルに置かれたままの新聞紙をマガジンラックに突っ込んだ。「もう、子供がいると落ち着かなくて」

「あら、それは家《うち》も同じです」

妻が答えた。母親同士が、お互いにだけわかる笑みを交わし合った。

紅茶でいいですか、と言いながら母親がティーカップを並べ始めた。お構いなく、と言って私は子供の方を向いた。

「弘子ちゃん、弘子ちゃんだよね」

話しかけると、恥ずかしそうに子供が先生の後ろに隠れながらうなずいた。

「いつも亜矢と遊んでくれてありがとう」

また、子供がうなずく。

「今日は、どこで遊んでたのかな」

「がっこう」消え入りそうな声だった。「すなば」

「そうなんだ、何時頃かな」

すがるような目で子供が先生を見上げる。

「そうですね、お昼ごはんを食べて、みんなでちょっと遊んだ後ですから、一時頃だったと思います」

小見山先生が代わりに答えた。そのまま子供の方を向く。

「ねえ、先生に教えてくれる？　ひろちゃんは、あやちゃんと二人で遊んでたの？」

「りょうくんもいて、だいちゃんもいたけど、かえったの」子供が嬉しそうに返事をした。「だからあやっちとふたりで、おしろつくってたの」

私への返答は単語だったが、先生からの質問にはちゃんと文章で答える。私が聞くより、小見山先生に尋ねてもらった方がいいようだった。私は目配せをして、その先を促した。

「そうなの、楽しかったね」先生がしゃがみこんで、子供と目線を同じ高さにした。「お城はうまくできましたか」

弘子がうつむいて床を蹴った。

「むずかしかった。すぐこわれちゃうの」

「そう、それで？」

「おばちゃんがきた。しらないおばちゃん。いっしょにおしろ、つくったの」

小見山先生が私を見た。

「おばちゃんって誰かな？　知らない人だったの？」

「しらない。マスクしてた。かぜひいてたのかな」

子供が首を振った。

「どんなおばちゃんだったかな。ひろちゃん、覚えてる?」

「おっきいの。すごくおっきかった」

天井を指さす。胸が苦しくなった。押し潰されそうだ。やはりそういうことなのか。

「大きいおばちゃんだね。あとは、覚えてることはない?」

「それでえ、おばちゃんがあやっちとあそんで、ひろこはひとりになっちゃって、つまんないからかえってきちゃったの」

子供が手を伸ばして、母親の指を掴んだ。母親はにっこりと笑ってその手を握り返した。

「お母さん、弘子ちゃんは何時頃帰ってきたか、覚えてますか」

先生が聞いた。

「さあ、よくは覚えていませんけど、三時少し前だったような気がします」

母親が時計を指さした。六時半。既に三時間半が経過していた。

「ねえ、弘子ちゃん」私も先生を真似てしゃがみこんだ。「亜矢とそのおばちゃんは、どんな話をしていたのかな」

「しらない」子供が先生のスカートに顔を埋めた。「わかんない」

私は子供の腕を取ってこちらを向かせた。

「お願いだから思い出して、おじさんに教えてくれないかな。亜矢とそのおばちゃんは、どんな話をしていたんだろう」

「本間さん」小見山先生がかばうように子供を胸に抱きしめた。「お気持ちはわかりますけど、焦らないほうが」

慌てて摑んでいた子供の両手を放したが遅かった。摑まれた痛みと、それよりも私への恐怖のためだろう、子供が火がついたように泣き始めた。

「ごめんね。ひろちゃん、ごめんね」泣き喚く子供をあやすように、小見山先生が両手で優しく少女の手を包むようにした。「でも、怖くないよ、怖くないからね。先生いるでしょ、お母さんいるでしょ。だから、大丈夫、わかるよね」

子供が洟をすすり上げながら、ひとつこくりとうなずいた。静かな声で先生が続ける。

「ね、全然平気。だから泣かないで、ひろちゃんが泣くと先生も悲しくなっちゃうよ」

腰を屈めた小見山先生が子供の目尻に溢れた涙を指で拭った。涙を堪《こら》えようと、子供が大きく息を吸った。

「ほら、もう大丈夫。ひろちゃんは平気だよね。我慢できるね、怖くないから。先生、ひろちゃんのこと大好きだよ。だから泣くのやめて、先生のお話聞いて、ね」

小見山先生が子供の目をじっと見つめた。泣いていた子供の呼吸がだんだんと落ち着いていき、そして照れたように笑みを浮かべた。

「いい子ね、ひろちゃん」

先生が満足げにうなずいて、子供の肩をそっと抱いた。

「先生から聞いていただけますか」

私は額の汗を拭った。小見山先生が小さくうなずいた。

「ひろちゃん、そのおばちゃんは、先生よりもおばちゃんだったかな」

「わかんない」

急に大人びた表情になって、子供が首を振った。

「じゃあ、お母さんよりもおばちゃんだったかな?」

「わかんない」

また子供が首を振る。母親が嫌そうな表情を浮かべた。

「そうなの。じゃあどんなおばちゃんだったかな」

「あのね、あのね、すごくくさいの」勢い込んで子供が口を開いた。「とむちゃんのおしりみたいなの」

「家の犬です」恥ずかしそうに母親が説明した。「もう、馬鹿なこと言って。そんな女の人、いるわけないでしょ」

「あやちゃんとそのおばちゃんは、ずっとお砂場にいたの?」

「わかんない。ひろ、かえっちゃったから。そのときはいたけどね」

「どっちに行ったかは覚えてるかな」

わかんない、と子供が首を振った。もういいでしょ、というような目で左右を見る。かばうように母親が前に出た。

「これ以上は無理でしょうね」小見山先生が子供の手を握ったまま立ち上がった。「大きくて、変な臭いのする、マスクをつけたおばちゃん。わたしには何のことだかさっぱりわかりませんが、思い当たることはありますか」

いいえ、と葉子が首を振った。私も同じように肩をすくめたが、もちろん心当たりはあった。最初からわかっていた。リカだ。あの女が、亜矢を連れ去ったのだ。

八

「大人が関係していることは確かなようですから、万一ということもありますし」

小見山先生が腕を放すと、子供が母親の肩にぶらさがった。

「余計なことかもしれませんが、警察にも一応連絡しておいた方がいいのではないでしょうか」

手で顔を覆った葉子がフロアに座り込んで嗚咽《おえつ》を漏らした。驚いたように見つめる娘を母親が抱きしめる。

「ええ」

私は内ポケットから携帯電話を取り出した。フリッパを開いてから重要なことに気がついた。亜矢がいなくなったことは確かだが、それでもまだ四時間も経っていない。常識的に考えて、この段階で警察が動きだしてくれるだろうか。期待はできなかった。〝大きなおばちゃん〟の存在があるにしても、それだけで説得することは難しいだろう。その女がいたと証言しているのは子供だけなのだ。

だとしたら、所轄の警察に連絡するよりも、事情がわかっている菅原に電話する方がいいのではないだろうか。菅原ならこの事態に対応してくれるだろう。もちろん、その場合は葉子にすべてを話さなければいけなくなるが、この際そんなことは言っていられなかった。何よりも優先されるべきなのは亜矢なのだ。

私が警視庁の直通番号を押し始めたとき、携帯電話が小刻みに震えだした。慌てて着信ボタンを押す。

「もしもし」

「本間隆雄さんの携帯でしょうか」無気質な男の声が響いた。「緑風荘《りよくふうそう》病院ですが、本間亜矢ちゃんの保護者の方ですね」

「父親です」私は電話を強く耳に当てた。「亜矢のことを知っているんですか」

「こちらの病院におりますが」

当たり前のことを聞くな、と言わんばかりに男が答えた。

「事故にでもあったんでしょうか」

自分の声がどこか遠くから聞こえてくるようだった。

「いえ、怪我《けが》はありません」

「そちらにいるんですか」

「それは先ほども申し上げましたが。本間亜矢ちゃんはこちらの病院におります」

言葉の意味を理解するのと同時に、腰の下から力が抜けた。私はフローリングの床に座り込んでいた。

「今、どちらですか」

男の声が聞こえた。

「近くです。近くにいます」

緑風荘病院は、この辺りでは最も大きい総合病院だった。

「車ですので、すぐそちらに伺えますが」

「そうですか、それではお待ちしております。私は井関《いせき》と申します。この時間だと」男の声が遠ざかって、また戻ってきた。「受付に言っておきますので、指示に従ってください。それでは」

それだけ言って男が電話を切った。呆然としている私に、這うようにして葉子が近づいた。

「誰なの」

「病院だ」

息を呑む妻の顔が歪んだ。私は葉子を抱き寄せた。

「亜矢は無事だ」

手放しで泣きだした葉子を、私は両手でしっかりと抱きしめた。

## 九

緑風荘病院は小学校と駅のちょうど真ん中辺りに位置している。私と妻は、大丈夫ですから早く行ってあげてください、と固辞《こじ》する小見山先生を学校まで送り届けてから病院に向かった。通り過ぎる車のヘッドライトが私の目を突き刺していく。辺りは暗く、車の中は震えるほどに寒かった。だが、私も葉子も、ヒーターを点けようとはしなかった。

私たちはお互いに黙ったままだった。病院までの十分間が何時間にも思えた。助手席に座っている葉子は、手の中のハンカチを握りしめている。肩先がとても小さく見えた。

「喉、渇いたわね」

葉子が病院に着くまでの間に言ったのはそれだけだった。私は何も答えなかった。言葉を発するにはあまりに疲れすぎていた。

駐車場に車を置いて、夜間入口から病院の中に入った。退屈そうにナースステーションでカルテをめくっている中年の看護婦の姿が見えた。この時間になると面会などの外来者はほとんどいないのだろう。私は名前を言って、井関という人に会いたいのですが、と告げた。

わかりにくいんですけど、と看護婦が出てきて暗い廊下を指さした。

「こちらをまっすぐ行かれて、二つ目の通路を左に折れてください。突きあたりにエレベーターがありますので、地下一階まで降りていただいて、そのまま右手の通路を二十メートルほど行くと病棟があります。井関先生はそちらにおりますので」

井関という男は医師のようだった。私と妻は礼を言って、暗く長い廊下を歩き始めた。緑風荘病院は戦前からある古い病院で、その建物自体に歴史的な価値があると言われている。逆に言えば設備その他は戦前のままであり、老朽化が問題になっていた。

古びたエレベーターに乗り込んだところで、葉子がぼんやりと口を開いた。

「疲れたわね」

「そうだな」

私たちは照れたようにお互いを見やった。何だかものすごく久しぶりに二人きりになったような気がした。

「ずいぶん遅いのね、このエレベーター」

葉子がそう言ったとき、重々しい音がして濃い茶色の扉がゆっくりと開いた。また長い廊下が目の前を横切っている。私たちは教わった通りに右へ向かって進んだ。目を上げると、三人の男が廊下に立っていた。白衣を着た眼鏡の痩せた男、ハンチングをかぶっている小さな老人、そして制服の警察官。

警察官の姿に気がついた葉子が私の手を強く握った。握り返して、男たちに急ぎ足で近づく。白衣の男が手で私を制して、こちらに向かって歩きだした。

「本間さんですね。先ほどは失礼しました。こちらの小児科主任で、井関と申します」

男が機械のような口調で言った。電話で聞いたのと同じ声だ。葉子が夢遊病者のようにおぼつかない足取りで前に出た。

「亜矢は、亜矢はどこにいるんですか」

井関が背後を指でさした。

「眠っています。とにかく、無事ですから」

何も言わずに病室へ向かおうとした葉子を井関が押しとどめた。

「よく眠っていますので。お気持ちはわかりますが、少しいいでしょうか」

答えを聞かずに井関がエレベーターの方へ歩きだした。男たちがその後に続く。慌てて私と葉子も従った。エレベーターホールの脇に小さな待合室があり、井関はそこに入っていった。

「ちょっと先日、腰をやっちゃいましてね」私たちに椅子を指し示しながら医師が座った。「長く立っていると、どうにも痛むものですから。医者の不養生《ふようじょう》ってやつですかね」

「亜矢はなぜこちらにいるんです。何があったのでしょうか」

私は尋ねた。井関医師が立っていた老人を見やった。

「山中さんです」

男がハンチングを取って私たちに軽く頭を下げた。頭がきれいに禿げ上がっている。

「亜矢ちゃんを発見した方です」

発見、という医師の言葉が私を不安にさせた。

「どういう意味でしょう」

だが、井関は何も答えなかった。

「あたしはパン屋をやっておりまして」山中が話を引き取った。「学校の向かいの、山中製パン店。ご存じですか」

大きく妻がうなずいた。

「知ってます。お菓子とかも売ってるあのお店ですよね」

ええ、そうです、と山中が愛想笑いを浮かべた。

「あたしんところは、小学校の購買部にパンやら飲み物やら、いろいろ納品してましてね。腐るもんはともかく、そうでないものは学校の裏手にある用具置き場に置かしてもらってるんです。ジュースとかスナック菓子とか、そういったもんです。でまあ、今日の夕方になって一段落ついたところで、店売りの飲み物が少なくなっていることに気がつきましてね」

「それで」

私はいらいらしながら話の先を促した。

「で、用具置き場にあるストックを取りにいったわけです。そしたら鍵が壊されてましてね、まあ別に盗られるものがあるわけでもないし、鍵なんか壊されていようがいまいが、どうだっていいんですが」

「それで、どうしたんです」

話を遮って、私は井関医師を見た。このままでは朝になってしまうだろう。

「山中さんは、そこで亜矢ちゃんが倒れているのを見つけたんです」

医者が結論だけ言った。山中が井関を睨んで、唇を突き出した。

「びっくりしましてねえ。ジュースのケースやら何やらの陰に、あの子が裸で倒れていたんですよ」

裸で――。

どういうことだ。私は座っている井関と、その隣に立っていた警官の顔を見た。二人とも同時に目を逸らす。

「こりゃ大変だってんで、学校に飛んでいきましてね」気づかずに老人が話を進める。「用務員のおっさんがいたんですが、ここだけの話、あの人ぼけてて、役に立たんのですよ。とにかくいいから毛布出せって怒鳴りつけたら、やっと汚ねえ毛布引っ張り出してきやがって、しょうがないからそいつにくるんで、女の子をここに運んできたっていうわけで」

「我々もびっくりしましてね。いきなりこちらが」井関が山中のきれいに禿げた頭に目を向けた。「病院の玄関で『誰か何とかしてくれ』って怒鳴るもんだから」

「しょうがねえでしょう、あたしだって、どうしたらいいのかわからなかったんだから」

山中が苦笑を浮かべる。井関が説明を続けた。

「すぐに診察しましたが、怪我はありませんでした。ご心配でしょうからはっきり言いますが、いわゆる性的な悪戯の形跡もありません」

医師がわずかに顎を引いた。

「なんでそんなところにいたんでしょうか」

葉子がほっとしたように言いながら目を伏せた。

「本人の意志ではないでしょう。亜矢ちゃんは麻酔薬のようなもので眠らされたと思われます。その後、物置に運ばれたのではないでしょうか」

「誰がそんなことを」

葉子が取り囲んでいる男たちの顔を睨みつけた。

「物置じゃないよ先生、用具置き場だよ」

その場をごまかすように山中が言った。

「そうでした」言いにくそうに井関が言葉を途切らせた。「ただ、肉体的には問題はないのですが、精神的な部分で少し問題がありまして」

いきなり葉子が立ち上がった。顔から血の気が引いている。無視して医師が続けた。

「今、亜矢ちゃんは口が利けません。いわゆる失語症です」

何も言わずに警察官が転がった椅子を元に戻した。立ち上がったまま顔を歪めた葉子の肩に手をやって、座らせながら私は尋ねた。

「どういうことですか」

無意識のうちに、語気が荒くなっていた。

「わかりません」医者が外した眼鏡を白衣の袖で拭きながら言った。「おそらく、何か強いショック、例えば恐怖とかですね、そういうものがお嬢さんに衝撃を与えて、その結果として言葉を発することができなくなっているのではないかと思われます」

何か強いショック。例えば恐怖とか。

井関の言葉が何度も私の中で繰り返された。いったい何があったのだろうか。口も利けないほどに脅えてしまうような恐怖。心臓を冷たい手で摑まれたような感覚が私を襲った。息が詰まる。気分が悪い。溺《おぼ》れそうだ。誰か助けてくれ。

私の想いをよそに、井関があくまでも冷静に説明を加えた。

「ですが、あくまでも精神的な症状ですので、これは一過性のものと診断できます。過去の例から考えても、この状態はそれほど長くは続かないでしょう。一週間も経てば元に戻ると私は思っておりますが」

座っていた葉子の肩ががっくりと落ちた。すすり泣く声が待合室に広がった。

「いったいどうして」

つぶやいた私に警察官が向き直った。

「現在、署の方で捜査会議の招集をかけておりますが、子供さんに対する直接の恨みということではなく、近親者、特にご両親に関して何か問題があるのではないかと我々は考えています。何か思い当たる点はありますか」

とんでもない、というように葉子が激しく首を振った。

「山中さんが先ほどおっしゃっていましたが、亜矢ちゃんは用具置き場で裸のまま倒れていたそうです」警察官がメモをめくった。「着ていた服は下着まで含めて、すぐ脇の体操用のマットの上にきちんと畳んだ状態で置かれていました。その上には通学用のランドセルが載せてあり、犯人が亜矢ちゃんに敵意を抱いていたわけではないことがわかります」

あなた、何か知ってるの、と妻が囁いた。答えずに、話し続ける警察官を見つめる。葉子の顔を見る勇気はなかった。

「ランドセルの中身も、なくなっているものはないようです。これはお母さんが後で確認してください。亜矢ちゃんの住所、電話、緊急の際の連絡先が記入してあるカードが入っておりまして、ご自宅と会社の方にそれぞれ連絡を入れましたが、どちらも不在でした。幸い、お父さんの携帯電話の番号がありましたので、それで連絡を入れたというわけです」

説明を終えた警察官が手帳をしまった。

「事情はそういうことです。お母さん、亜矢ちゃんの様子を見にいかれますか」

井関の言葉に、葉子が弾かれたように立ち上がった。

「山中さん、申し訳ないついでに頼まれてください。お母さんを病室の方に案内してやっていただけますか」

老人が勢いよく先に立って歩きだした。葉子がその後に続く。私も立ち上がろうとしたが、ちょっと待ってください、と私にだけわかるように医者が目配せした。

「まだ眠っているはずなので、起こさないようにしてあげてくださいね」

わかってるよ、という大声が廊下に響いた。小走りで妻が後を追う。

「本間さん、ちょっとよろしいですか」

井関が椅子をずらして私の方を向いた。警察官も腰を下ろす。井関が腰に手を当てて、顔を顰めた。

「実は、奥さんの前では言いにくかったのですが、発見時にもうひとつ問題があったんです」

これ以上どんな問題があるというのだろうか。私は許しを乞《こ》うような目で医師の顔を見た。

「さっき、亜矢ちゃんは裸だったと言いましたが」井関が警察官の顔を見た。うなずくのを確認して先を続ける。「実はお嬢さんの背中に赤いペンキが塗られていまして」

警察官が手帳に挟まれていたポラロイド写真を取り出して私に渡した。病室のベッドにうつぶせになっている亜矢がいた。裸の背中には大きく十字の形に赤い塗料が塗られていた。

「これは」

「意味はわかりません。おそらく犯人からの何らかのメッセージだと思われますが」

震えている私の指先から、井関が写真を取り上げて警察官に返した。

「意味は我々の方が聞きたいですね」

受け取った警察官がちょっと拝むような仕草をして、ポラロイドを手帳に元通りに挟んだ。

「本間さん、正直におっしゃってほしいんですがね。何かご存じなんじゃありませんか」

私は自分の髪の毛を摑んだ。意志とは関係なくゆっくりと頭が落ちていく。分厚い手が肩に置かれるのを感じながら、私は泣き始めていた。

# Click 4　闇

## 一

気がつくと私は病院の外にいた。

玄関にグリーンの明かりが灯されている。私は出入口の脇に置かれていた古ぼけたベンチに腰を下ろした。なぜ私はここにいるのだろう。井関という医師と、あの警察官はどこに行ったのだろうか。ゆっくりと記憶をたどった。

泣き続ける私を見下ろしていた二人が、何かを問いかけ続けている。私は答えられずにただかぶりを振り続けていた。そしてあの山中という老人が病室から出てきて、亜矢の意識が戻った、と告げたのだ。二人は泣き続けている私を置いて病室に向かった。私は立ち上がって、そのままその場から逃げ出したのだった。

体の震えが止まらなかった。恐怖と安堵。緊張と弛緩《しかん》。相反する感情がせめぎあって、一瞬たりとも落ち着くことができない。動揺が体に直接作用している。私は深呼吸を繰り返した。何度同じ動作をしてみても気持ちが落ち着かない。いきなり嗚咽が込み上げてきて、私はそのまま胃の内容物をすべて吐き出した。

リカだ。

もちろん、リカだった。最初からわかっていたことだ。亜矢の友達が言っていた〝大きなおばちゃん〟は、リカしか考えられない。何ということだ。リカが狙ってきたのは私ではなく、娘だったのだ。

自分のことなら、まだ耐えられる。何があったとしても、それは自分の責任だ。だが、亜矢は違う。まだ子供だ。六歳なのだ。何も知らない、無力な子供なのだ。

音がするほど私は力いっぱい髪の毛を掻きむしった。ふと見ると、指の間に何本もの毛がからみついていた。

どうしたらいいのだ。あの女から逃れる術《すべ》はないのか。気が狂いそうだ。ここ数日のうちにあったことを考えると、狂った方がどれだけ幸せだろうか。頭を抱えてベンチにうずくまった。そのとき、胸ポケットに入れておいた携帯電話が鳴った。

私はポケットから電話を出して耳に当てた。出る前から誰がかけてきたのかはわかっていた。

楽しそうな笑い声が聞こえた。

「もしもし？　だーれだ？」

無邪気な声だった。携帯電話を地面に叩きつけたくなる衝動を、私は必死で堪えた。

「リカだな」

「当たり！　すごーい、すぐわかるんだね」

朗らかな笑い声。誰か、この女の笑いを止めてくれ。自分でも何をしでかすかわからなかった。

凶暴な感情が自分の中に膨れ上がっていく。

「なぜだ。なんであんなことを」

舌がもつれて言葉にならない。ようやく、私は声を絞り出した。

「なーに？　何のこと？　リカ、よくわかんないな」

「ふざけるな」

電話を持つ手が痺《しび》れた。血の気を失った手が真っ白になっていた。

「娘だ。亜矢のことだ。なぜあんなひどいことをした」

「どういうことかなあ。一緒に遊んでただけだよ。亜矢ちゃん、すごく楽しそうだったし」

けたたましい声でリカが笑いだした。その声が私の鼓膜に突き刺さる。

「頼む。娘は関係ないだろう。言いたいことがあるのなら、俺に直接言えばいいじゃないか」

「だって、電話に出てくれないんだもん。それに、何だかお仕事忙しそうだから、邪魔したくなかったの」

甘えた声音にまた吐き気が込み上げる。

「とにかく、妻や娘に手を出すな。これはお前と俺との問題だろう。無関係の人間を巻き込むな」

「はーい、ごめんなさーい」

甲高い声が私の耳を抉《えぐ》る。何も答えずにいると、いきなりリカが声の調子を変えた。

「怒ってる？　ねえ、怒った？　怒らないで、リカ、本田さんに怒られたくないの」

哀願するような声だった。今しかない。私は電話を持ち替えた。

「とにかく、一度会わないか。会って話そう、ね」

リカが黙り込んだ。反応を待たずに言葉を重ねた。

「会いたいんだ、リカ。わかるだろ、君だって会いたいんじゃないのか」

「嘘でしょ」つぶやきが漏れた。「そんなこと、あるわけない」

「会いたいよ、本当だ。会いたくてたまらない」

ゆっくりと、低い声で繰り返す。

「……いいの？」

リカが喜びを爆発させた。

「もちろんだよ。どうせなら今から会おう。どこで会う？」

精一杯努力して、私は優しい声を出した。

「ああどうしよう、リカ嬉しくてどうしたらいいのかわかんない」

「どこで会う？」

頭が割れるように痛み始めた。耐えられるだろうか。私はこめかみを押さえながら目をつぶった。もう二度と失敗はできない。我慢するしかないのだ。

「どうしよう、何を着ていこうかな、ねえ、本田さんは今日何を着てるのかな。やっぱりスーツなの？」

「そうだよ」

「うん、わかった、じゃあリカもちょっと大人っぽくしてくね。楽しみだなあ」

こっちもだ、と私は無理やり笑い声をたてた。

「どこで、何時に会おうか。それを決めないとね」

感情を殺して、リカからの返事を待つ。今にも怒鳴り声を上げそうになるのを、ありったけの自制心で堪えた。

「そういうことは、男の人が決めるんだよ。ずるいなあ、本田さん。女の子にそんなの言わせるなんて」

「どこなら、わかるんだ？」

しばらく黙っていたリカが、あのね、と言った。

「豊島園《としまえん》」

「何だって？」

「豊島園。遊園地の。知らないの？」

「いや、知ってるけど」

あまりにも意外な場所で驚いた。クリスマスが目の前のこの季節に遊園地とは。

「やっぱりデートは遊園地だよ。ねえ？」

「ああ、そうだね」

機嫌を損ねまいと私は優しく言った。営業はもう終わっているはずだが、リカには関係ないことなのだろう。私にとってもその方が都合がいい。

「豊島園の駐車場に九時でいい？　ああもう大変、急いでお化粧しなくちゃ」

「九時だな。九時に豊島園の駐車場」

私は時計を見た。八時。ここからなら三、四十分もあれば着くだろう。

「わかった。必ず行くから、リカも遅れないように」

「うん！」

元気いっぱいの子供のような返事だった。

「じゃあ、後で」

「もう切っちゃうの？」

消え入りそうな声でリカが言った。

「もう出ないと間に合わないよ」

これ以上、この狂った女との会話を続けていたら、病院中のガラス窓をすべて叩き割りそうだった。

「そうなんだ。ごめんなさい、リカ、わがまま言わないよ。じゃ、後で。楽しみだな」

「俺もだよ」

「うん、じゃあ、切るね。バイバイ、待ってるから」

私はフリッパを閉じて、ベンチに携帯電話を放り投げた。また体が震え始めていた。

二

震えが収まるのを待って、私は体を起こした。やり場のない怒りだけが体に力を与えてくれた。駐車場に向かう。

妻はまだ亜矢の病室にいるはずだった。いきなりいなくなった私をどう思うだろうか。

私は強く唇を噛みしめた。破れた唇から血が溢れる。鉄の味がした。今は考えないようにしなければ。説明は後からでも間に合う。今しなければならないのは、あの女を捕らえることなのだ。

エンジンをかけて、アクセルを踏み込んだ。いきなり車体が激しい勢いで飛び出す。駐車場の出口にある一時停止の標識を無視して表通りに出た。スーパーのビニール袋をぶらさげた、買い物帰りの自転車にぶつかりそうになった。中年の女が私をものすごい視線で睨むのが、バックミラー越しに見えた。

(落ち着け)

危ないところだった。自制心が利かなくなっている。ここで事故を起こしたら、何の意味もない。

私はアクセルを踏む足を緩めた。約束の時間まで、あと五十分ほどある。路肩に車を寄せて、ハザードのスイッチを入れた。連絡をしておかなければならない。手帳に挟んでおいた菅原刑事の名刺を取り出して、記されている直通の電話番号を確認した。二度目の呼び出し音で相手が出た。

「はい、警視庁強行犯一係です」

「私は東洋印刷社の本間と申しますが」会社名と名前を告げる。「菅原さんはいらっしゃいますか」

やや間があってから相手が答えた。

「すみません、菅原はただいま外出しているようですね」

丁寧な答え方だった。最近の警察は応対もソフィスティケートされている。

「お急ぎでしょうか」

どうするべきか迷ったが、事情を細々と説明する時間はなかった。

「どれぐらいで戻られるんでしょうか」

さあそれは、と軽く相手が笑った。

「それほどかかるとは思えませんが。どうしますか、呼び出してみましょうか」

親切な応対に感謝して、それには及びません、と私は言った。携帯電話の番号なら私も知っている。念のために、と私は自分の携帯電話の番号を告げた。

「戻られたら、こちらの番号に連絡してくださるようにお伝え願えますか」

電話の相手が番号を復唱した。

「わかりました、伝えます」

よろしくお願いします、と言って私は電話を切った。名刺を裏返すと、そこには手書きされた菅原刑事の携帯電話の番号があった。記されている通りに番号を押していく。

「ただいま、電話に出ることができません。用件のある方は、発信音の後にメッセージを残してください」

留守番電話の音声が響いた。これだから警察は当てにならないのだ、と私はハンドルを平手で叩いた。肝心なときに連絡が取れないのでは意味がない。録音が始まる合図の音がした。私は送話口に向かって大きな声を上げた。

「本間です。リカから連絡があり、九時に豊島園の駐車場で会う約束をしました」

私は時計を見た。デジタルの数字を確認する。

「九時に、豊島園の駐車場です。現在時刻は八時十分です。あの女は僕の娘を誘拐しました。捕まえて、そのまま警察に連れていくつもりですが、後のことはよろしくお願いします。先ほど警察の方には伝えましたが、念のために僕の携帯の番号をもう一度言います」自分の携帯電話の番号を二回繰り返した。「このメッセージを聞き次第、連絡ください」

何か他に伝えるべきことはないだろうか。考えている時間はなかった。私はフリッパを閉じて、電話機を助手席に置いた。ハンドルを握る手に力が籠もる。待ってろよ、リカ。今日ですべてを終わりにしてやるからな。

後ろを振り向いた。道路には誰もいなかった。私はハザードの代わりにウインカーを出した。アクセルをゆっくりと踏み込む。車が動き始めた。

## 三

豊島園は閑散としていた。

広い駐車場には数台の車が並んでいるだけだった。考えてみれば既に十二月も半ばを過ぎている。もう季節は冬だった。営業が終了している遊園地に、誰もいるはずがなかった。

私は入口から一番遠い隅に車を停めて、辺りを見回した。ライトを消す。周りに停まっている車はいない。ここなら、リカが近づいてくればすぐにわかるはずだった。

夜の闇が濃くなっている。数メートルおきに並んでいる外灯だけが地面を照らしていた。私は携帯電話のフリッパを開いた。ブルーのライトが液晶画面で光った。八時五十分。約束の時間まではあと十分ある。結局、菅原からの連絡はなかったが、今となってはそれでもよかった。自分自身の手で、決着を付けることの方が正しいことのように思えた。

車から降りて後ろに回った。トランクを開けて、一番上に積んであったゴルフバッグの口を開く。七番アイアンを抜き出した。最も扱いに慣れたクラブだ。軽く二、三度振ってみた。馴染《なじ》んだ手の感触が心地よかった。

運転席に戻って、クラブを助手席に置く。それで私の準備は整った。あとはリカが来るのを待つだけだった。煙草をパッケージからそのまま口にくわえて、しばらく煙を吐き続ける。

殴り倒してでもリカを警察に連れていく。私は改めて自分自身に確認した。もともとそのつもりだった。リカを騙してこの場所におびき寄せたのは、それが目的だったのだ。状況によってはかなりの傷を負わせることもあり得るだろう。だがそれは仕方のないことなのだ、と私は自分自身に強く言い聞かせた。

もちろん、説得できればそれに越したことはない。暴力は苦手な方だ。どういう言葉でも構わないが、リカが納得するように話して、彼女を警察に連れていくことができれば、それが一番望ましい。そこから先は警察の仕事だ。後はすべて任せればいい。

だが、そんなに簡単に話が進むとは思えなかった。既にリカは原田を残酷な方法で殺し、亜矢を誘拐している。原田の調査が正しければ、過去にも人を殺したことがあるはずだ。今までリカが私にしてきたことを考え合わせても、相手は正常な人間ではない。判断力も、事の善悪を把握する認識力も失っているだろう。私の説得をリカが受け入れる可能性は、限りなく低い。

その場合は暴力を行使することもやむを得ない。私は外灯の明かりを受けて鈍く光るアイアンに目をやった。これを使うことになるのだろうか。そうなっても構わない、と思った。そっとグリップを握る。奇妙な安らぎが私を包んだ。とにかく、今重要なのはリカを警察に引き渡すことだった。後のことはそれからでも遅くない。危険にさらされている私の家族、そして私自身を守る手段は他に残されていない。それだけは確かだった。

私は短くなった煙草を灰皿に押し付けた。リカの姿は見えない。無意識のうちに緊張が体を強ばらせている。私はドアを開けて外に出た。大きく伸びをして、固まっている体をほぐそうとした。

「待った?」

そのまま背中が硬直して動かなくなった。ゆっくりと首を動かす。斜め後ろの暗がりからその声は聞こえた。

「どこにいた」

渇いた喉から、しわがれた声を絞り出した。いったいこの女はどうやって私の車に近づいてきたのだろう。外に出るとき、私は周りを見回して誰も近くにいないことを確認していたのだ。どこからやってくるにせよ、気がつかないはずがなかった。いくら陰になっているとはいえ、わからないわけがないのだ。

「ごめんね、遅れちゃって」

暗がりから外灯の下にリカが現れた。相変わらず私の質問には答えようとしない。自分の中でだけ成立している関係性にのみ忠実に従って、リカが横顔で微笑む。私はその姿を改めて眺めた。いったい何歳なのだろうか。二十代半ばと言えなくはないし、五十歳と言っても通りそうだ。

その横顔は、美しいと言えなくもない。整った顔立ち、わずかに愁《うれ》いを帯びた瞳。だが、その瞳に光はなかった。落ち窪《くぼ》んだ眼窩《がんか》の中にあるのは闇だけだった。異様なまでに濁った肌の色。

痩せて乾ききったその肌には、生気というものが感じられない。

リカが唇を歪めた。笑っている。虚ろな笑い。

髪の毛が少し短くなっていることを除けば、まったくその姿に変わりはなかった。着ているものも前と同じだ。花柄のワンピース。他に服を持っていないのだろうか。吐く息が真っ白になるほどの寒さにもかかわらず、コートさえ着ていない。足元を見ると、この前は気がつかなかったが、真っ赤なハイヒールを履いていた。まさか表参道でもこの靴を履いていたのだろうか。

身につけているものはそれほど悪い品ではないように思えたが、明らかに時代遅れであり、それ以上にバランスが悪かった。ハイヒールがきれいに磨かれていることが、その印象に輪をかけている。

そして何よりも、離れていても漂ってくる臭気が私を驚かせた。何という臭いだ。腋臭《わきが》とか、そういう範疇ではない。これは死臭だ。吐き気が込み上げてきて、私は思わず口を押さえた。

「本当に、遅くなってごめんね」リカが小首を傾《かし》げた。「でも、やっぱり一時間じゃ無理だよ。本田さんにはわからないかもしれないけど、女の子はどうしても支度に時間がかかるんだから」

車の前を回ってリカが近づこうとした。同じ距離だけ私は退がった。恐怖のためではない。一歩近づくごとに、倍加する臭いに耐え切れなかったからだ。臭気が束になって襲いかかってくる。リカが口を開くたびに、口臭が突き刺さってくるのが肌で感じられた。

「それ以上近づくな」

耐え切れずに叫んだ。どうして、というようにまたリカが上目遣いに私を見た。荒れた肌が目に入る。顔中の皮膚がまるで質の悪い絨毯《じゅうたん》のようだった。腐肉を思わせるその顔の中で、唇だけがまるで血を吸ったばかりのように鮮やかに赤い。

「近づくな」

同じ言葉を繰り返した。静かにリカの足が止まる。

「話がしたいんだ。君と、話が」

「うん。リカも」

ゆっくりとリカがうなずいた。そのまま車のボンネットに寄り掛かる。信じ難いことだが、声だけは美しかった。可憐《かれん》、と言ってもいいぐらいだ。声だけなら十分に二十代でも通用するだろう。

「なぜ娘を巻き込んだ」私はリカの目を見た。なぜ白眼の部分がないのだろう。「あの子は関係ないはずだ。これは、俺たちの問題じゃないか。なぜあんなことをしたんだ」

視線を合わせないように、リカがうつむいた。

「なぜあんなことをした」

私はもう一度繰り返した。

だって、とうつむいたままリカがぽつりとつぶやいた。

「寂しかったんだもん」

「寂しい？」

「本田さんはいっつも亜矢ちゃんのことばっかり」

顔を上げたリカの瞳からひと筋の涙がこぼれた。

「いっつもいっつも、亜矢ちゃん亜矢ちゃん。わかるけど、仕方ないけど、でも」

込み上げてくる涙を堪えようとリカが唇を結ぶ。沈黙が続いた。

「リカのことも、見てほしかったの」

声が風でちぎれていく。

もしもこの女と私が、いわゆる不倫の関係にあったのだとすれば、言っていることも理解できなくはない。若い女とつきあいながらも、休日には妻子の元に帰ってしまう中年男。女が男の家族を恨むのは、感情としてはわからないでもない。だが、私とこの女の間には何もないのだ。だいたい、リカとメールを交換しているときに、亜矢の名前を出したことはなかった。子供がいるとは書いたが、それが娘だとさえ一言も言っていない。

すべてはこの女が妄想の中で作り上げた仮想現実なのだ。この女は私とのメールのやり取りの中から、自分に都合のいい部分だけをパッチワークのようにつなぎあわせて、自分が安住できる場所を作り上げた。その妄想に合致しない現実は徹底的に排除しようとする。

今、はっきりとわかった。原田の調査は正しかった。二年前の医師殺しは、リカがやったことだ。受け入れ難い現実を拒否するために、リカは医師を殺したのだ。そして私との関係を妨害しているように思えた原田を殺し、邪魔になる亜矢をさらった。もし私がリカの愛を拒めば、そのときはリカはあっさりと私を殺すのだろう。異常に歪んだ自己愛。それがこの女の正体だ。

# 四

私はまっすぐにリカを見据えた。照れたようにリカが顔を背ける。

「いいか、お前と俺は何の関係もない」大きな声で叫んだ。言葉が風にさらわれそうになる。

「今日初めて会うんだぞ。俺に何の責任があるっていうんだ」

「会わなくたって、心は通じるわ。会うことがそんなに重要？　会えないときでも、リカはいつでも本田さんのことを考えてた。本田さんだってそうだったはずよ。自分でもそう言ってたじゃない」

リカが喚いた。パッチワークがきれいに形を作っていく。論旨をねじ曲げてでも、リカは自分に現実を添わせようとする。リカが今もなお、私のことを〝本田さん〟と呼ぶことからもそれがわかった。リカは既に、私の本名を知っている。にもかかわらず〝本田〟として私を認識している。なぜなら、リカに優しく接し、愛の言葉をささやいたのは〝本田〟だからだ。リカにとって重要なのは今ここにいる私ではない。彼女の中に描かれている理想の男性〝本田たかお〟なのだ。

「とにかく、お前がやったことは犯罪だ。原田を殺したことも、亜矢をさらったことも。二年前の医者殺しもだ。わかるだろ、お前は罪を犯したんだ」

「リカ何もしてない」

あどけない口調でリカがつぶやいた。その声音が私の感情に火をつけた。

「亜矢はお前にさらわれたときのショックで口が利けなくなっている。お前、いったい亜矢に何をしたんだ。あの背中の赤い印は何なんだ。どういうつもりであんなことをしたんだよ」

喚きたてる私の声が、誰もいない駐車場に空《むな》しく響いた。

「リカと亜矢ちゃんは遊んでいただけ」涙がリカの荒れた肌を伝って流れる。「悪いことは何もしていない怒られるようなことは何もしていない何も」

殴りつけたくなる衝動を堪えて私は怒鳴った。

「恨みがあるのなら、俺にぶつけてくればいいじゃないか。あの子がお前に何をした。まだ六歳なんだぞ。許されると思ってるのか」

しゃがみこんだリカが幼児のように泣きだした。

「ごめんなさい、そんなつもりじゃなかったの、ただちょっと寂しくて、亜矢ちゃんが羨《うらや》ましくて、それであんなことしちゃったの。リカどうかしていたの、ごめんなさい、もう二度としないから、だからリカを許して」

もういい。

私はリカに一歩近づいた。疲れていた。これ以上言葉を重ねることに、私の体が耐えられなくなっていた。

「いいから、一緒に警察に行こう」

臭気が押し寄せてくる。

「どうして、どうして警察なんかに」ふらふらとリカが立ち上がった。「リカ、そんなに悪いことした？」

「そうだ。お前は自分がしたことを償《つぐな》わなければならない。亜矢のこと、そして原田のこともだ」

「原田って」

当惑したようにリカが言う。本当にわからないのだろうか。

「俺の友達だ。探偵だよ。お前が殺したあの男だ」

これで何度目だろう。私は目をつぶった。何度同じ説明を繰り返したとしても、何を言っているのかわからない、とこの女はいつまでも言い続けるのだろう。

「リカはそんなことしてない」

怒らないで、とリカが首を振った。何もかも面倒になって私は車に近づいた。言葉はすべて空しかった。深いため息が体の奥から吐き出された。

運転席のドアを開ける。腕を伸ばして、助手席のゴルフクラブを取り上げた。

「やめて」リカが頭をかばうように腕を交差させた。「そんなことしないで」

「殺されたくなかったら、さっさと車に乗るんだ」

悲鳴のような自分の声が聞こえた。自制心が利かなくなっている。

アイアンを握る右手を振り下ろしたい誘惑にかられた。殺意が明確な形になって私の心を覆い尽くそうとしている。

いきなり、リカが体を丸めて突っ込んできた。避け切れずにそのまま受け止める形になった。

衝撃。

体が後ろに倒れる。車のバンパーに当たった。息が詰まる。動けない。

「やめてよ、もうやめて」

リカが叫んだ。頭の横から生ぬるい液体が流れていく。指で拭うと赤く染まった。切れたのだ。

ゴルフクラブは右手に握られたままだった。見上げると、リカの長身が目の前に立ち塞がっていた。

「あんなに優しかったのに、どうしてそんなひどいこと」

そう言っていきなりリカが私の顔面を蹴り上げた。避けられない。また倒れ込む。冷たいアスファルトが頰に触れた。鼻の奥で嫌な臭いがした。

「どうして」

ハイヒールが私の右手を踏みつけた。

「どうして」

そのまま踏みにじる。

「どうして」

激痛が走った。叫ぼうとしたが声にならない。

「どうして」

勢いをつけようと、リカが足を振り上げる。私は右手のクラブを左手に持ち替えて、思い切り強く振り払った。鈍い手応えと共にリカの体勢が崩れて、腰から地面に落ちていく。

「何すんのよ」

向こう脛《ずね》を押さえたリカが濁った声で吠えた。顔が醜く歪んでいる。

「ふざけるな、このバケモノ」

アイアンを杖に立ち上がった。右手が焼け付くように痛い。リカが何か叫んだが、私の耳には入らなかった。

「殺されたいのかよ」

言い捨てて、上段に構えたクラブを振り下ろした。リカの脇腹が嫌な音をたてた。骨が折れたのか、異様な絶叫と共に真っ赤な血痰《けったん》がリカの口から吐き出された。

「いいかげんにしろよこの野郎」

叫んで足を飛ばした。リカの顎にローファーが食い込む。顔が後ろに跳ね上がった。後頭部がアスファルトにぶつかって乾いた音をたてる。衝撃で歯が吹っ飛ぶのが見えた。

「ごめんなさい」

唇から息を漏らしながら、リカが呻いた。

「許して」

「許せるかよ」

もう一度アイアンを振り上げて、思い切り顔面を殴りつけた。顔の左側が陥没したのが感触でわかった。鼻と口から同時に血が溢れ出す。リカの体が動かなくなった。同時に、私の体を支配していた凶暴な衝動が、そのときようやく動きを止めた。

崩れ落ちそうになる体をアイアンで支えて、リカの様子を見た。呼吸をしていることは間違いない。殺してはいない。気を失っているだけのように見える。だが、安心はできなかった。

アイアンで強く横腹を突いた。呻き声と空気が同時に口から漏れる。リカの動きはそれだけだった。私はしゃがみこんで、自分の膝を抱きしめた。永遠にそうしていたかった。むやみに喉が渇く。

自分の息が切れていることに気がついて、私はようやく我に返った。いつまでもここにいるわけにはいかなかった。辺りを見回す。駐車場には誰もいなかった。

震えている膝に手を当てた。誰かを思い切り殴るのはいつ以来のことだろうか。覚えているのは中学二年の夏、つまらないことでやりあった同級生の顔だ。私は鼻の骨を折り、向こうは頭を二針縫った。だがそのときも、どこかで理性は働いていたような記憶がある。全力で拳をぶつけていくことへの恐怖があったような気がする。何かの間違いで、必要以上に傷つけてしまうことへの本能的な脅えがあった。

さっきの私はどうだっただろうか。明確に自分の持っているすべての力を振り絞ってこの女を殴り、蹴っていた。殺してもいいのだ、と私の中で誰かが言っていた。いや、殺すべきなのだとさえ思っていたのかもしれない。

殴りつけたときの生々しい感触が、まだ手に残っている。私は震える右手からアイアンを放した。地面に落ちたクラブが音をたてて転がった。

拾い上げたアイアンを助手席に放り込んだとき、なぜかわからないが涙が溢れてきた。後悔なのか、それとも安堵なのだろうか。私はフロントガラスに寄り掛かったまま涙を流し続けた。

しばらく経ってから肩越しにリカを見ると、アスファルトに横たわる体はまったく同じ位置にあった。意識を取り戻す気配はなかった。死んではいないだろうが、骨折ぐらいはしているはずだ。正当防衛なのか、それとも過剰防衛になるのか私には判断できなかった。というより、判断したくなかった。どっちでもいい。とにかく警察に連れていくのが先決だ。あとは彼らに従えばそれでいい。私はリカに近づいた。

理由はわからないが、意識があるときよりも明らかに臭いは薄れていた。口を閉じているために、口臭が漏れていないからだろうか。リカの左手を持ち上げて放す。力を失った腕がそのまま落ちた。完全に意識をなくしていることを確認してから、両方の手首を摑んでアスファルトの上を引きずって助手席へ回る。ドアを開けた。

両脇に手を差し込んでリカの体を持ち上げた。ナメクジを素手で触るときと同じような、生理的な嫌悪感が全身を貫いた。だが他に方法はなかった。私は息を止めたまま助手席にリカの体を押し込んだ。死んだ軟体動物のように扱いにくい。ようやくリカの体が助手席に収まったときには、私の背中は汗でびっしょり濡れていた。

手を洗いたかったが、近くに水道はなかった。私はポケットからハンカチを出して指を一本ずつ拭った。手のひらを赤くなるまでこすってから、そのハンカチを捨てた。

疲れていた。どうにもならないほどの疲労感。だが、まだ終わってはいなかった。足を引きずるようにして運転席に戻る。わずかな時間しか経っていないのに、車の中は既にリカの臭いで溢れていた。窓を全開にして、空調を最強にする。私はもう一度リカに目をやった。針金を入れる前の作りかけの人形のような形で、うずくまっているリカの姿がそこにあった。

(やりすぎただろうか)

後悔の念が初めて胸をよぎった。ここまでひどく傷つける必要はなかったかもしれない。こんなつもりではなかった。何てことをしてしまったのだろう。だが仕方がなかった。こうするしかなかったのだ。

警察へ行こう。それから病院だ。すべてを終わらせよう。それがお互いのためなのだ。

エンジンをかけた時、首に何かが触れた。

わずかな感触。痛くはない。何だろう。確かめるために左の手を挙げようとして、体が動かなくなっていることに気がついた。どういうことだ。何が起きたのだ。

「もう、本田さんたら、子供なんだから」いきなり左の視野に歪んだリカの顔が入ってきた。黄色い歯を剝き出しにして笑っている。「気に入らないことがあると、すぐぶつんだもん」

お前、と言おうとした唇が震えた。声にならない。奇妙に顔を膨らませたリカが近づいてきた。どうなってる。意識を失っていたはずなのに、なぜこの女は動いている。

「まあ、それだけ愛されているってことだから、リカは嬉しいけど」

そう言ってリカがバックミラーを傾けた。私の首に注射器が刺さっている。異様な姿だった。

「遊園地の後はドライブかあ。定番だけど、女の子が一番喜ぶパターンだよね。どこに行くの？」

急速に意識が薄れ始める。待て。待ってくれ。何をするつもりだ。

「あ、でも今日はリカがコース決めていいんだよね。だったらリカが運転するから。嬉しいな、本田さんとドライブなんて。こんなの夢みたい」

はしゃいだリカが手を叩いた。

「おまえ」

喉から乾いたつぶやきが漏れた。

「じゃ、本田さんは助手席ね。ほら、代わって代わって」

リカが私の髪の毛を摑んで、無造作に引いた。八十キロ以上ある私の体がずるずると引きずられて、助手席に移される。ドアを開けたリカが運転席に入ってきた。

「ほら、ちゃんとシートベルトしてね。まったく、何でもリカにさせるんだから。本田さんって、見かけより甘えん坊さんだよね」

言いながらリカが私の体越しにシートベルトをきつく締める。目が見えなくなってきた。外の灯りがにじんで見える。いったいどうなるのだろう。抵抗しようと試みたが無駄だった。指の一本も動かない。

「はい、できた。じゃあ、行くよ」

リカがシフトを入れる音がした。ゆっくりと車が動きだす。

「けっこう遠いから、着くまで寝てていいよ。リカのことは気にしなくていいから。運転するのって、けっこう好きなんだ」

クラクションが二度鳴った。出発の合図だ。どこへ行くにしても、そこは最悪の場所となるだろう。

車が軽快に走り始めた。後のことは何も覚えていない。

# 五

強烈な眼の痛みで意識が戻った。

どこにいるのかわからない。周りがすべて霞《かす》んで見える。意識を集中して辺りを見回した。部屋だ。

十二畳ほどの広いリビングルームだった。私のすぐ左前に大きなテーブルがあり、その上にはきれいな花柄のテーブルクロスが掛けてある。ウエッジウッドのコーヒーカップが二つ、向かい合わせに並んでいた。テーブルの端にはコーヒーメーカーがある。

部屋の奥にはかなりの大きさの食器棚があった。数枚の皿と、いくつかの茶碗類が置かれている。他の棚には高級そうなグラスの類、食器、大小取り混ぜた硝子《ガラス》の器が並べられていた。

右側には、薄いベージュのソファが見えた。それほど大きくはない。二人並んで座るのにちょうどいいぐらいの大きさだ。向かい側に大型のテレビとオーディオセットがある。クラシック音楽が流れていることに気がついた。ビバルディだろうか。

その隣には小さなテーブルとマガジンラックがセットになっている。明るいストライプ柄が印象的だ。いくつかの雑誌がラックに差し込まれていた。

ありふれた光景だったが、いくつか問題があった。

テーブルに、うっすらと埃《ほこり》が積もっていること、コーヒーが煮詰まっていて、苦い香りがすること、食器棚のほとんどが空であること、食器に使った形跡がないこと、ラックの雑誌が統一感に欠けていること。健康雑誌や女性誌、ファッション誌まではいいが、「プレイボーイ」がそこにあるのはやはりおかしい。

つまり、と私は結論に達した。ここは、日常的に使われている部屋ではないのだ。あまりにも生活感がなさすぎた。饐《す》えたような臭いがその直感を裏付けた。

そして、もっと大きな問題が残っていた。それは他でもない、私自身のことだった。

私の正面に、大きな鏡が置かれている。鏡自体にもこの部屋にそぐわない雰囲気があったが、そこに映っていたのは、巨大な椅子に銀色の針金で手足をくくりつけられた私の姿だった。

首にも細い針金が何重にも巻かれている。鉄の線はそのまま椅子の背もたれに結びつけられているようだった。さらに、目の周りには上下からガムテープが貼られている。目は開かれたまま固定されていて、まばたきさえできない。涙で乾きを抑えることが不可能なので、眼球は乾燥しきっている。眼の痛みはそのためだった。叫ぼうとしても、口もガムテープで覆われている。息をすること以外には何ひとつできなかった。

ドアが開いた。

「おはよう」

現れたのはリカだった。ピンクのパジャマ姿のまま、髪の毛をブラシで梳《と》かしている。私は、自分が着ているものがリカと揃いのブルーのパジャマであることに気がついた。これは何だ。悪い夢なのか。あまりのおぞましさに吐きそうになったが、必死で堪えた。いま吐いたら窒息死しかねない。それにしても、この女はどういうつもりなのだろう。

「早かったのね」

リカが煮えたぎったコーヒーをカップに注ぐ。ごぼごぼと音をたてている真っ黒な液体に口をつけた。

そういうことか、と私はリカの姿にもう一度目をやった。この部屋の意味がわかった。部屋のレイアウト、配置されているもの、そしてリカのパジャマ。これは新婚夫婦の新居なのだ。リカの態度や言葉遣いが変わっていることからもそれは察することができた。今までの甘えたような口調から、関係を持った男女のそれへと変化している。これは新婚家庭の過剰なカリカチュアなのだ。

近づいたリカが微笑んだ。

「ゆうべは、素敵だったわ」

そう言って私の顔に手を伸ばした。動けないので避けようがない。何をされるのかと、恐怖で顔の筋肉が引きつる。

伸ばした手で、リカは私の口の周りに貼られていたガムテープをゆっくりと剝ぎ取った。顔が近づく。凄まじい臭い。唇が開いた。尖った歯の隙間から、真っ赤な舌が伸びる。そのまま、長い舌が私の唇をなぞるように動いた。ぬるりとした感触が少し遅れて伝わってきた。違う形の恐怖で、筋肉が硬直した。唾液《だえき》の匂いがした。

「助けてくれ」

かすかな悲鳴が聞こえた。もちろん私の声だ。言葉を口にすると、喉が猛烈に痛んだ。だが、それしか今の私にできることはなかった。

「助けてくれ、俺が悪かった。許してくれ」

「何言ってるの。あたしもよ。愛してるわ」

コーヒーでいい？　それとも紅茶の方がいいかしら。たかおさんは、朝はどっちの方が好きなの、と言いながら躍るような足取りでリカがテーブルに向かった。私は呻き声を上げた。その声にリカの鼻歌がからむ。奇妙なハーモニーだった。

「眼が痛い。頼む、頼む、頼む」

何を頼んでいるのか自分でもよくわからなかった。下半身に震えが走って、気がつくとパジャマのズボンが生あたたかい感触に包まれていた。失禁したのだ。

「ねえ、何食べたい？　トーストでいいかしら」

食パンの袋をぶらさげて、リカが近づいてきた。

「何でもいい、何でもいい、とにかく眼が痛いんだ。何とかしてくれ、許してくれ」

乾ききった眼球から大粒の涙がぼろぼろとこぼれていく。

「いやあねえ、大げさよたかおさん、朝ごはんぐらいで。これからは毎朝、あたしが作ってあげるから」

リカがわずかに笑った。

「ありがとうありがとうありがとう」

どう答えればこの女は私を解放してくれるのだろうか。ちょっとでも気を許せば、どこかに飛んでいってしまいそうな意識を集中させながら私は考えた。

「君は美しい。君を愛してる。君がいてくれればそれでいい」

もう、とリカが空いていた左手で私をぶつような仕草を見せた。

「まだ朝よ、たかおさんったら。恥ずかしいじゃない」

「君をこの手で抱きしめたい。抱きしめさせてくれ。頼む、いいだろ、それぐらい。僕たちはもう他人じゃないんだから」

とにかく腕を自由にしたかった。そうすればまだチャンスはあるはずだ。

「本当にたかおさん、あたしのこと愛してくれてるのね。嬉しいわ」

リカが私の顔をじっと見つめた。どこを見ているのか判然としない。

「でも、今は駄目よ、だってまだ朝ごはんの用意ができてないし」

「ああ、君の作った朝食。食べたいよ。食べさせてくれるよね」

「当たり前じゃない、あなたのために作るんですもの」

「じゃあ、その前にコーヒーが飲みたいな。君と一緒に、テーブルでコーヒーが飲みたい」

あら、とリカが手の甲で口を押さえた。

「ごめんなさい、気がつかなくって」

リカは私の背後に回って、そのまま椅子ごと私の体をテーブルに向かって押していった。そうじゃない。この針金を取ってくれ。私の体を解放してくれ。

「ミルクはいらないのよね」

リカがカップにコーヒーを注いで、私の口元に運んできた。焦げた香りが私の鼻を突き刺す。湯気の熱で、柔らかい鼻孔の粘膜が痛い。まるでナイフのようだ。飲めるのだろうか。だが喉の渇きは何にも増して強かった。私は唇をカップの縁につけた。思った通り、唇の皮が剝がれていった。

「ありがとうありがとう」

そのまま、熱い液体をすすった。喉が焼けそうになったが、それでもいくぶん渇きが癒された。

「どうすればいい。どうすれば許してくれるんだ」

カップから口を離して、私はリカを目で追った。リカが髪の毛をかきあげて、口元を歪ませた。微笑んだつもりなのだろう。

「愛してるよ、リカ、愛してる。君だけを愛してるんだ」

リカの顔から目を離さずに私は言った。泥のような顔色だ、と改めて思った。色が黒い、ということではない。濁っているのだ。

「わかってるわよ、そんなこと」

片手でカップを持ったまま、リカがまた私の唇を舌で舐めた。塩辛い味がした。唾液の匂いがまとわりつく。気が遠くなってきた。どうしたらいい。どうすればいいのだ。狂ってる。この女は、狂っているのだ。それとも、と急に私は不安になった。狂っているのは私の方なのだろうか。

「あらあら、だらしないわね。嫌だわ」

コーヒーが唇の端からこぼれていた。リカが自分のパジャマの襟で、流れた液体を拭いた。顔が思い切り近づいてくる。凄まじい口臭。そのまま私は吐いた。吐瀉物《としゃぶつ》がリカの顎にかかる。何事もなかったようにコーヒーだけを拭き終えて、リカがまた笑顔になった。

「済まなかった」

自分の声が、どこか遠くから聞こえてきた。現実感を喪失し始めている。

「本当に俺が悪かった。君を傷つけるつもりはなかったんだ。許してくれ」

「いいのよ」

天使のような声だった。静かにリカがひざまずいて、そのまま頭を私の膝にもたせかけた。

「こうして二人きりになれたんですもの。あなたの過去なんか気にしないわ。もう何もかも忘れてしまうことにしたの。だから、あなたも忘れて」

「済まない」

また涙が溢れてきた。後から後から、涙はとめどなく流れては、着ていたパジャマの襟を濡らした。

「いいの、あなたのことはこれからあたしが全部、面倒みてあげるから。もう大丈夫。何も怖くないわ。あたしがついてるもの。ね、わかる？　あなたはあたしのものになるのよ」

愛の言葉を口にしたリカが私の目を見つめた。うなずこうとしたが、首が動かなかった。

「わかってる、よくわかってる。俺は君のもので、君は俺のものだ」私は本気でそう言った。

「いつまでも、いつまでもだ。だから、とにかく立たせてくれ。頼む、この椅子から立たせてくれ」

「いいの。あなたは何もしなくてもいいの」

リカが体を離した。ドアを開けて、隣の部屋に向かう。しばらくしてから、大きな黒いビニール袋を引きずって戻ってきた。なぜか中を見る前から全身の毛が逆立った。

## 六

またリカが鼻歌を歌い始めた。

「愛してるわ、たかおさん。あなたがいるだけで、もう十分なの。あなたがいてくれれば、他には何もいらないわ」

ビニール袋を無造作にテーブルの上に投げ出す。金属がぶつかり合う音がした。

「それは」

「黙って」

私の唇にリカが指を当てた。酸っぱい薬品の匂いがした。ビニール袋の口に腕を差し入れる。最初に出てきたのは注射器だった。

「何だそれは」

脅えた体が退がろうとする。本能的な動きだったが、体は一ミリも動かなかった。リカの指が伸びて、私の口に近づいてくる。食いしばっていた歯を強引にこじ開けて、リカの指が入ってきた。

「大丈夫、ね、あたしのこと愛してるでしょ。あたしを信じて」

リカの指が私の舌を探る。応えるように私はその指を舐めた。何とかしてこの女の心を和らげたいと思った。そのためなら何でもする。吐息がリカの口から漏れた。

「あたしのたかおさん」

しばらく舌の動きを味わっていたリカが、ゆっくりと指を抜いてビニール袋に手を入れた。そのたびに、テーブルにはさまざまな物が並んでいった。ハサミ、メス、鉗子《かんし》、小さな鋸《のこぎり》、さまざまな薬品の瓶、機械の類。

「何をするつもりなんだ」

声が大きくなっていた。もう叫ぶ以外何もできないのだろうか。喉が痛い。渇ききっている。

「どうしたの、そんなに震えて。そんなに嬉しいの?」

瞼《まぶた》が痙攣《けいれん》するのを止められない。何か言おうとしている自分がいたが、何を言えばいいのかまるでわからない。喉の奥から叫び声が漏れた。人間の声とは思えない。どうなる。俺はどうなるのだ。長く長く、いつまでも続くその叫びを、リカはうっとりとした表情で聞き惚《ほ》れていた。

声はやがてかすれていき、最後に小さな笛が鳴るような音をたてて、私の抵抗は終わった。喉の奥で、鉄の味が静かに広がっていくのがわかった。声帯が割れたのだ。信じられない。酸素が急激に消費されたために頭が痛み始めた。息を吸おうと大きく口を開いたが、逆に血が喉に流れ込んで私は激しくむせた。

「嬉しいわ、そんなに喜んでくれて」

「喜ぶわけ、ねえだろ」

昼だけで言い返したが、リカの耳には届いていなかった。何を言っても無駄なのだ。そのとき初めてわかった。冷たい絶望感が全身に広がった。

この女は、私の言葉を聞くつもりはまったくない。いや違う、本当に聞こえていないのだ。そのことが私にははっきりとわかった。

異常な精神力、極度にねじ曲がった自尊心、思い込み、妄執、理由はわからないが膨れ上がったプライド、そのような何物かがこの女の心に宿り、育ち、成長していった。リカから生まれた妄想の種は繁殖を続け、巨大な森へと変貌《へんぼう》を遂げていったのだろう。おそらくその森は、これ以上ないほどに美しいはずだ。色とりどりの花が咲いているかもしれない。輝くような湖もあるのだろう。樹《き》はどんどん増え続け、森は大きくなる。だが生きているものは、鳥一羽、虫一匹存在しない。死と静寂が支配する場所。そして、その森の奥深くに棲《す》むリカを訪れる者は誰もいない。

なぜならこの女の中にあるのは、自分にとってのみ心地よく、自分にとってだけ都合のいい風景だからだ。その他の現実にあるすべての事象を、この女は夾雑物《きょうざつぶつ》として絶対に受け入れない。

どれほどまでにその森が荒涼としているのか、私には想像もつかなかった。

「嬉しいくせに」

リカが注射器を手に、体を寄せてきた。饐えた臭いが鼻孔の奥深く入り込んできて、また吐き気が込み上げた。

「ほら、ここだって」

片手でリカが私の股間《こかん》をまさぐった。反応などするはずがなかった。だが嬉しそうにリカは触り続けている。

「リカのこと欲しいって、ほら、こんなになってる」

「冗談じゃない」

吐き捨てるようにつぶやいた。無駄だ。この女は自分のやりたいことを、自分でやりたいようにやるだけだ。死ぬのだ。すべては最初から決まっていたことだった、体中の力が抜けていく。なぜこんなことになってしまったのだ。

「なるわけがないだろう、このバケモノ」

リカの手が一瞬止まった。またゆっくりと動き始める。

「お前のしたいようにすればいい。変態。バケモノ。殺すんならさっさと殺してくれ。人間の心を持っていないお前には、それがお似合いかもしれないな」

「何を言ってるの？」

指が股間から腹、胸を通って、唇に触れた。

「いけない口ね。悪い言葉ばっかり覚えて」

いきなり唇に注射針が刺さった。針は唇を貫いていたが、不思議なことに痛みは感じられなかった。

「おしおきよ。悪い子には罰を与えないと。そうでしょ」

ゆっくりと唇から針が抜かれた。血が唇の端から垂れて、パジャマのズボンを汚した。私は舌で血を舐めた。苦い味がした。

「さっさと殺してくれ。あの医者と同じようにしたいんだろ」

急にリカの頬に笑みが浮かんだ。

「そう、そうなのね。あなた、昔のことを知ってて、それで嫉妬《しっと》してるのね」

嬉しそうに微笑を投げかける。私は乾ききった口の中で唾を溜めて、そのままリカの顔に吐きかけた。リカは拭おうともしない。

「あんな男のこと、もう忘れたわ。信じて。あの人は関係ないの。あたしが愛しているのはあなただけなの。確かに、あの人を愛してると思ったことはあったわ。でも違った。あの人はあたしのものにはなってくれなかった」

「だから殺したのか」

私の言葉にリカが唇を歪めた。つぶやきが漏れる。違うわ、殺してなんかいない。殺してなんかいないわただ罰を与えようとしただけ、ううんそれも違うわあたしはあの人をあたしのものにしたかっただけううんそれも違うわリカ何も覚えていないリカ何かしたリカいけないことしたのううんリカは何もしていないリカはいい子とてもいい子あの男がいけないのよそうよあの男がだってリカはリカはあの男がいけないとても。

「やめろ、やめてくれ」

怒鳴った私にリカがゆっくりと視線を向けた。

「あの人は関係ないの。あたしが愛しているのは、あなただけなの」

「残念だけど、俺にはそんなつもりはない」

リカの瞳の奥で、暗い炎が揺らめいた。

「すぐそんなことを言うんだから。あんなにわかりあえてたのに、愛していないわけがないじゃない」

私はテーブルのメスを横目で見た。

「勝手に思っていればいい。お前が本当にしたいのは、そのメスで俺の喉でも何でもかっ切ることだろ。それで俺は永遠にお前のものだ。必要なら喉に直接口をつけて血でも吸えばいい。そうすれば満足か」

「なんでそんなことを?」

愛してるのよ、とリカは湿った声で何度も繰り返した。

「愛する人を殺すなんて、そんなことできるわけないじゃないの」

「じゃあ、なんでそんなものが置いてあるんだ」

私はテーブルに置かれている器具類を目で示した。

「さっきから言ってるじゃない。あなたには、あたしのものになってほしいのよ。あたしの望みはそれだけなの。あの人はあたしのものにはならなかった。でも、あなたなら」

リカが透明な液体の入った細い瓶の蓋を開けて、注射器を慎重に差し入れた。そのまま液体を吸い上げていく。

「それは何だ」

「麻酔よ」優秀な臨床医のように冷静な視線でリカが私を見つめた。「痛くさせるつもりはないの」

慣れた手つきで注射器の中に残った空気を押し出した。針を指で弾く。

「ずっと、一緒にいようね」

リカが優しい微笑を頬に浮かべた。向き直って、注射器をかざす。

「やめろ、近づくな」

恐怖と怒りが私の体に最後の力を与えた。全身を縛る針金を引きちぎろうと、筋肉に圧力がかかった。

だが意味はなかった。金属の線は私の努力をあざ笑うかのようにびくともしなかった。指の一本も動かない。死ぬのか。本当に死ぬのか。

吠えた。息の続く限り、吠えた。

何も変わらなかった。リカがじっと私を見つめている。

「静かにして」

喉から血が溢れて、顎の周りを濡らしていた。リカが優しくその血を拭いた。

「手元が狂うわ」

注射針が迫ってきた。どこだ。どこに射すつもりだ。最後の力を振り絞って全身の筋肉を硬くさせた。腕か、足か。

「じっとしてて。動かないで」

針が迫る。どこに？　顔？

眼だ。

リカが針を刺そうとしているのは私の眼だ。絶叫が口からほとばしった。やめろ、やめてくれ。それだけは。助けてくれ、何でもする、本当に何でもする。誰でもいい助けてくれ。やめさせてくれ。それが無理なら殺してくれ。俺を殺してくれ。ああ、針が近づいてくる。針が、針が。眼に。やめろ。ぼやける。見えない。やめてくれ、やめさせてくれもうだめだ神様、殺せ殺してくれ見えない針が、見えないやめろやめてくれやめてくださ い許してくださいお願いですお願いです許してください許してください許して

# 七

のしかかってくる重圧が消え、饐えたような体臭が遠ざかった。私は霞む目を震わせて左右に視線を送った。リカが背中を向けている。何があったのだろう。

「誰よ」

リカの声がリビングルームに響いた。右手に注射器を構えたままのその姿は、悪鬼としか言いようがなかった。

「誰なの」

いるのはわかってるのよ、と口の中でつぶやきながらリカがすばやく手を伸ばした。テーブルの上のメスを摑む。蛍光灯の明かりを受けて、メスがきれいに光った。

「武器を捨てなさい」

男の声がした。あの刑事だ。なぜここがわかったのだろうと思いながら、私は叫んでいた。

「菅原さん」

自分の声とは思えなかった。しわがれた声が、喉の奥から漏れた。助かるかもしれない。助けてくれ。

「本間さん」

わたしです、と菅原が叫んだ。

「誰なのよ」

その声と同時にリカが喚いた。

「武器を捨てなさい、もう終わりにするんだ」

菅原が同じ言葉を繰り返した。

「武器なんか持ってないわ」

怒鳴り返したリカがすばやく辺りを見回した。菅原がどこから呼びかけているのか、私にもわからなかった。扉の向こうか、それとも建物の外からなのか。

「手を挙げて、頭の後ろに組みなさい」

ゆっくりと、リカが顔を上げた。

「どいつもこいつも」

部屋全体がいきなり暗くなったような気がした。同時に悪臭の密度が濃くなる。どういうことなのだろう。

「どいつもこいつもいったい何が楽しいのよ。馬鹿にしないでよ」

「武器を捨てて、手を頭の後ろに組むんだ」

菅原の声に余裕がなくなっていた。

「ふざけるんじゃないわよ」

リカが私を見た。既にその目はまったく光を失っていた。落ち窪んだ眼窩。その中が赤黒く染まっている。

「何様のつもりよ。あんたたちはいっつもそうだ。いつでも人のことを噂して、馬鹿にして、陰に回って悪口を言って。どういうつもりなのよ。何がいけないの、あたしはあんたたちに馬鹿にされるような女じゃないのよ。あんたたちが何を考えてるのか知らないけど、他人のことより自分のこと考えたらどうなのよ。あんたたちなんか死ねばいいのよ死になさいよ死ね」

リカがメスを振り上げた。いきなりドアが開いて、菅原が飛び込んできた。

「待ちなさい、待つんだ。殺してはいかん。そんなことをしてはいかんのだ」

両手を風車のように振り回しながら菅原が叫んだ。

「命令しないで。命令されるのが大嫌いなの」

メスを逆手に持ったまま、リカが菅原の方を向いた。

「命令なんかしていない。頼んでいるんだ」

囁くように菅原が言った。

「あんた、何なのよ」

肉食獣が獲物を見るときのように、リカが首を動かしている。

「警察だ。だが、そんなことはどうでもいい。なあ君、その男を殺しても意味がないことは、君だってわかってるだろう。君のような頭のいい女性なら、それぐらいのことは理解しているはずだ」

私に背を向けたまま、リカが金属的な笑い声を上げた。

「わかってるわよ。いいじゃないの、何をしたって。あんたたちがあたしにしたことを考えたら、何をされても文句は言えないはずだわ」

「わたしは、君に、何もしていない」

コート姿の菅原が、両手を高く挙げたまま一言一言噛んで含めるように言った。わずかに鼻を歪める。おそらく彼も、例の臭いを嗅ぎとったのだろう。

「あんたたちはね、あたしのことを心の底から軽蔑しているのよ。あんたたちのあたしを見る目でそれぐらいのことはわかるわよ。冗談じゃないわよ、何様なのよ。偉そうに。頭悪いくせに。馬鹿じゃないのもう放っておいてよあたしが何したって関係ないでしょ」

「何をしたって構わんが、他人を傷つけるのを黙って見ているわけにはいかない。なあ君、そのメスを置いてくれないか。それから話し合おう。わかるだろ」

リカの手が不意に動いた。呻き声を上げて、菅原が左の腕を押さえたまま倒れる。

「話し合う気なんかないくせに。嘘ばっかりだ。あんたたちはいっつもそうだ。嘘、嘘、嘘。リカは笑われるのが嫌い。笑われるのは嫌いなの何度でも言うわ笑われるのは嫌いなの」

「狂ってる」

倒れていた菅原が、左腕を押さえたまま立ち上がった。指の隙間から、刺さっているメスが見えた。押さえた手が血にまみれていく。

「狂ってなんか、ない」

吐き捨てるようにそう言って、リカがテーブルのメスを摑んだ。同じ姿勢から投げつける。すばやくかわした菅原の頭上をかすめるようにして、メスは背後の壁に突き刺さった。

「狂ってるのはあんたたちだ」

リカがテーブルに飛び乗った。いつの間にか右手にはもう一本メスが握られている。フロアに伏せていた菅原が、そのままの姿勢でリカを見上げた。

「狂ってるのはお前だお前お前お前死ね」

リカの口元から涎が溢れた。

「そうか」菅原がつぶやいた。「じゃあ仕方ないな」

メスを摑んだまま、菅原に飛び掛かっていったリカがいきなり後方に弾き飛ばされた。そのまま食器棚に頭から突っ込んでいく。激しい破壊音と共にガラスが砕けた。

顔を顰めて立ち上がった菅原の右手に拳銃が握られていた。銃口からは白い煙が立ちのぼっている。

「菅原さん」

「大丈夫か」

銃を握った手で左の腕を押さえながら、菅原が私に歩み寄った。そのとき、食器棚のガラス戸が大きな音をたてて外れた。顔面と腹部を真っ赤に染めたリカが立っていた。

「どうして」

静かにリカがメスを振り上げた。

「どうして邪魔するの？　リカは、本田さんが好きなだけなのに」

「迷惑なんだよ」

怒鳴った私の前に菅原が立ち塞がった。

「もう終わりだ」

リカの光のない両眼から涙が溢れ出た。

「どうしていけないの」

リカが空いていた左手で、テーブルに触れた。力を入れているようには見えなかったが、テーブルは滑るように床の上を移動していった。私たちとリカの間に障害物はなくなった。

「あたしは、悪くない」

噛みしめるようにそう言ったリカが、いきなり宙に飛んだ。菅原の体と重なるように見えた瞬間、凄まじい音がして再びリカが吹っ飛んだ。ゆっくりと背中から床に落ちていった。

「本田さん」

倒れ込んだリカの手からメスがこぼれた。顔が苦しげに歪んでいる。横たわった体の下に、血だまりができ始めていた。

「どうして」

そのままリカは目を閉じた。

「弱ったな」菅原が乱れた息を整えてから、鼻の頭を掻いた。「これでわたしは間違いなく依願退職だ」

# 八

三十分後、パトカーの一群と救急車がやってきた。静かだった辺りが、喧噪《けんそう》に包まれた。私はすべての拘束を解かれて、別棟の小さな寝室に移されていた。

「ここは東洋整形外科病院の保養施設だそうですな」

戻ってきた菅原が、ガラスのテーブルに二本の缶コーヒーを置いた。自分の分のプルトップを開ける。包帯で吊られた左の腕が不自由そうだった。

「まあ看護婦なら、知っていてもおかしくはない場所です」

「あの女は、リカはどうなったんですか」

コーヒーを受け取った私は、ゆっくりとそのあたたかい液体を喉に流し込んだ。寒かった。

「救急車で病院に搬送されました」どうでしょうね、と菅原が肩をすくめた。「助かるかどうか。わたしもね、人間を撃ったのは初めてなんですよ」

しかし、右の胸に一発、腹部に一発です。おそらく助からんでしょう、と言って菅原がコーヒーの缶を指でこすり始めた。私は何も言わずに下を向いた。

「本間さんこそ、大丈夫なんですか」

「何とか」

小さく笑った。とにかく、体は無事だった。

「月並みなことしか言えませんが、こんなことは早く忘れた方がいい。夢だったと思うんですね。まあ、思えればの話ですが」

忘れることができるとは思えなかった。それは菅原もよくわかっているようだった。

「僕はこれからどうなるんでしょう」

「いや、そりゃわたしの方が聞きたいくらいですよ」皮肉な笑いを菅原が浮かべた。「あなたは大丈夫、何も問題はありません。巻き込まれた被害者ですからね。そいつはわたしがいつでも証言します。問題なのはむしろこっちの方でね」

菅原がホルスターごと拳銃を外してテーブルの上に置いた。これがなかったら、私たちはどうなっていたのだろうか。考えたくなかった。

「警告もしないで犯人を撃ったんですからね。しかも急所に二発ときた。懲罰委員会は間違いないところでしょうな。運がよくて田舎の町に左遷、悪くしたら免職です。ですがね、同じことがあれば、わたしはまた躊躇なく撃ちますよ」

菅原は静かに首を振った。私は黙って頭を下げた。どれほど感謝しても足りなかった。あの女は、はっきりと私を殺そうとしていた。救ってくれたのは、この初老の刑事だったのだ。

「もし撃たなければ、私はもちろん、菅原さんも殺されていたでしょう。私の方こそ、どんなところででもそれを証言しますよ」

そうしてくれると助かりますな、と菅原が真顔で言った。私たちはコーヒーの缶を握ったまま、しばらくの間黙り込んだ。

しかし、とため息をついた菅原がぽつりと言った。

「今だから言えますが、危ないところでしたな」

その通りだった。この男が来るのがもう少しでも遅れていたら、こうして話す機会は二度と訪れなかっただろう。

「それにしても、どうしてこの場所がわかったんですか」

笑みを浮かべた刑事が、吊っていた左腕をテーブルに載せた。

「あなたからの伝言を聞きましてね、こりゃいかんと思って、すぐに連絡を取ろうとしたんです。しかし、電話は通じなかった。急いであなたの家まで行ったんですが、誰もいない。車がなかったので、どこかへ行ったことだけは察しがついたが、それがどこなのかさっぱりわからない。途方に暮れていたら、交通課の連中がNシステムについて教えてくれたことを思い出しましてね」

「Nシステム?」

何のことですか、と私は尋ねた。

「高速道路や、主要幹線道路約四百箇所に設置されているんですがね。もともとは、例のオウム真理教事件のときに逃走する犯人の車両を追うのに使ったものなんですが、簡単にいえばコンピューターでナンバーを自動的に読み取り、検索することを可能にしたシステムなんですよ」菅原が説明した。「インターチェンジなどにも設置されていましてね、どこで降りたかぐらいのことはすぐにわかるってわけです。でまあ、それで照会したところ、あなたの車が小淵沢《こぶちざわ》インターを降りたということがわかった」

「そうだったんですか」

「当然、山梨県警の管轄ですから、本来なら非常に面倒な手続きを踏まないといけないんですが、たまたま県警の刑事部長がわたしの後輩でね、便宜を図ってくれた。その意味ではあなたは運がよかった」

どう答えていいのかわからずに、私は頭を掻いた。

「あなたの車のナンバーを照会してもらったところ、この付近を警邏《けいら》していた警官が、駐車場に停まっていた車を発見したと、そういうわけです」

どうしてこの刑事が現れたのかわからなかったが、そういうことだったのか。

「科学の進歩は素晴らしいですな」

菅原が煙草を取り出した。私は彼の不自由そうな手からライターを取って、火をつけた。その一本を灰にするまで、菅原は何も言わなかった。

「傷は、大丈夫ですか」

これですか、と菅原が包帯で吊られた腕を持ち上げた。

「いや、大したことはないでしょう。何十年もこの仕事をしていれば、こういうこともあります。七年か八年ほど前に、暴力団の男に腹を刺されたことがありました。そのときは半年近く入院しましたな」

また煙草をパッケージから抜いて唇に挟む。

「そのときは、銃は」

「いや、使いませんでしたね。それどころか、銃を持っていることすら忘れていました。気がついたら、血だらけの体でそいつを逮捕していました。いやまったく、銃を撃つなんて考えもしなかったですよ」

そう言ったきり、菅原が煙草をくわえたまま黙り込んだ。火が消えている。ライターを取り上げた私に首を振って、顔を上げた。疲れきった老人のような表情だった。唇が静かに動いた。

「怖かったからなんですよ、わたしがあの女を撃ったのは」

どういう意味か聞く必要はなかった。あの瞬間の恐怖は、私とこの刑事にしかわからないものだろう。菅原が自分の手で煙草の火をつけ直した。

「正直に言えば、この建物に入るのも怖かった。建物全体に、何だかわかりゃしませんが、得体の知れない空気が漂っている感じでね」

憑かれたように菅原が話し続ける。言葉にすることで、恐怖を紛らわそうとしているのかもしれない。

「もちろんわたしは、幽霊だのなんだの、そんなものを信じたことは一回もありません。現実しか信じない、目に見えるものしか信じない、そういう人間です。気配なんてあやふやなもの、今まで一度だって気にしたことはありませんでした。それがね」

煙草の先から長く伸びた灰が落ちた。

「中に入ったら、ものすごい臭いがして、まったく、あれはどういうことなんでしょうな。しかもね、驚いたことに、その臭いははっきりとわたしに向かって敵意を持っていたんですよ」

菅原が苦笑いを浮かべた。わかります、と言う代わりに私は小さくうなずいた。

「臭気がね、わたしに突き刺さってくるんです。お前は嫌いだ。お前は邪魔だ。お前には関係ない、出ていけってね。よっぽどそうしようかと思った」

おかしいでしょ、と菅原が私に向かって微笑みかけた。どこか引きつったような笑いだった。

「ところが、扉の向こうからあなたの脅えた声が聞こえちまった。救いを求める声です。もちろん踏み込もうと思いました。本当ですよ。思ったんですが、足が動かない。すっかりすくんでしまってるんですよ。わたしもいい年ですから、そこそこ経験も積んでますしね、この三十年そんなことはなかったんだが、どうにも足が震えて」

動けなかった、とつぶやいた菅原が煙草をもみ消した。

「いやまったく、ひどいざまでしたよ。後輩に見られたら、一生言われ続けるだろうなと思いましたね。ですが、どうにもならなかった。無性に怖かったんですよ。中に入ってはいけないと、体の内側から警報ベルがものすごい勢いで鳴り響いているような、そんな感じでしたな。しかしそんなこと言ってる場合じゃないんでね、とにかくドアを開けた。そのとき、わたしはわかったんです。その恐怖の正体が」

　言われるまでもなかったが、私は菅原の次の言葉を待った。

「憎悪ですな」菅原はそう言って、腕の包帯に目をやった。「あの部屋は、純粋な憎悪で満ちていました。変な言い方かもしれないが、汚《けが》れのない憎悪でした。夾雑物のかけらも混じっていない、完全な憎悪」

　矛盾してますがね、と菅原が弱々しく笑った。

「どうにもならない憎悪ってものが、この世にあるということを、わたしはこの年になって初めて知ったんです。あの女は、あなただけじゃない、もちろんわたしだけでもない。世の中のすべてのものを憎んでいたんです。わたしにはそのことが、なぜだか知りませんがあのときはっきりとわかった」

　自由になる右手が小さく震えていた。

「その感情の強さは凄まじいものでした。普通の人間なら、とても耐えられるものじゃない。あなたにはそのことがよくわかっているはずだ。幼稚園の子供が素手で大人に立ち向かうようなもんです。あの女がわたしに向けた視線ときたら、いやまったく、どうしてわたしがここに無事にいられるのかわかりませんな。溶けてしまわなかったのが不思議です」

　立ち上がった菅原が私の肩に手を置いた。

「頼れるものは、物理的な力だけでした。あのときは、それが銃だったというわけです。もうひとつ言えば、あの女はひとつだけ間違いを犯した」

「間違い、ですか」

何だろうか。菅原の言葉の意味を探ろうとしたが、考えはまとまらなかった。菅原がゆっくりと首を振った。

「メスを投げつけたことですよ。あの行為が、わたしに銃を思い出させた。そうだ、俺は銃を持っているんだってことです。あとは純粋に反射神経の問題でした。怖かった。攻撃された。だから撃った。それだけです。わたしはあなたを救おうとして撃ったわけじゃない。わたしが怖かったから撃ったんです。あなたには何の責任もない」

わたしは怖かったんです、と菅原がもう一度つぶやいた。

# 九

四時間後、私は自宅に戻っていた。

現場検証はまだ続いていたが、私への事情聴取はすべて終わっていた。現場に来ていた医師の一人が私を診察して、休ませた方がいいと診断したことと、菅原刑事からの要請もあり、山梨県警のパトカーで自宅へ送り届けられたのだった。

家は真っ暗だった。葉子と亜矢の姿はなかった。代わりに居間のテーブルに手紙があった。

『実家にいます。落ち着いたら話し合いを持ちたいと思っています。もうあなたのことが信じられなくなりました　葉子』

文面はそれだけだった。

私は元通りに手紙をテーブルに載せた。これが浮気をしたとか、そういうレベルの話であれば、妻もここまで強い態度には出なかっただろう。だが、無事に戻ってきたとはいえ私たちの娘が誘拐されたのだ。そしてその原因はすべて私にある。葉子の行動は当たり前のことだった。

おそらく、会社も辞めることになるだろう。そう思いながら私はケトルをガス台に載せた。家庭も仕事もどうでもよかった。そのとき私の心を満たしていたのは、限りない安堵感だった。もうあの女はいない。これ以上思い悩む必要はないのだ。

ケトルが口笛のような音をたて始めた。私はインスタントコーヒーをカップに入れて、湯を注いだ。それなりにいい香りが居間に広がった。そのとき電話が鳴った。葉子だろうか。

「菅原です」

受話器を取り上げた私の耳に、男の声が飛び込んできた。

「ああ、本間です」

先ほどはどうも、と言いかけた私に、黙って聞け、と菅原が怒鳴った。さっきまでとは口調がまったく違う。

「いいか、よく聞け。あの女が逃げた」

何を言いだすのだ。

「菅原さん、落ち着いてください」

「本当だ。あの女が逃げた。十分ほど前に、あのリカって女を搬送したはずの救急車が発見されたんだ。同乗していた救急隊員二名と、運転者は車の中で発見された。もちろん死体でだ」

そんな馬鹿な、と私は叫んだ。

「あんなに血が流れてたんですよ。生きていられるわけがない」

素人でもそれぐらいのことはわかる。あの出血の量で生きていられる人間がいるはずがない。

「そんなことは知らん」腹立たしげに菅原が吐き捨てた。「とにかく、救急車の中にあの女はいなかったんだ。残っていたのは血だらけのストレッチャーだけだ。いいか、とにかく俺の話を聞け。あの女があの体で、救急隊員を三人殺して逃げたのは間違いのない事実なんだ。どれぐらい前に逃げたのかはわからんが、何のためにそんなことをしたのかははっきりしている。奴はあんたを追ってるんだぞ」

急に手の中の受話器が重くなった。聞いてるのか、と菅原が叫んでいる。

「さっき、俺の方から本庁に連絡を入れた。今、所轄署からそっちに警官が向かっている。いいか、そこを動くな。五分以上はかからない。必ず誰かが行く。あとはそいつの指示通りにするんだ」

チャイムが鳴った。警察だろうか。いや、違う。なぜかそのことがはっきりとわかった。

「何だ、今の音は」

電話の向こうで菅原がまた怒鳴った。

「菅原さん」

自分でも意外だったが、私の声は落ち着いていた。あれで終わったと思って、安心していた私が間違っていたのだ。これは罰だ。終わるはずがなかった。

「遅かったようです」

私は静かに受話器を戻した。もう一度チャイムが鳴った。残っていたコーヒーを飲み干してから、キッチンに入った。置いてあった包丁を摑む。そのまま静かに身構えた。
鍵が回る音がした。

# 第2回　ホラーサスペンス大賞・選評

大賞受賞作
五十嵐貴久『リカ』（「黒髪の沼」改題）

特別賞受賞作
春口裕子『火群《ほむら》の館』

〈候補作〉
佐枝せつこ「ベッド」
石川直義「ゲストハウス」
野辺散歩「魚神《いおがみ》」

# 「可能性」

大沢在昌

今回、全体的にレベルは高かった。一方で抜きんでた作品とは出会えなかった。一回目の投票で、10.5点が一作、9点が三作、8.5点が一作という結果がそれを表わしている。ちなみに三選考委員全員が最高点を投じれば、15点となるわけで、それをあわせて考えていただくと選考会の空気が想像できるかもしれない。

最高点を得たのが、大賞受賞作**「黒髪の沼」**(刊行時には『リカ』と改題＝以下同)だった。メールによる出会い系サイトで知りあった(といっても一度も顔を合わせてはいない)女性が、凶悪なストーカーとなって家族もちの男に襲いかかってくるという話で、後半は、ジョン・カーペンター監督の「ハロウィン」のような恐しさをかもしてくる。浮気心をもった覚えのある男なら、誰しもが戦慄を感じずにはいられない設定だろう。

とはいえ、設定そのものにそれほどの新味はなく、むしろ作者の真骨頂は、〝怪物〟と化したヒロインがじょじょにその正体を露わにしてくる迫力と、物語を畳みこむ筆力にある。作者である五十嵐さんは、確かにエンターテインメントのつぼを心得ておられるようだ。

特別賞となった**「火《ほ》群《むら》の館」**について、私は最後まで疑問を残した。刊行される受賞作の結末にかかわることなので、具体的な表現は避けたいが、火災現場で発見される身許不明の墜死体が、なぜあの人物になったのか、という点について、あまりに合理的な説明がされていない。

またヒロインの身の上に次々と起こる不可解なできごとが幻覚なのか現実なのか、読者は判然としないままおいてきぼりをくってしまう。伏線かと考えたできごとがそのまま放置されていたり、作者は、雰囲気を描くことに意識を集中させすぎたのではないかという不満を感じた。だが一方で昨年にも候補作として残った「癖」に比べれば格段の進歩をとげている。私自身は、将来性を加味した上での受賞賛成であった。

**「ベッド」**の作者である佐枝さんも、昨年にひきつづき候補となった。この方のもち味は、よくも悪くもけれん味のない描写力と、現代医療にかかわる社会問題の情報処理力であろう。その安定性については、すべての選考委員が納得した。ではなぜ受賞にいたらなかったのか——これが今回の選考会における最大の議題であった。

非常に難しい問題なのだが、常に最終候補作に残るであろう水準の作品を書く力をもつ一方で、その先につき抜ける作品の出現の可能性を感じさせてもらえない。

いわばないものねだりの不安である。

出版界はかつてない危機的状況にあり、ミステリも、もはや例外ではない。「そこそこ書ける」作家では、未来の展望が困難になってきているのだ。読者も出版社も「ずば抜けた」書き手しか望んでいない。濃い口の登場人物、ある種極端なストーリー、あるいは突出した情報処理能力、さらには比類ない文章力、といった武器を何かひとつもたなければ、生き残りが図れない。このようなことを書けば佐枝さんは、

「じゃあ自分にはそういう力がないと思われるのか」と怒りを感じられるかもしれない。

ないとは思わない。しかしその兆しはまだ二つの候補作から伝わらない。佐枝さんがプロデビューにこだわるなら、その兆しを作品にこめていただきたい。今のこの出版状況が健全であるかどうか別として、選考委員はデビュー後の新人が「食べていける」だけの人であってほしいと強く願っている。端的にいえば、佐枝さんは五年前までだったら、「食べていける」力をもっている。しかしこれからとなると、不安を感じざるをえない。もし選考会に怒りなり不満を抱かれるなら、それをバネに、脱皮して下さることを願って止まない。基礎体力は充分におもちだ。

「魚神《いおがみ》」は、奇妙だが、独特の作品世界をもっていた。だが後半が極端にファンタジックで、とうてい現代の小説として読めなかった。どこかモノクロの怪奇映画を見ているような印象が残った。

「ゲストハウス」は、あまりに未整理な作品である。疾走感と不要な停滞がモザイク状に散らばっている。視点主人公が次々に入れ替わったり、全身整形をしたからといって、同棲していた女性と食事までしているのに正体を見抜けなかったり、と基本的に首を傾げざるをえないエピソードが多すぎた。

それもある種の新しさ、あるいは才能ではないかと好意的にうけとめる選考委員もいたが、与することはできなかった。作者は今一度、夾雑物を排し物語を組立てる作業を見直すべきではないだろうか。エネルギーは確かに候補作中随一で、それを効率的に使えば、かなりの力をもった作品を生みだせるかもしれない。

# 「恐怖とは何か」

桐野夏生

今回で二度目になるホラーサスペンス大賞の候補作を読みながら、恐怖とは何だろう、とそればかり考えていた。死がいつどのように自分に訪れるのかを想像するのは怖い。いい人だと思い込んでいた人物が悪魔のような心を持っていたら、それも怖い。幽霊も怖ければ、孤独や苦痛や戦争も怖い。想像し得ないことは何もかもが怖いのである。恐怖とは、認識や想像力の限界を超えたところを覆っている黒い布のようなものらしい。良い小説にはその覆いが掛かっている。黒い布の気配がある。小説とは認識と想像力の彼方を目指しながら、黒い布によって更なる妄想や想像力を喚起するものだからである。

大賞受賞作「黒髪の沼」は、器用な小説だ。出会い系サイトでどう身を処せばいい目に遭えるか、という方法が手際良く提示され、とんとんと話が進む。ディテールも気が利いていて、全体としてのまとまりは悪くない。だが、一番大事なものを取り逃がした気がする。恐怖である。黒い布の気配がしない。

出会い系サイトで釣り上げた獲物がとんでもない化け物だった、という話はよくある。だからこそ、展開を期待していたのだが、結局「口裂け女って本当にいたんだね」的な都市伝説に終わってしまった。残念だ。女主人公が醜い外見をしているから、関わりを持った男たちが恐怖しているのではなく、あくまで女主人公の妄念のようなものに恐怖を感じているはずである。だとしたら、女主人公はどんな人物なのかを掘り下げて書くべきだった。どこで何をして生きてきたのか。男に何を求めているのか。女の何が怖くて、男たちは関係を絶とうとするのか。それを掘り下げて書くことは「邪悪」の研究にもなったはずである。とはいえ、面白くなりそうな萌芽は散見された。今後の活躍に期待したい。

対照的に「ゲストハウス」は、都市伝説から小説を作った、と言ったら褒め過ぎだろうか。「黒髪の沼」が「口裂け女」なら、こちらは「ダルマ女」なのだから。しかし、選考会でも指摘されたが、表現は感心できなかった。形容詞、副詞の誤用も目立つ。冒頭から「バンコクっ子」とか「日差しが惜しみもなく降り注ぎ」などとあると、読み手は困惑してしまう。登場人物像の書き分けも不満が残る。だが、内容は表現の拙さを超える迫力に満ちていた。「黒髪の沼」が滑らかで小技が利いているとしたら、「ゲストハウス」はごつごつとした岩山を転がり落ちる衝撃と迫力がある。

世界のどこかでダルマ女が作られ、スナッフフィルム撮影のために人に苦痛を与えて殺しているのが事実だとしたら、人は皆恐怖するだろう。その残酷さを想像し得ないし、自分が犠牲者になったら、と違う想像が生まれるためだ。ありがちな話をリアルなものに彫塑するのは小説の力である。登場人物が次々と死んでいくローリング感と、大胆さと嘘っぱちのあわいにある設定。私はこの作品をエンターテインメントとして楽しんだ。

　特別賞受賞作**「火群の館」**は、黒い布の覆いが掛けられている。火事現場にいる野次馬の犯罪性という設定がまず面白いし、罪悪感の有《あ》り様《よう》に好感を持った。この作者の最大の特徴は、若い女性の情感を余すところなく伝えながら、静かに恐怖が進行していくところにある。例えば、風呂場の髪の毛といった生理的嫌悪や様々な幻視である。前作よりも、今回はそれがうまく生かされていた。だが、その突出した感覚の冴えは、逆に辻褄合わせに苦慮する結果ともなっている。結末を付けられずに中途半端に終わる点である。選考会でも、その非合理性が議論された。感性を損なわずとも、有機的に現実と折り合いを付ける方法もあるかもしれない。その辺を一考されては、と思った。

　最後まで「火群の館」と争ったのは**「ベッド」**である。この作者は相変わらず着眼点がいい。介護ビジネスに目を付けた元ホストと介護される老女の話は、設定を聞いただけで早く読みたいと思わせる魅力がある。しかしながら、登場人物たちが皆、下世話で面白く描かれているだけに、この作品全体に漂う小ささに不満を感じた。物語が膜を破って外に出て行かないとでも言おうか。無理矢理、ホラーやサスペンスに持って行こうとして、結果、登場人物の柄が小さくなっている。むしろ、「お袋」の存在があるがゆえに、主人公と老女が誰も想像し得ない関係を結んでいったら別の地平に読者を運べたのではないかと思った。

**「魚神《いおがみ》」**は、叔母の手記部分が秀逸である。特に清乃の出産を村人の「娯楽」だとする箇所には感心し、震撼した。また、「石」が悪意を育てるという箇所もずば抜けて面白かった。グロテスクや恐怖というものを知っている人の視点である。それは才能だ。

　問題は、物語の前後の部分、現代を書いたところにある。「伝承」や「呪われた血」の怖さは、現代との比較においてではなく、むしろ叔母の手記のように村での出来事を書き切ることの中にあるような気がする。

# 「彩り豊かな恐怖」　宮部みゆき

昨年は、現代社会の抱える問題点に正面からぶつかり、強烈な印象を残す受賞作に恵まれて、順調な滑り出しをした本賞ですが、今年はぐっと寓話的なホラー味の濃い作品が集まり、第1回とはかなり趣が異なりました。「怖い」という言葉の意味するところを、色とりどりに解釈してみせてくれた最終候補作品だったと思います。

大賞受賞作の**「黒髪の沼」**は、最初の投票で、僅差ながらも得点数がいちばん高く、そのまま順当に受賞が決まりました。それに対して特別賞は、**「火群の館」**に決定するまで、スリリングで楽しく、有意義な激論がかわされました。

実は今回、私《わたくし》自身は**「魚神《いおがみ》」**を推していました。古典的ながら実によくできた、ツボを押さえた怪談で、初読のあと数夜は電灯を点けて眠らなければならなかったほど怖かった。ただ、オーソドックスということは、裏返せば少々斬新さに乏しいということでもあり、破れかぶれながらも強烈なパワーを内包した他の作品と比べると、真っ向勝負では弱いかなぁ……という危惧も抱いていました。

選考会の蓋を開けてみましたら、最初の段階で、残念ながらこの危惧が的中してしまったのですが、私もさほど粘ることはなく、大沢さん桐野さんのご意見に賛成し、「魚神」の野辺さんには、来年以降に大きな期待を寄せることにしました。「魚神」の恐怖の源は、我国《わがくに》に固有の土俗的・民俗学的な皮膚感覚、生活体験の根ざすところにあります。それがきっちりと読みやすく書かれていることを、私は高く評価したのですが、ぶるぶる震えるのを我慢して、頭を冷やして考えてみますと、この路線、この題材では、既成作家のなかに、手練れの語り部、怖がらせ上手で小説巧者が何人もいることを思い出したのです。となると、やはり「魚神」にも、この強力な既成作品群に太刀打ちできる可能性を秘めた、新たな固有の武器が欲しくなってきます。それを持たないうちに迂闊に出ていっては、すぐに押し負けてしまうでしょう。

野辺さんは、そう遠くない時間内で、そういう独自の武器を見つけ出すことができると思います。今回の落選は残念ですが、私は将来を楽しみにしています。また、これは細かなことですが、「魚神」では、あの隠れ里の人びとが、魚狩人に追われ、現代社会から隔絶しながらも、敢えて魚神を敬うことによって、他ではとうてい享受できない種類の現世的利益を得ているのか、あるいはそんなものは一切なくても、畏怖すべき祖霊であるから損得勘定抜きで祀らずにはおられないのか、そういう形であの人たちも魚神に呪われているのか、そこがやや判然としないきらいがありました。このあたり、魚体の邪神というとすぐ思い浮かぶラヴクラフトの「インスマスの影」と比べると、わかりやすいかもしれません。かなり現金な傾向のある多神教の我国では、祀ることによって「神」から恩賞としての現世的利益を期待することができる、あるいは被るべき現世的損害を封印・回避できるというのは重要な要素ですから、今後この路線のテーマを展開する際には、少し考えてみていただければと思います。

捲土重来を期待するという点では、「**ゲストハウス**」も同じです。私はこの作品を読んで、未来永劫けっして東南アジアには旅行するまいと思いました。笑われるかもしれませんが、読み手にそういう短絡的な反応を呼び起こすことは、ホラー小説においては大切なことです。地肩《じかた》の強さは充分に見せてもらいました。ただし、この荒れ球のままではキャッチャーが捕れません。物語の整合性や、登場人物の心理の自然な流れを厳密に吟味することによって、剛球を制御する筋肉を鍛えてください。それができれば、ゴールはそんなに遠くないと思います。

特別賞を「火群の館」と争った「**ベッド**」は、美点のたくさんある小説でした。悲劇ではありますが、不思議と読後感の悪くない作品ですし、介護問題を扱って、きれい事の解決を持ってきたり、善意のかたまりのような都合の良い人物を出してきて物語の着地を任せるというような安易な手段をとらなかったことは、本当に立派です。

作者の佐枝さんは、昨年に引き続いて次点で涙を呑む結果になり、さぞかし無念だろうとお察しします。そこをこらえて、ホラーやサスペンス、ひいてはミステリーの世界に、ご自分の本当に書きたいものがあるかどうか、一度自問自答してみていただきたいと思います。選考の上で具体的に「ベッド」の失点になったのは、まさにこの部分でした。確かに今現在、エンタテイメント小説では、広義のミステリーがもっとも隆盛で、活気に満ちています。でも、小説世界はここだけではありません。謎やスーパーナチュラル、人が死んだり傷ついたりする事件を描くばかりが入口でもありません。日常に密着した社会問題を扱う手つきの安定感、世間知に裏打ちされた確かな人物描写、文章の温かな雰囲気など、佐枝さんの持っている能力を最大に活かせる世界は、もっと別の場所にあるのではないかと、私には思えてなりません。

惜しくも賞を逸した三作について書いているうちに、紙数が尽きてしまいました。「黒髪の沼」は男の恐怖小説で、「火群の館」は女の恐怖小説である。だからこそ、それぞれ反対の性の読者にもどう読んでもらえるか、とても興味深い。皆さん、たんと怖がってください。

本書は二〇〇一年十月十五日、東京・赤坂の全日空ホテルにおいて開かれた第2回ホラーサスペンス大賞選考会で大賞を受賞した作品「黒髪の沼」を改題し、加筆訂正したものです。

〈著者紹介〉

五十嵐貴久　1961年東京生まれ。成蹊大学文学部卒業後、出版社に入社。本書がデビュー作。

〈e-mail〉officeigarashi@msb.biglobe.ne.jp

GENTOSHA

リカ
2002年2月10日　第1刷発行

著　者　五十嵐貴久
発行者　見城 徹

発行所　株式会社 幻冬舎
〒151-0051 東京都渋谷区千駄ヶ谷4-9-7

電話：03(5411)6211(編集)
03(5411)6222(営業)
振替：00120-8-767643
印刷・製本所：図書印刷株式会社

検印廃止


ISBN4-344-00150-8 C0093
幻冬舎ホームページアドレス　http://www.gentosha.co.jp/

この本に関するご意見・ご感想をメールでお寄せいただく場合は、
comment@gentosha.co.jpまで。